# 千思錦抱

陈继军 著

九州出版社
JIUZHOUPRESS

图书在版编目（CIP）数据

千思锦挹 / 陈继军著 . -- 北京：九州出版社，
2023.9

ISBN 978-7-5225-2157-2

Ⅰ．①千⋯ Ⅱ．①陈⋯ Ⅲ．①散文集－中国－当代
Ⅳ．① I267

中国国家版本馆 CIP 数据核字（2023）第 175212 号

**千思锦挹**

作　　者　陈继军　著
责任编辑　周红斌
出版发行　九州出版社
地　　址　北京市西城区阜外大街甲 35 号（100037）
发行电话　（010）68992190/3/5/6
网　　址　www.jiuzhoupress.com
印　　刷　唐山才智印刷有限公司
开　　本　880 毫米×1230 毫米　32 开
印　　张　8
字　　数　208 千字
版　　次　2024 年 1 月第 1 版
印　　次　2024 年 1 月第 1 次印刷
书　　号　ISBN 978-7-5225-2157-2
定　　价　69.00 元

# 自 序

# 有一种还债叫文偿

我一直以为浒关一定会是我的养老之地，然而到苏州十二年后，我又开启了折腾模式，交流到了另一个单位。虽然两个单位直线距离也不过十几里路，但毕竟是两个地方，严格来说算是两个乡镇了。两个地方在历史上都有盛名：一个是吴中的活码头，康熙下榻、乾隆赞美之地；而另一个则是唐代诗人张继《枫桥夜泊》中著名的"枫桥"。

在浒关待了十多年的时间，长也不算长，短也不算短，但因我"宅"的性格，自然没有做到熟悉每个角落。无非和大多数人一样，接触的都是自己平时生活工作的那一亩三分地。而巧合的是我这一亩三分地，竟然都与浒关那条穿镇而过的京杭大运河有关：我在浒关的单位就在京杭大运河边，而我们一家住的小楼更是和京杭大运河仅有一墙之隔，多年来我们一家人都是枕着运河的涛声入眠。后来我买的新房和京杭大运河也只有一路之隔，更巧合的是我的工作单位后来竟然也搬迁到我家路南，又和运河相邻了。看来冥冥之中自有注定，十多年里，我抬头举目、侧耳倾听、呼吸之间，接触和感知的都是京杭大运河的音、形、味。这些在我的心头慢慢沉淀，渐渐发酵，形于色、发于声、成于文。近几年，我陆续把它们用我拙朴的文字描绘出来，并辅以我钝滞而炽烈的情感。

我离开浒关虽然才短暂的几个月时间，但是却比以往的任何时候更加想念它，尤其那已经枕了十多年时间的运河涛声，还有那些已经消逝的和仍然存在的古老建筑。龙华寺和文昌阁的晨钟暮鼓虽然已从运河两岸消失，却在我心底不时响起。我所在单位的原址就是龙华寺，我非常荣幸曾经每天在那里工作。我曾在文昌阁流连忘返，那棵银杏树和龙华古寺那棵银杏树都是这片土地沧桑变化的见证者，它犹如一位老者，虽然已经黄发佝偻，但仍然精神矍铄。那如伞盖一般茂密的银杏叶，一年四季变换着颜色，如一串串铜钱，似一只只黄蝴蝶，用美丽和执着守护着这块神奇的土地。运河水时刻提醒着我，那不仅仅是河水，那还是一种文化，它身上流淌也不仅仅是一种液体，更是一种思考。运河西岸今天仍然矗立的三里亭、董公堤更是如一座座前人的道德丰碑供我们日日瞻仰和膜拜。

　　幸好我没有把房子租出去，周末还可以去住上两天。运河上来往船只的马达声恰如儿时母亲呢喃的哼唱声，催我入眠的同时，也在抚慰着我躁动不安的心灵和疲惫的灵魂。于是往昔的一幕一幕便如那阳山温泉一般，在夜深人静之时起涌泉，过劳宫，抵百会，与天地交融，而成一篇篇拙作，为我洗髓涤尘。

　　在一个地方住的时间长久了，就会欠上一笔情债。这种债很奇怪，你在的时候，它不会催逼你还，但你一旦离开了它，它便会日夜不停向你讨债。我现在大概就是面临这样的情况，不仅是生活了十多年的浒关，还有那生活了三十多年的老家——黄海之滨的一片小村庄。三十多年过去了，我对那里的一切太过于熟悉，闭上眼便是一草一木、一砖一瓦、一人一物。这一切蛰伏在我心中某一个异常隐秘的位置已经很久很久，它们似有若无，若无实有。每当夜深人静之时，每当我孤独寂寞之时，每当我仰望星空、沐浴月光之时，它们便会轻轻颤动，用一种如摩斯电码一样的声音叩击着我的心房。我在酥麻和心领神会之中便会浅吟低唱，宛转成文。

这些文字在帮我还两座城市文债的同时，并没有使我从一种近乎魔怔的状态中解脱出来，还我一身轻松。与文字为伴的人，天生就对周边世界有一种独特的敏感。风花雪月、雨露霜华、桃红柳绿、莺燕萤蝉、天籁绝响……那是另一种驱动文笔的神秘力量，这些是我们欠下的又一笔文债，我们必须得还。书生的笔都得在山林泉涧中浸泡一番的，自然的滋养才会使它充满灵气，也只有让它和天地万物串联才能得到情理的授权，描绘万千物象，做一个庄生化蝶的梦。当我完成这些文字时，瞬间便得云淡风轻，这大概也是造化的一种馈赠吧！我翕动鼻翼，一股天地间的灵秀渗进心底，融入笔端。

　　似乎是让我与过去的一切说声再见，我在把这十几万字码得差不多的时候，心中不由自主地又在酝酿下一本书。对过去画上句号的同时，便也是对明天说声幸会的时候了。让我感动和觉得幸运的是得到苏州高新区工委宣传部、苏州高新区文联、苏州高新区作协领导的青睐，使得我的文债如愿以偿地得到偿还。我将在今后的写作过程中更加勤奋和努力，写我的青春，写我的乡情，写我的思索，以此来偿还我生命中所欠的那一处又一处的文债。

2022 年 12 月 20 日凌晨

# 目录 /CONTENTS

## 第一辑 运河锦绣

## 第二辑　云中锦书

## 第三辑　天籁什锦

## 第四辑　锦瑟华年

# 第一辑 运河锦绣

　　运河对于我而言，是滋养我文思的沃土，每当我站在它的身旁总是会情不自禁地战栗。这一幅锦绣画卷，无论春夏秋冬，不管朝暮晨昏，只要我打开思索的大门，便会掬取满满一杯五味杂陈的人间佳酿。更何况，我生活的浒墅关镇在运河两侧，沿着历史的脉络排列着那么多的丰碑。

# 一条河堤到底有多长

　　在浒墅关镇的运河西岸，有一条新修的堤岸，我经常会漫步在那青石铺就的路面上，抚摸着一侧青砖砌成的城墙。当我的手掌从那城砖的粗糙表面划过，仿佛一种经年的沧桑穿透我手指的皮肤直抵血脉深处，我心里反复回响一句问话：一条河堤到底有多长？

　　我脚下的这条堤岸名叫董公堤。它的前世长达二十里，现在只有几百米长，这个问题似乎不难回答。然而如果细细剥开历史的风尘，这个答案又似乎不那么确定。一阵阵河风吹过我的面

京杭大运河边的董公堤

颊，清凉中夹带着些许水腥味儿。脚下的运河水一浪接一浪地拍击着河岸，那声音很有节奏，清脆中不乏浑厚之力，仿佛是运河水和那新砌的石岸合奏的一曲《运河赋》。我微微一笑，我脚下的堤岸一定很享受现在这种状态吧。

大运河的堤岸在大部分时间其实都是破旧的、坑坑洼洼、残缺不全的，被称为"江南要冲地，吴中活码头"的浒墅关更是如此。修堤这种事，历朝历代都是不遗余力的，每次花费的银子都是不计其数的。我缓步走在这几百米长的董公堤上，河岸都是石头砌成，非常坚实，一米多的宽度，走在上面非常舒适。这是浒墅关镇政府修建的沿河风光带。我凝视远方，那漫天的烟雾中隐约出现了无数条河堤，那些河堤有的摇摇欲坠，有的破败不堪，它们在肆虐的洪水中痛苦地呻吟着。在数千年的封建王朝里，漕运一直是唱主角的，那如血脉一般流淌在帝国身上的千河百川控制着帝国的经济命脉。对于沿岸的亿万生民而言，这些河道是他们的衣食父母，更多时候却像一位喜怒无常的暴君。堤一旦决口，老百姓深受其害甚至面临卖儿鬻女的凄惨命运。像大运河这样的黄金水道如果决堤，整个国家的经济都会受到影响。对于封建帝王而言，河道也是悬在他们头上的一把剑，不遗余力修筑河堤是历朝历代国君、臣子们义不容辞的责任。可即使这样，大堤仍是常修常坏，只要有了大的水患，基本上都会决堤。也许最后有几个倒霉的官员会为那些无辜葬身于洪水的百姓们陪葬，但是下一次洪水来袭时大堤照样崩溃。是当时的工程技术不过关还是洪水太凶猛？其实都不是，是人祸甚于水患，贪是根本。修堤官员心里的小九九是：如果第一年把堤岸修好了，第二年就没有款项可以贪污了。没有钱贪污，怎么养肥自己呢？所以最后朝廷下拨的修河款只有很少的一部分用于修河堤，而这不多的银子等最后承包工程的人大赚一笔之后便所剩无几了，所以主观上官员不想好好修，客观上也没有足够的银子去修，最后导致大部分修堤岸的工程都是豆腐渣工程。

　　我长叹一口气，继续在董公堤上漫步而行。我看到有一个闸站正在修建，几台水泥搅拌机正在运转着，河对岸多个闸站早已建好。是啊，这大运河和那黄河就像暴龙一样，如果不加控制说不定哪天它们就会发威，那可就是灾难了。在明清两代，管理大运河和黄河的部门叫作河道总督衙门，主管官员官阶为正二品或者从一品，这种级别的官员可都是皇帝的股肱之臣，然而他们食君之禄却未能尽人臣之责。

　　我突然觉得脚下的河堤是那样沉重。我目光向那混沌的天空看去，再次发出心间的疑问：那一道道河堤到底有多长？我想起清代名相张廷玉在长城留的那首诗："万里长城万里空，百世英雄百世梦。"这河山的万里长堤和那万里长城是何等相似啊！

　　我遥望着远处巨石上"董公堤"三个大字和那目视前方、捋须微笑沉思的董公像。我脚下的董公堤就是他的丰碑。华夏大地还有诸多的河堤又是谁的丰碑呢？我头脑里闪现出一又一个身影。

　　北宋天圣年间，范仲淹在西溪（今属东台）盐仓担任盐监时，为阻挡海潮，发动通、泰、楚、海4万多民工兴修海堤，堤长181里，这就是著名的范公堤。范公堤在后世屡毁屡筑，并不断扩展，最后形成北起今江苏阜宁，历建湖、盐城、大丰、东台、海安、如东、南通，抵启东的吕四，长达500多公里的千里海堤。大海这条孽龙在数百年内被这条捆龙索降伏，不断向大海深处退却，无奈地把本属于它的地盘拱手相让。几百年后的今天，大海已经离这条大坝200多里远，堤东已经形成数千平方公里的良田沃壤。恰如明代诗人吴嘉纪在《范公堤》诗中所说："西塍发稻花，东火煎海水。海水有枯时，公恩何时已？"意思是说：堤岸的西边稻花香飘万里，东边架火烧盐。海水也许有枯竭之时，但是范仲淹的恩情人们永远不会忘。

　　"最爱湖东行不足，绿杨阴里白沙堤。"这是白居易《钱塘湖春行》中的诗句，这里的白沙堤虽与今日西湖边的白堤并不是同一座大堤，因为白居易建的堤岸是从钱塘门到昭庆寺再到白沙堤东端的白公堤。白公堤在今天已经无迹可寻了，但这并不重要，重要的是，白居易任杭州刺史时，兴修水利，组织民工蓄积湖水，保护堤防，做到湖、河、田畅通无阻。这样的好官老百姓当然希望永久把他的名声留下来。今天当我们吟诵着《钱塘湖春行》，欣赏着那近看如缤纷的画廊、远看如五彩锦带的白堤，缅怀那心系黎民百姓的好父母官时，顿悟这天地间的美丽风景有时也是一篇篇道德文章。

与白堤不同，苏堤就是苏公堤。苏轼关于西湖的诗词，最著名的莫过于他那首《饮湖上初晴后雨》："水光潋滟晴方好，山色空蒙雨亦奇。欲把西湖比西子，淡妆浓抹总相宜。"可他第二次到杭州做知州的时候，却看到西湖长久不治，湖泥淤塞，草兴积成的葑田已占湖面一半的景象。他决定学白居易，疏浚西湖，让他心爱的西子开心颜。最后苏大学士凭着朝廷给他的 100 道僧人度牒，采用以工代赈的方法募民开湖，花了 20 多万人工，终于把葑草打捞干净，并用挖出的葑草和淤泥筑起了条长堤，这就是最初的苏公堤。这条大堤后来经过多次修建，现已成为一条贯穿西湖南北风景区、长 2797 米的林荫大道。

"千锤万凿出深山，烈火焚烧若等闲。粉骨碎身浑不怕，要留清白在人间。"这是明代于谦的《石灰吟》，于谦的一生就是对这首诗最好的诠释。《明史》记载：河南靠近黄河的地方，常因水涨冲缺堤岸。于谦令人加厚防护堤，计里数设置亭子，亭有亭长，负责督促修缮堤岸。又下令种树、打井，于是榆树夹道，路上没有干渴的行人。

运河上一艘艘货轮穿梭往来，马达轰鸣，历史的车轮滚滚向前。和董公堤不同，白居易、范仲淹、苏东坡、于谦他们不是因修堤而名垂千古，修堤只是他们灿若星辰的成就和政绩中小小的一部分。然而就是这小小的举措惠泽着一方生民，使万民永远铭记，成为他们心中不朽的丰碑！

我走到写着"董公堤"三个大字的石碑前，思绪又回到几百年前，眼前浮现董公堤刚建时胜景。清代诗人凌寿祺为《董公堤》赋诗道：

> 虎骙南畔郡城西，遥亘晴空万丈霓。
> 同姓人俱传直隶，异时巧合在长堤。
> 六桥花柳穿明镜，七里楼台映碧溪。
> 何似河干资利涉，往来络绎度轮蹄。

这句诗的意思是：苏州城西、浒墅关镇南的董公堤，远远地看上去就像横亘在晴朗天空中的万丈彩虹。董子策和董汉儒两任浒墅关的榷关主事都从直隶而来，他们在不同的时间巧合地修筑了运河河堤。运河上六座拱桥横亘，七里堤岸开满鲜花，长着茂盛柳树，与两岸人家的楼台都倒映在如同明镜一般的碧绿河水中。为什么运河如此便利、畅通？来来往往络绎不绝的渡船和轮船居功至伟。诗中生动描写了当年堤岸车水马龙、花映柳波的美丽景象。这里提到的"同姓人"是明代浒墅关的两任榷关主事董子策和董汉儒，这当然也是董公堤中"董"的来历。

我倚靠着堤岸上花岗石的栏杆，遥想几百年前，那些精疲力竭的拉纤者，背负着沉重的纤绳一步一步地行进在脚下的大运河边，某一天，他们突然发现在浒墅关这一段，路突然好走了，他们走得那样轻松，不用担心因脚下的泥泞而失足跌入河中，也不用担心被河畔锋利的芦苇划破皮肤。他们应该还不知道是这里榷关主事主持修建的，但他们一定知道这里有一位关心老姓的好官。确实也是如此，实际上，修建河道的事并不归榷关主事管，而是归官署在山东济宁的河道衙门管。管理运河的事务直至清光绪二十八年（1902）之后才交由所在省管理，而董公堤的最初修建是在明代。做不是分内的事，只为百姓着想，这样的官当然是好官，而浒墅关这里曾有多位为民着想的关官，这确实是天大的福分了。这也是上天对于这块"吴中活码头"的奖励了。

明嘉靖二十二年（1543）榷关主事董子策来到浒墅关，他看到运河两边的塘岸，只是用石头随意堆砌起来。那些石头有些已经松动，地面高低不平、坑坑洼洼，有些甚至都已经塌陷。不要说那些逆风拉纤的纤夫没法走，连镇上的居民日常在运河边行走的路都快没有了，旁边的桥墩也松动了。于是他决定把这条堤岸进行彻底修建，而不是像以前的关官一样小修小补。于是这条从浒墅关至枫桥铁铃关长二十里的堤岸在董子策的捐资营筑下第一次出现在人们的视野中。

运河水哗哗又流了五十三年，嘉靖的孙子万历都已经在位二十四年了。一位名叫董汉儒的榷关主事来到浒墅关。这时候的董公堤一方面由于经年累月的流水冲蚀，运河上繁忙往来的船只，另一方面因为纤夫、行人、车马等踩踏行进而损坏严重。董汉儒组织劳力对董公堤进行修建。修建河堤这种事，古代当官的都喜欢做，其中道理不言而喻，但是很少有当官的愿意修别人修过的堤，道理其实也很简单，世上诸多事离不开名利二字，修堤这件事是可以名利双收的。撇开利不谈，名是大多数官员绕不过的一道坎，如果修别人修过的河堤，说到底这名声还是别人的，自己不过是为他人作嫁衣罢了，终究不如自己建堤修路那样更容易获得名声，这就是官员一般不重修堤的原因。但是浒墅关的董公堤却是个例外，因为在第一任榷关主事董子策之后两任主事都对董公堤进行了重修。巧合的是第二任主事董汉儒也姓董。在董汉儒之后的二十年，主事张铨又一次重修董公堤，主事姓张，堤岸姓董，如果为名，大概是什么名也沾不到了。为利呢？更没有，由于当时一些钞关存在比较严重的关官和来往商船勾结偷税漏税的情况，所以朝廷派出税使进行专门的监督。榷关相关的税款有专门的衙门来管理，领取有相应烦琐的手续。榷关支出的费用和原先一样，每年的收入却已经减少不止一星半点，总而言之，张铨做主事时，财政上没有以前宽裕了，这种情况下对于重修董公堤这件事，换作别人恐怕直接就会放弃，毕竟既无名又无利的事，愿意做的人并不多，但是张铨却义无反顾地做了，而且这也是有记载的历史上最后一次大规模地修建这段堤岸了。董其昌在《浒墅关重修董公堤记》文中对张铨高度评价，认为他不仅继承了美好的品质，性情深沉、胸怀博大，而且一身兼有多种才能，有治理的才略。浒墅关的老百姓也没有忘记这位心怀百姓的好关官。他们为表感激而把堤的起点崇福桥称为张公桥（即今张家桥或庄家桥），所以名这个东西，有还是没有，那杆秤其实是在老百姓的心中，不是你想留名就能留名的。当官的为社稷江山做了实事、好事，历史自然不会亏待他；反之如果一心媚上欺下、沽名钓誉，最终恐怕只会成为反面教材！在这之后，董公堤还经过无数次的兴修，"自康熙二十三年甲子，至乾隆四十九年甲辰，每逢圣驾南巡，节次兴修。"不过修堤的目的是为了方便皇帝出巡。虽然修堤得益的还是老百姓，但终究差了点意思。

我驱车离开董公堤的时候已是黄昏，运河两岸的密密麻麻的居民楼已经次第亮起了灯火，那如繁星般的光亮把运河点缀得如同银河一般璀璨而绚烂，七彩的霓虹灯使河水上空有了一种光怪陆离的感觉。一声声马达声和鸣笛声，推进了时光巨轮，划动了岁月的涟漪。我心里的问题也似乎有了答案。一条河堤的长度固然是有尽头的，但是那些为民谋利的贤人们的精神长度是无尽的，他们留给后人思索更是没有尽头的。

## 附《浒墅关重修董公堤记》及译文

楚中丞澶渊董公司榷时，筑石堤三千六百丈，自吴关而东，属之寒山，几二十余里，吴人所为尸祝董公者也。

岁久，水啮石注，堤稍废不治。天雄张平仲使君始增修之，虽仍旧贯，与新作等，何则？自税使出，筹国者以物货之征领之有司，关使者算舟而止，度支之额则犹故也，而岁入非矣。使君受事当其时，诎浮羡几何，然每有浮羡，辄为吴兴作，不罄不止，曰：终不以虎邱一拳石湿吾受块之墟也。处脂膏中不自润，而道是谋则诚廉吏。虽然，非溪刻之谓也，何足为使君颂哉。

余观公家之事，往往前人善作，后人害成，即以治河论，行河大臣率三岁一更，而必人自为一河，河可十年不决，而浚河之役靡一岁宁止。盖共济若斯之难！后董公而榷者岂无廉？士曰：此董公之堤也，吾何有焉。是以堤废不治。若使君则无以有已矣。使君世承清劭，沉深博大，身兼数器，有干国之略，尝为元城董考功哀集遗文传之世。是役也，必表著董公之遗惠于弗替。夫劳臣相矫，如文人相轻，视使君何如也！因记堤工岁月并书之。野史董其昌。

译文：楚中丞河南开州人董汉儒任浒墅关榷关主事时修筑了石堤三千六百丈，从浒墅关向东一直连接到枫桥的寒山寺。大约二十多里，吴地人因为这一点而代代称颂董汉儒的功绩。

年代久远，河水侵蚀堤岸，石头坑坑洼洼，堤岸渐渐因为缺少修理而快要被废弃。河北大名府人张铨，字平仲，开始拓建修筑堤岸。虽然仍是贯穿旧的那条堤岸，但是和新修的一样，这是为什么呢？自从税使出京城，为国家而筹划的人都是凭货物的凭证从管理部门领钱，钞关的税使计算着船只。估算支出的总数仍然和原先一样，但是每年的收入和以前不一样了。张铨任关官时正处于这个时候。减少了一些浮钱，但是一旦有了浮钱，就一定用在振兴吴地的建设，不用完不停止。他说："我终究不能因为虎丘的一块小石头，而污染了我受皇恩的这一块宝地。"处于像脂膏一样肥沃的江南宝地却不滋润滋润自己，却说出这样的话确实是一个廉洁的好官，即使这样，如果不是刻薄、苛刻的说法，哪里值得为张铨使君称颂呢！

我看官府的事情，往往前人好好地做，却被后人做坏了，就拿治河这件事来说吧，行河大臣一般三年一换，必定每个人自己修一条河，河可以十年不决堤，但疏浚河道的劳役没有一年不做，大概是一同做这件事是很难的吧。在董公之后任榷关主事的难道没有廉洁的官吏吗？他们说："这是董公修建的堤岸，我有什么呢？"因此堤岸无人治理而快要废弃，如果没有张铨的话，修堤这件事就没有办法结束的。张铨不仅继承了美好的品质，性情深沉胸怀博大，而且一身兼有多种才能，有治理的才略。曾经将大名府的董考功遗留下的诗文辑集成书，传于后世。这次修堤的工程，一定可以使得董公留下的恩惠得以继承发扬，而不至于埋没损坏。那些虽也很勤政但却自以为是的官吏，他们与彼此相轻的文人一样，是无法和张铨相比的，我因此记下修堤工程的时间并写下这篇文章。我是记录野史的董其昌。

2021 年 11 月 28 日完稿，发表于《苏州杂志》2023 年 2 月

# 三里亭随想

我之于三里亭应该属于有缘之人。

我到苏州第一所学校的文学社和校报的名字都叫"三里亭"，其时我对浒墅关三里亭这一著名景点并不清楚，更不太明白其前世今生。

我对三里亭的认识，当然也没有只停留在字面上。在我们学校的后面有一个古朴的亭子，亭名叫"书韵亭"，亭子是中国传统建筑中的单檐歇山式花岗岩石亭，书韵亭三个字和楹联都是用金文镌刻而成的阴文字体，涂上绿色的漆。上联为"绿水青山常在目"，下联为"清风明月不须钱"，字体雄浑典丽而又不失严谨端正，意境深远而超脱。亭子的四角是四根方方正正的大理石柱，其中一根柱子上刻着"民国二十二年十月"的字样，换算成公元历

书韵亭

是 1933 年，这座亭子在风风雨雨中矗立了 88 年了，怎不让人肃然起敬。亭子的顶部排列整齐的四块长条石上生着很多绿苔，那是经年累月风吹雨淋后的结果，远看去，亭子仿佛一位历尽沧桑的老人，那绿苔就是他一条条额头纹吧。亭顶四角翘起，从正面看起来，极似古代秀才所戴的方巾，也算是对学生们的一种祝愿吧！

有老师说这座亭子是仿照三里亭的比例，1:1 建造的。这时我这才把校报上"三里亭"和这座实体的书韵亭结合起来，进而遥望那在运河彼岸的三里亭。

三里亭无法常去，书韵亭却就在眼前，亭里东西相对的是两块长约一米五、宽约五十厘米的大理石条石，条石下面还有两根立柱，用水泥砌成，既起到支撑亭子主体结构的作用，也可以供人休息而用。因为周围长着很多的落叶乔木，所以到了秋冬时节，亭子里面、四周都落满了枯黄的树叶，踩在上面发出"哗啦哗啦"的声音，惹人生出无尽的遐思。书韵亭的后面就是交叉错杂的藤萝形成的一面墙，那些藤萝在夏日之时，姹紫嫣红的花点缀于绿藤中间，远看仿若一幅山水画，近看又像一匹流光溢彩的绸缎。亭子的前面是一条鹅卵石铺成的蜿蜒小道，学生三三两两从那里经过，有夹着书本的，有嬉笑打闹的，有哼着歌、跳跳蹦蹦的，他们成了亭子前面一道流动的风景。我时常坐于亭中，目视远方，品味对联"绿水青山常在目，清风明月不须钱"的真谛。"清风明月"自是常揽怀中，"绿水青山"应该指的是近在咫尺的京杭大运河和树山、观山、阳山诸山吧，但由于城市里高楼林立，这些似乎离亭子有些遥远，并不能常在目，这能不能算是一种遗憾呢？然而，当看到学生们快乐安恬地从面前经过，耳里传来琅琅的读书声时，我瞬间释然了，这难道不是最好的"绿水青山"吗？是啊！人生最美的风景不是在路上，而是在心里，心里有万水千山，眼前自然便是绝胜之地。这人间士子的半亩方塘难道不是世上最美的风景？

书韵亭固然是美的，但它毕竟不是真的三里亭，对三里亭的向往使我想去更真切地了解它。在此之前，我认为它不过就是一个普通的亭子而已，最多年代久远罢了，但了解之后我才知道这个亭子并不简单。

三里亭的前世应该叫"于止亭"，"于止"出自《大学》"于止，知其所止，可以人而不如鸟乎"，意思是"到应该归宿之处，便知道那是自己的归宿地。难道人可以不如禽鸟么？"孔子借禽鸟讲的是人应该要知道节制、限度的道理。"于止亭"应该也有这方面的意思，一方面这个亭子是给老百姓们憩息的，另一方面借此来告诫那些为名为利而终日奔走的人们，有劝世之意。

三里亭是在清乾隆年间（1736），由当地一位名叫陈玉林的乡绅捐资建造的。这个亭子在清同治年间，又由众人筹钱重建，重建的一个主要目的是为了感恩时任苏州知府的蒯子范，所以亭名就由"于止亭"改为"蒯公亭"。因浒墅关署到此为三里，所以当地人又习惯称之为"三里亭"，亭名沿用至今。

蒯子范是个怎样的人，为什么会得到苏州老百姓如此爱戴呢？有评价说："顾于小民则恋爱如家人，民亦父母视之，不称其官，而称之曰'蒯三爷'。"意思是说蒯子范虽然贵为知府，但是他对普通老百姓的关爱如同家人，老百姓也把他当作父母一般看待。百姓称呼他不是老爷也不是大人，而是"蒯三爷"，这是把蒯子范当成自己家里的长辈了，还有比这个称呼更能体现蒯子范在苏州老百姓心目中的地位的吗？大概很少了。

《庸闲斋笔记》里记载了蒯子范很多事迹，如，因公事和按察使据理力争，知府出面也不为所动；以大义责问，使抢掳难民女儿的军官铩羽而归等。《清史稿·蒯子范列传》提到他成功解救被诱买的良家女的事迹。最让人感动的是一年江北发大水，三万多人受灾，蒯子范拯救万民于水火，设机构给他们提供衣食，使他们学成一门手艺。《清史稿》里还提到蒯子范为浒墅关百姓永久免除为驻扎在浒墅关的军营筹措马料费用的事。他还修了望亭塘，建了 28 座桥，为来住的行人提供了极大的方便。这些是不是乡亲们众筹建亭的直接原因，也许是，也许不仅于此，但是可以肯定的是，浒墅关极其幸运地用一座普通的亭子，把蒯子范的功绩留在了大运河畔，供后人缅怀。当然蒯子范也是幸运的，毕竟能够不朽、万世传颂，这样的美誉，谁不想呢？但古往今来多少人渴望不朽，又有几人做到呢？三里亭告诉人们，只有那些真正甘愿以身祭民者方能成就这份功德。

通过查阅一些资料，进一步加深了我对三里亭的印象，原先那对我而言很虚无的三里亭，现在似乎变得触手可及，我甚至在心灵上可以感受到它的悸动了！

第一次看到三里亭却只是那远远的一瞥，还隔着一条运河。那天我开着车等红绿灯，无意间朝河对岸看去，一个隐约置身于树木楼宇间的亭子以那似曾相识的身影猛然撞击我的心扉。那一瞬间运河水仿佛澎湃于我胸间、脑海里，我想那就是我一直想见未见的三里亭了。绿灯亮了，我驱车回到家，凭印象判断那个位置靠近维德木业，打开电脑一查果然如此，三里亭竟然在维德木业的厂区里面。网上有帖子写一位博主特意到里面寻找三里亭的过程。因为要进到别人的厂区，还要通过门卫，我暂时打消了瞻仰三里亭的念头。以后每次从那条路上经过的时候，我总是有意无意地朝那个位置看，那犹如藏于深闺中的三里亭，便时而模糊时而清晰地呈现在我视野里。那亭子依稀位于一个小岛之中，仍然靠近运河，但这个位置其实已经发生变化，1987 年因运河拓宽，三里亭向西移迁了 50 米。1997 年 4 月 23 日，因民工在亭内烧废料，花岗石脆裂倒塌，翌年春按原样重建。这应该是三里亭第三次重建了。沧海桑田，历史的车轮里碾碎的东西太多太多，但幸运的是在岁月的风沙中，三里亭仍然保留着。

三里亭仍然是我心中的一个结，因为至今我仍然未能一亲其芳泽，它只是一个小小的亭子，但不可否认它已经成功地勾起我对它的爱恋，而这种爱恋却似乎只是单相思，因为我直到现在都无缘站到它的身边，抒发一下自己的相思之情。

有一天发现它的倩影竟然不在对岸原先的位置了，我以为我看错了，因为那一带近两年变化确实比较大，建起了两座学校，维德木业也已经拆了一大半，只剩下几幢办公楼了，空中更有一条有轨电车横跨，运河岸边也建起一条宛如玉带般的健身跑道。我当即掉转车头驱车前往对岸，那里已经成了一片空地，许多老百姓在里面种植了蔬菜，那些蔬菜在初冬的风中摇晃着身子，煞是可爱。我扫视这一块荒地，没有发现三里亭，再远处便是居民楼了，更不太可能有了。我确信三里亭一定已经再次迁移了，我沿着已是干净笔直柏油马路的董公堤驱车前行。冥冥之中，我觉得三里亭不会迁移太远。

那一瞬间，我觉得幸福来得太突然，当驱车经过文昌桥下时，我便看到在前面路的左侧露出的亭子顶部，我用力一踩油门，车子很快便来到了路的尽头，有一个亭子安静地矗立于路边一块低于路平面的环形区域里。我拿起手机下了车，边走边拍照片，仿佛怕它会突然不辞而别。当我走到入口时，我停下了脚步，因为亭子矗立于一个数米深的凹穴里，所以我差不多可以平视它了，我闭上眼，陷入一种冥想之中，运河的风吹拂着我的头发和衣襟。这是一个冬日的傍晚，四周一片混沌。远处文昌桥上车来车往，但是那里的热闹和这里的冷清却是截然不同的两个世界，我长吸一口气，这是我一直希望见到的古迹，它在我的梦中曾经是那么美好，然而当它就这样静悄悄地出现在我的面前时，我的心莫名地忐忑起来。

我沿着那台阶拾级下行到了底部，从近处观瞻这久慕的三里亭。在临河的一侧，"三里亭"这三个古朴凝重的隶书依然那么清晰地镌刻于门楣之间，遥望着古老而又生生不息的运河。两个相互凝望了数百年的灵魂，它们曾经相互携手、相互关怀。对于当年那些在运河岸边拉纤的纤夫们，它们是运河力量的牵引，也是运河生命力的彰显。这些穷苦的百姓们，他们疲惫之余在这

三里亭

三里亭中吸一袋旱烟，眯一会儿，然后继续把命运的绳索套在肩上，把身体压成和地面平行，负重前行。岁月荏苒，运河仍然焕发着生机，那套在纤夫肩上的纤绳已经变成轰鸣的马达，正带动一个民族呼啸着前行，而三里亭却只能寂寞地站立运河一畔，仅以古迹的身份作为唯一存在的理由。我甩一甩头仿佛要甩去这些胡思乱想，继续看着楹联，上联"树爱棠甘人思召伯"中的"棠甘"指梨树，"召伯"指"布德政之人"，当年周文王的庶子召伯辅佐成王时，外出巡视，在棠梨树下休息，有人向他讼诉，召公当即进行判断处理。他这种爱民行为深受人们爱戴，过后，人们看到这棵棠梨树就好像看到召伯，把这棵树看成是召伯的象征，亭子上联便出自这个典故。下联"桥垂柳荫名继苏公"的"苏公"指苏东坡。上下联大意是：树中最爱的是可产甘甜可口之梨的棠梨树，人最思念的是布施德政的召伯，桥边垂下柳荫一片，筑堤的几位关官可谓名接东坡。联语颂扬了为民谋福的几位地方官员。如果结合之前提到的蒯子范，那么这个小小的三里亭楹联，集周朝的贤人召伯、宋代大儒苏东坡、明代修建董公堤的董子策、董汉儒、张铨三位地方官和清代的蒯子范于一身，它确实可以傲然挺立于这天地间了，它也应该成为运河文化的精髓所在。那些为苍生而谋福利的贤者们，他们的精魂注入这一方天地，注于这石亭之中，凝练成一道守护运河的无形的屏障。

我坐在那石栏杆上，细细观察这真正的三里亭，发现它和学校的书韵亭相比较，要沧桑衰老得多。书韵亭和三里亭形虽似，神却远。毕竟88年和285年相比较，多出的这近两百年，足以在那坚硬的花岗石上留下太多岁月的烙印了。三里亭历经重建、迁移，是大运河变迁的见证者，也是运河文化的承载者。从这个角度来说，书韵亭只能向它行膜拜之礼。我抚摸着那沟壑纵横的石柱，仿佛触摸的是一道道岁月的年轮，那里每个凹坑都是一条历史的刻痕，我的手从那粗粝的条石上抚过，我仿佛感受到一个蛰伏数百年的灵魂的气息，它在应和我的呼吸，它在应和我的脉搏，它在应和着我的心跳。这是为什么呢？也许它有太多的话想要诉说，也许它仍然希望为行人遮一遮风，挡一挡雨，也许它希望身上承载的道德力量能够被解读而散播为天地浩然正气；也许，也许它只是太寂寞了，希望有个人能够懂它。如果是这样，那么对岸即将成为景点的书韵亭能否给它些许慰藉呢？

2021年11月15日完稿，发表于《青年文学家》2021年12月（下）

# 运河散笔

我所在的学校有一座两上两下的小楼，这座小楼旁边就是运河，是的，我和运河的距离就是一道栅栏。我已经记不清我第一晚睡在这运河之畔的感受了。记忆里只剩下那来来往往的船只被河浪拍击的声音，呜呜的鸣笛声，船上人们清晰可闻的话语声。从此之后，这些犹如每日三餐一样，成了我生活里一道必备的菜肴。要问第一夜我有没有被它的声音打扰我已经不记得了，但我知道之后的每一夜我都枕着它的小曲儿如婴儿般酣眠。

苏州被称为"东方的威尼斯"，这个称呼是不合适的。于公元421年建成的威尼斯城距今不过才1600年，而苏州从公元前514年伍子胥象天法地建城算起，至今已有2536年。两者相差936年，谁在先谁在后，一目了然，多出近千年的历史足以让苏州俯视威尼斯了。人们喜欢把两座城放在一起比较，更多是因为这两座城都和水有关。现在的苏州西拥太湖，京杭大运河穿插其间，城内有阳澄湖、独墅湖、漕湖、尚湖、金鸡湖等三百多个湖泊，整个苏州城约有一半都是水，这在中国所有的城市里是绝无仅有的，是名副其实的水城。这颗水中明珠的形成要追溯到春秋时期阖闾、夫差开凿的几条运河。

中华文明的起源在黄河流域，群雄逐鹿中原，从上古三皇五帝到夏商周，这期间，作为蛮荒之地的吴越之地还只是看客的身份，但是到了西周王鼎异地，进入春秋乱世，拥有千里水泽、鱼米之乡的吴越之地开始走上历史的前台。这其中起到重要作用的是一位楚国的弃臣伍子胥。背负父兄被杀的血海深仇，伍子胥辗转来到了吴国，辅助阖闾、夫差两代国君成就吴国霸业，他也是苏州城的缔造者。吴国最初的封地在今江苏省北部地区，到了春秋时期，都城迁至长江北岸。春秋后期吴楚之间常常爆发战事，甚至连边界桑女采桑叶都能引发战争，双方已势同水火。吴国都城深受威胁，被迫再次南迁。这次吴王阖闾所看中的地段，正是长江以南、太湖东面的姑苏地区。伍子胥从无锡的阖闾古城率领人马，不辞辛劳来到吴中之地，"相土尝水，象天法地"，充分考察了地理和水文条件，将城址选在太湖东岸的丘陵和平原之间。西边的山川为筑城提供大量石料，东面平原沃野、鱼米之乡，正是绝佳的大后方。历经两千五百多年的天堂之地就此诞生。

初建的苏州城面临很多问题，第一个就是水道的问题。虽说它坐拥千里泽国水乡，紧临太湖，但那时的水道是无序的，无序的水道随时会以洪水的暴虐方式出现在人们面前。再就是如何解决和楚国之间发生战争时运兵运粮草的问题。因为城的西面有太湖、大阳山等湖水丘陵为阻碍，不利于向楚国进军，于是伍子胥带人开凿了中国历史上第一条运河堰渎。堰渎也称胥溪、胥江，吴国人凿通今江苏高淳县东长江支流水阳江和太湖分水岭的东坝，使西面之水穿湖入长江的水阳江，与东面穿过多湖入太湖的荆溪连接起来，成为东连太湖西入长江的第一条运河。从此，吴国强大的水军，从姑苏城向西走太湖，也可走高淳湖，经芜湖渡长江，再渡江向北到巢湖进入濡须口（即今天巢湖的入河口裕溪口），然后入淮河，从而避过江上风涛之险。吴王阖闾于周敬王十四年（公元前506）伐楚，就是从这条新水道突袭楚国。柏举之战，五战五捷，以3万水师击败楚国20万军队，仅10天即进入楚国国都郢。前504，吴师再次伐楚，迫使楚国迁都于郡，从此吴国威震中华，这其中堰渎功不可没。当然，一代雄主阖闾加上最强谋士伍子胥，最强兵王孙武，这种配置对任何一个国家而言都是堪称噩梦般的存在。

吴越两国几乎是同时崛起，南方老牌强国楚国被吴国打得没有还手之力，剩下的剧情当然就是吴越之间的死磕，挟击败楚国之余威对付越国固然是小菜一碟，但前提条件还是"要想赢，先开河"，总得把吴国的虎狼之师运过去才行。兵马未动，粮草先行，没有水道粮草也没法运啊！这就有了伍子胥开的第二条河——胥浦。这条运河在胥溪开凿后11年开挖，主要是利用太湖泄水道疏浚而成，西起太湖，东通大海，沟通了吴国的海运通道。据说这条运河还寄托了伍子胥的一个情结：当年，他逃出楚国，在这里被一渔翁用渡船送过河，渔翁后来自沉江中以绝其疑心。伍子胥当年渡江的地方，被称为"胥浦"。也许伍子胥存有报恩之心，也许只是一个巧合，但胥浦的开挖确实对于仪征先民有着莫大的好处，他们由逐水而居、漂泊无定的渔猎生活，开始在胥浦河两岸的冲积平原上慢慢定居，并学会了原始耕种，开创了古老的农业文明，并用"胥浦农歌"——一种在秧田里的对唱的歌声——歌唱幸福的生活。歌声高亢宛转，此唱彼和，持续不断一如那千年不绝的胥浦一样，日夜流淌着美好的诗意。

为了伐越，除了胥溪以外，吴国还开挖了另一条运河"百尺渎"，又称百尺浦，这条运河向北和我住的房子边上的这条古江南河相通，向南直通古钱塘江北岸的河庄山（今浙江海宁市盐官镇西南40里）。这是一条沟通吴、越之间最直接的水道。从地图上看，如果把江南河过吴江，直至浙江嘉兴这条漫长的河道比成一根长柄的话，那么从嘉兴开始拐弯，流向西南方向钱塘江的水道就好像一把镐头，吴国开挖这条运河的目的很明确就是要用这把镐头楔入越国的身体。于是在嘉兴县西南

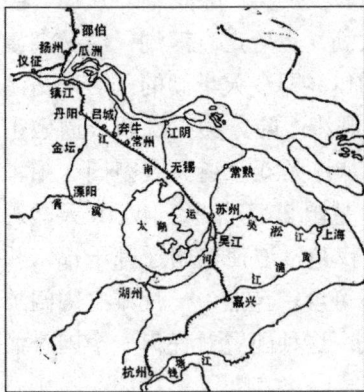

百尺渎

方向 5 里的檇李，也就是这把"镐"的柄和头的连接处，就成了双方必争之地，公元前 510 年和公元前 496 年双方在此发生了两次战争。第一次檇李之战，吴国战胜，由此揭开了吴越之间长达 37 年生死相杀的大幕。第二次檇李之战，勾践兵出怪招，一群死士在阵前以死明志，被吓懵的吴军大败，不久后战斗中伤了脚趾头的阖闾在回师途中死去。那把打造的"镐头"竟然把自己的脚给砸了，阖闾轰轰烈烈的称霸事业中途夭折，这条河成了吴国的伤痛之河。

如果不是因为勾践，夫差在春秋霸主之中一定是近乎完美的存在。杀人莫过于诛心，把自己的手下败将养成奴仆，让越国失去他们的精神领袖，战略上达到从精神上彻底摧垮越国的目的。爱江山也爱美人，宠幸美人西施，堂堂一国之君活成小丈夫，为妻子的一笑一颦而或喜或愁，至情至性的夫差着实可爱。在称霸的事业上，他不断进取、杀伐果断、勇往直前，没有因为征服越国就停住自己前进的脚步，最终成功登顶。有度量、有抱负、有血有肉，这样的霸主在春秋时期并不多见。而伴随夫差称霸征程的，则是从吴门奔腾而出的江南运河水，一路不离不弃。也是那吴甲三千赤膊男儿远征中原的浩然英气！

夫差的下一个目标是齐国。齐国第一代国君是姜子牙，齐桓公是春秋五霸之首，要想称霸必须征服齐国。齐景公刚刚去世，国内幼主才立，夫差不听伍子胥要他防止越国的谏议，发兵齐国。还是老问题，想打仗，先开河，这次方向是北上，这条河就是我房子边上的这条古江南河。它从平门流出，沿着城外的护城河直入苏州城西边通长荡的射渎，然后从漕湖流出，注入常州、无锡间的阳湖，再从今江阴西利港出来，流入长江，到达扬州。这就是那把楔进越国身体之镐的长柄，但很明显这个柄还不够长，怎么加长呢？自然是从扬州开始挖运河，具体地点是在今扬州市西北修建的邗城。周敬王三十四年（前 486）吴王夫差命人在邗城下开凿运河，引江水入淮河。这条河就是邗沟，又称中渎

邗沟

水。开挖邗沟很有意思，在地图上可以看出，长江和淮河在这一部分的位置近乎平行，所以如果取两条河之间最短的距离开挖可以省很多时间，但是设计者想利用当时江淮之间湖泊河流相互邻近的自然形势，把这些散落的河道整理连缀成河。这种合理整合原有湖泊的方法当然是可以省力很多，也很科学，但就无法取理想上的最短距离了，最终甚至为了连接博芝、射阳二湖，邗沟还向东北绕了一个大弯子，最终的结果就是邗沟流程曲折遥远，全长达185公里。邗沟的开挖对于沿岸的百姓自然是好事，把那些散落的河道串连起来，和长江、淮河两条大河连接在一起，沿线的万亩良田皆得到它的灌溉，同时也极大提高了抗灾能力，反正一般的洪涝灾难肯定是不要担心了，但对于吴国攻打齐国这样的战略需要而言恐怕就有些问题了。兵贵神速，河道过于遥远，战场上会失去先机，加上又仓促凿成，通航能力也有限，所以在邗沟完成后第二年，吴师攻打齐国，仍是取海道北上的，这把加长的柄暂时没有起到作用。在海上，吴军和齐军打了一仗，这场发生在黄海海域的海战，是中国历史上第一次大规模的海战，以齐国大获全胜告终，但这并没有影响夫差征服齐国称霸中原的大局，因为在次年的艾陵之战中吴鲁联军歼灭齐军十万人。

随着齐国这块绊脚石被拿掉，剩下的事就简单了，就是和老霸主晋国会盟，并得到周王室的承认就可以了。晋国国力已是江河日下，实力早已经没有晋文公时代的豪横了，夫差再次开河挥师北上，这一次之前挖掘的邗沟终于有用了，但长度仍远远不够，因为要想北上与晋争霸，还必须把淮水和泗水、济水连通。会盟的地点黄池就在济水的岸上，于是夫差先是把已经和长江连通的淮水打通至泗水、沂水，而泗水和济水并不相通，所以打通它们才是关键。这次没有邗沟开挖时那么多的考虑，直接找一个最佳点就可以了，就像我们今天在江上架桥一样，找一个江面最狭窄的位置是先决条件。这个点就是今定陶县东北连接济水的菏泽，在此引菏泽的水向东流，到湖陵（今鱼台县北）附近注入泗水，这样泗水和济水就连通了。

历史上有很多有趣的巧合，会盟结束后夫差匆匆回去迎战偷袭的勾践，这一去再也没有沿着他开挖的漫长运河回来。而吴越称霸中的另一个关键人物范蠡在勾践复国成功后，却顺着这条河来了，传说他是带着西施乘着一叶扁舟遁隐江湖以避"飞鸟尽，良弓藏；狡兔死，走狗烹"的下场，最后成了商人鼻祖。这一去一来，去的中间一个帝国便土崩瓦解，历史的风云也将进入另一个更为纷乱诡谲的时代——战国。这条河因为水源来自菏泽，后世即称作菏水。周敬王三十八年（前482），夫差率水师由泗水入菏水，沿济水向西，和晋侯会盟于济水岸上的黄池，即取此道。菏水的开凿，首次将江淮流域与中原联系起来。握在吴国手中的那把长镐也变成双头镐，一个镐头楔在越国，一个镐头楔在中原。从长久的战略上看，这条从吴门出发南至钱塘北至济水，连通长江、淮河的江南运河确实是一着好棋，就像今天的高速公路一样，可以确保吴国的水师最迅速快捷地到达战场，使其成为称霸中原的一把利器。只可惜勾践终究是勾践，他不配合夫差，让他顺利称霸，他的一切看似窝囊的操作其实都是在蛰伏，都是为了复仇。他对夫差非常了解：他用表面的一片赤胆忠心彻底迷惑了夫差，他用美人西施拔掉了眼中钉伍子胥，他对夫差的抱负充分推波助澜，最终连年征战耗尽了吴国的国力。当世之中只有两人看得懂勾践，一个是伍子胥，可惜已经被夫差赐死；还有一个叫范蠡，但他当时还是勾践后面的重要谋臣。其实伍子胥能够判断勾践的"假降真反"道理很简单，因为他们两人是同一种类型，都属于阴、毒、狠的角色，但勾践比伍子胥还多了一个忍，伍子胥如果也能忍到勾践狐狸尾巴露出来，兔死谁手还就真不一定。与这两人相比，夫差算得上一个君子，是那种光明磊落的大丈夫，快意恩仇的大英雄，所以他对于勾践那些小九九不太在意、不太在乎，最后是不太相信。这固然是因为勾践的戏演得好，更关键在于夫差的性格，他始终无法相信，一个人为了复仇可以隐忍至没皮没脸、无情无义。他们都是国君，他是无法做到，所以他认为勾践也无法做到，但是伍子胥可以，因为父兄被杀的仇恨、日夜的煎熬他比谁都懂得，掘楚平王墓，鞭尸三百那种复仇的快感他比谁都懂得，所以他懂勾践。夫差不懂，不是夫差笨，他其实是一名很高明的战略家，但性格注定他无法想到和理解勾践想做的和正在做的事情。

　　夫差和泓水一战中被楚军击溃后灰头土脸的宋襄公是何其相似，他们都很崇尚一种完美的胜利，不屑于后世称之为"斩草除根""兵者，诡道也"之类智谋。他们身上有春秋时代仅存的贵族精神。按照中原礼仪和道德要求，贵族出去打猎都要依照礼法，比如不杀幼兽，一箭射中没射死的伤兽也不能赶尽杀绝，那么夫差有什么理由杀勾践呢？春秋前期的诸侯战斗都是要下战书约定时间地点，带领军队双方列阵完毕，然后堂堂正正对决。勾践的偷袭当然不在其中，所以夫差自然没有防备。在春秋时期，诸侯争霸的目的并不是要消灭别人，而是要让诸侯臣服、号令诸侯。如何让别人服，当然其中一条就是遵循周朝的礼法，所以夫差的眼光不可谓不长，他没有和越国争一日之长短，而是想以大国的气度去征服越国，进而让中原诸国对吴国心悦诚服，这从理论上讲并没有错。可惜他面对的是勾践，一个肯去尝粪的人，意味着这是一个为了复仇不设下限的人，这样的人无疑是可怕的，而为了维持贵族精神的夫差、宋襄公们的骄傲也是他们的悲哀。夫差会不断地挥旗北伐，哪怕倒在征战的路上也在所不惜，但是他没有也不会躲在阴暗的角落去揣摩和审视他的对手。事实上，从春秋末期开始，弱肉强食、不择手段已经成为常事，于是一个成为后代政治家的模板人物——自私、虚伪、阴冷、隐忍的勾践出现了，而且他成功了，他杀了夫差灭了吴国。夫差也为他的好大喜功、固执付出了身死国灭的代价。吴地远离中原，原为蛮荒之地，只是由于吸收了中原先进的农业技术加上得天独厚的地理条件才会迅速强大，但即使这样它和齐、楚、晋这些老牌强国相比还是有一定距离的。他就像一个青壮的后生，悍勇但并无后力，这也是伍子胥劝夫差不要急功近利称霸的原因，所以不听劝的夫差最终成了春秋五霸中最短命的霸主。而最为可怜的则是吴地的百姓，连年征战让多少男儿战死沙场，越国用炒过的种子又着实坑了他们一把，鱼米之乡饿殍遍野，多少百姓妻离子散、背井离乡，只为了帝王们一时的好恶，他们的泪水就是那滔滔的运河水，而且这里一定有一滴泪属于一名越国女子的，她名叫西施。

就这样，建都于今苏州的吴国，以太湖为中心，向西沿堰渎到达长江，由濡须口进入巢湖，经施水、肥水进入淮河；东下胥浦直通东海；向南沿百尺渎进入钱塘；北沿古江南河越江而达于邗沟，更越过淮河沿泗水、菏水、济水直通

江南河

黄河。使长江、淮河、黄河、济水四渎得以贯通，大大便利了南北的交通，犹如一位武林高手打通了任督二脉，也奠定了日后姑苏水城的基础。而这里的江南河南接百尺渎北连邗沟，为夫差运送粮秫，称霸中原，也因其功能的大大增加而成了"江南运河"。这就是我的邻居，那条现今仍然日夜喧闹的京杭大运河江南段的

前世。

　　纵观这些河流挖掘、打通的历史会发现，这些河流都是在春秋时阖闾、夫差父子执政期间完成，其目的也非常简单，就是为打仗运兵、运送粮草而用：堰渎是为了伐楚，胥浦、百尺渎为了伐越，邗沟是为了伐齐，菏水是为了和晋国会盟，确定霸主的地位。阖闾、夫差父子执政期间是吴国军事力量鼎盛时期。在他们二人开创宏图霸业的过程中，开挖的这些河道无疑起到了巨大的作用，但是可惜的是，这些河道可以成为他们西伐北讨的便捷水道，也可以成为越国偷袭吴国的通途。运河水滔滔，它不会因为谁挖掘了它，就会为谁服务，它的主人只属于大地，谁都可以使用它，它润泽每一个它能润泽的子民。相传夫差死于大阳山，而阳山和我身边的江南运河只有咫尺之遥。夫差的魂魄每日俯视这滚滚的运河水，听着这此起彼伏的汽笛声，不知会做何感想：是骄傲、懊悔，是愤怒、怀疑，还是怨恨、遗憾抑或是释然？无论他有怎样的想法，历史的车轮滚滚前行，不会因为某个人而减缓。阖闾、夫差父子的霸业有如昙花一现，但是他们为征伐而修建的运河却造福百姓至今。以我身边的这条江南运河而言，它当然隶属于京杭大运河，但却是这其中最为热闹、最具活力、最有经济价值的一段。

　　一个晴朗的午后，站在桥上一侧的人行道，我扶着那粗如树干的钢铁栏杆，看着阳光照耀下的运河水，心有所思。十多年前初到这座小镇时的黯然，无数个夜晚凝视虚空的茫然，都已经随着桥下的波涛流走了，岁月里只剩下一个深深融入这座千年小镇的自己。数年间，我用自己的文字叙述着自己对这座城市的感受，我在故纸堆里寻觅着它的沧桑历史，渐渐地我能够如数家珍地述说着它的历史。其实五六百年前我的祖先也居住在阊门，这里本来就是我的故乡，我当然愿意去了解它，去解读它。也许在那一瞬间，我为自己找到了方向，我和这座小镇的缘分，就是我祖先们的期冀。

洪武年间，大量的苏州富人集中在阊门被驱散到蛮荒之地，史称"洪武驱散"。我的祖先就是其中之一，他们经历九死一生后在黄海之滨定居繁衍。我的泪光中仿佛出现了他们拖男挈女，坐着一条破船，沿着我脚下的这条运河艰难迁徙的情景。在那船桨划动后逶迤的水波中，他们的故乡正渐渐远去，那里已经有了新的主人，他们祖祖辈辈居住的地方、积攒的家业都要拱手相让，他们不甘不愿，但是在皇权的淫威中，他们没有丝毫的还手能力，这一切只不过因为，他们居住在苏州，而苏州是张士诚的根据地。城头变幻大王旗，张士诚被朱元璋押去南京处决了，而这些无辜的平民却要承受朱元璋的龙颜大怒。"兴，百姓苦；亡，百姓苦。"王朝的更替，总是打着人民的旗号兴，然后在屠戮百姓中衰，最后在百姓揭竿中亡。恰如运河水和船的关系，"水能载舟，亦能覆舟"。在哀叹中，先民们站立船头，背后的桥梁屋舍在运河水波中变形消散，从此只能作为一种记忆深藏于他们的灵魂深处。

我脚下这条江南运河是苏州的北大门，是出入苏州的必经之道。在很多历史的关头，这里积淀了无数爱恨情仇。吴越争霸274年后也就是公元前482年，秦末大乱，项梁、项羽举起反秦的义旗，也是在这里，吴中儿郎辞别父老，跟随项梁叔侄北上，巨鹿血战，推翻暴秦。但最后在楚汉相争中项羽走了夫差的老路，放走刘邦，逼走范增，最终兵败乌江，八千江东子弟竟然一去不复返，楚汉相争成了吴越争霸的翻版，结果还是吴国人受了害。那一夜，韩信设计的四面楚歌是何等悲情地击中这些江东子弟盔甲下柔软的心；那一夜运河水大浪滔天，犹如无数的闺中人在哭泣。

在运河的西侧有一个著名的道观叫文昌阁，临近运河边建有青砖砌成的数百米城墙。1860年太平军攻破了清军江南大营，攻入浒墅关进驻苏州城，建苏福省，于文昌阁四围筑城垒堞垛，使之成为水寨军营，便是这一段城墙的前世。三年后，李鸿章率淮军兵分三路进攻苏州。忠王李秀成和淮军展开了长时间的拉锯战。浒墅关关南上下塘、胡匠桥、毛家弄至兴贤桥段均"毁于烽火"。最终苏州被淮军攻克，太平军数万人被屠戮一尽，苏州城血流成河，运河水、太湖水一片赤红。"君者，舟也；庶民者，水也。"那一滴滴水珠粉身碎骨，那一艘艘船舟覆人亡，何曾有赢者，最终都成为推动历史时钟的齿轮。

走下桥，我沿着运河东岸的健身跑道漫步着，在前方不多远就是我在这座城市的新家，我的新房子和原先住的学校的那幢小楼一样都在运河边上。十多年时间，我用缘分沿着运河划了一条两千米左右的平行线。我看着运河上那缓缓西沉的夕阳，突然产生一个很无聊的问题：这世间的哪一种美是可以用来形容这夕阳呢？夕阳没有朝阳那样灿烂，那样鲜亮，那样光芒万丈；夕阳也没有烈日那样炽烈，那样威猛，那样不管不顾。夕阳对自己的光和热是矜持的，因为它知道那是一把双刃剑，它对自己的色彩是毫不顾惜的，因为它知道那才是这个世界最需要的。是啊！当朝阳唤醒世界万物，当炎阳用汗水提醒人们生活的不易，我们是多么需要夕阳那温和的抚慰啊！这是不是落日愿意在这最后的时刻对人世间进行浓墨重彩的原因呢？这和运河水是多么相似啊！它是我们的先民肩扛锹挖而成，它和人们不离不弃，它远没有黄河、长江那样豪迈，更不会像大海那样喜怒无常，它当然也比山涧小溪要澎湃得多，但是它给予人们的是最实在的福祉。无数的城市依傍运河而建，无数的城市以运河为荣，比如我脚下的这座千年古镇！

当那一笔一笔的橘红在我所在城市里涂抹的时候，我慢慢欣赏此刻的运河。我当然知道对于运河而言，夕阳是它千百年来最忠心的伙伴，那在河面上跳动的金色光芒就是它们嬉戏时发出的笑声。不信，你听"哗、哗、嘻、嘻……"

从春秋时吴王夫差为伐齐而开掘河道到隋炀帝杨广贯通南北运河，到明代浒关承载帝国的三分之一国库收入，再到清代完备的漕运体系成为这个末代王朝苟延残喘的血脉，这条运河承载多少帝王的梦想。当这一切都归于沉寂，一个时代伴随着运河上不息的轮船隆隆前行。来来往往的船队，他们的行程正是舀取这黄金水道一丝运程，一个民族的梦想在夕阳母性光辉下渐入佳境。两岸林立的、在夕阳中骄傲而又内敛的楼宇就是见证。让我们再次欣赏这运河的落日吧：它那淡黄色的光芒先从运河的中间划

运河边我所在的小区

了一道，这道光带渐渐地在水中洇染，成为或橘黄或淡红或墨绿或灰黑的色块，这些色块又在不断地过渡、重叠，然后趋于一团模糊，夜晚降临了！

　　传说盘古死后，他的身体变成了东、西、南、北四极和雄伟的三山五岳，血液变成了江河，所以江河湖海是有生命的，那这运河的夕阳便是他的金色瞳目，而河水声、轮船的马达声便是他的呼吸，而我已经离不开这运河的呼吸了。

　　天黑了，我到家了！

2022 年 3 月 30 日

# 龙华叙事

冬天又至，老吴县中学的银杏树一定是把它满身的金箔又贴在地面上了，然后听任风把它们排成各种奇怪的图案。

那里有三棵银杏树，其中一棵银杏树挂了一块牌子，牌子上写的树龄是 300 年。300 年的岁月，这块土地到底经历了什么？难道这所学校有 300 年历史了？和银杏树毗邻的一幢大楼里有一间是校史陈列室，我参观后了解到这里成为学校，最早要追溯到民国三十七年（1948）。当时的私立成城初级职业中学迁到这里，改名吴县县立浒关初级中学，然而从那时算起也只有 70 年不到。

老吴县中学校内的银杏树

　　这时一阵风吹来，银杏树的叶子像蝴蝶一般纷纷落向树侧一个古朴的亭子，亭名叫书韵亭，亭子有一副楹联，下方标注的时间是"民国二十二年十月"，算来这个亭子的时间比这块土地作为学校的身份还要早15年。值得一说的是民国二十二年一个颇有现代意味的运动在浒墅关蓬勃兴起，它叫足球。这项运动在这块土地上由几个年青的后生发起。当时这块土地有个名字叫龙华寺，是的，它的前身不是一所学校，而是一座寺院，在苏州非常出名的寺院，叫龙华寺。

　　"依约寒山夜半声，龙华寺里晚钟鸣。"这是清代朱日望在《龙华晚钟》中的一句诗。寒山寺的钟声因为张继的《枫桥夜泊》而闻名海内外，至今香火鼎盛，而浒墅关的龙华寺也不遑多让。这座宝刹最早要追溯到六朝时期，可惜记载甚少，现已无法清晰知道其最初兴建的年代了。

　　公元1226年，也就是宋理宗宝庆二年，一位名叫素定的禅师来到苏州城北的一个名叫浒墅关的小镇。他看到在镇中心靠近运河边有一座破败不堪的寺庙，他向附近的人打听了一下，才知道这座寺院叫广福庵。寺院年代久远，具体建于哪个朝代，连镇上最年长的人也不太清楚，据说原来还有个名字叫陈平寺。其实从佛教传至中土，东南之地就有了寺庙，从三国吴王赤乌年间一直到南朝宋齐梁陈时期，"南朝四百八十寺，多少楼台烟雨中。"作为富庶之地的吴中，有很多名山胜境，这些地方往往都有寺庙。这些寺庙大部分时候香火旺盛，但在唐朝末年，由于战火不断，吴中地区的寺庙很多被毁，直到五代钱氏割据吴越，民生安定，才逐渐有人开始对这些寺庙进行修缮，佛前香火重新旺盛。吴中地区有记载的寺庙大概有139座之多，这其中就有龙华寺。龙华寺的题额是大名鼎鼎的陆柬之书写的，陆柬之是唐初著名书法家虞世南的外甥，是草圣张旭的外祖父。名人的加持也是龙华寺能够在战火乱世中虽荒颓但仍然保留的原因之一。

　　素定禅师成功地让那时的广福庵（后来的龙华寺），在运河畔获得重生，这一功德行为使得龙华寺在这之后得以延续佛祚近800年，历经浮沉，成就了浒关八咏的"龙华晚钟"。"广福庵""龙华寺"这两个没有一字相同的寺名，却奇妙地交集在一地一寺，在历史上的烟雾中，两者分分合合，走走散散，如同一个难解的谜面一样写在镇中心那一方天地之间。元人贡师泰在《玩斋集》有三首诗分别是《游浒墅龙华寺》《龙华寺赠栢庭上人》《过浒墅广福寺留题》，同一个人到浒墅关游玩，既写到龙华寺，又写到广福庵，所以这两个寺名除却后人认为的一座寺不同的名字外，其实也存在另一种可能，那就是先是两座相邻的寺庙，然后再合并为一座寺庙。

古时寺庙建筑大都是木质结构，所以修建一座宏大的庙宇，是非常耗费财力的。这就可以理解为什么那么多和尚为了修建一座寺庙，需要化缘若干年，即使这样还需要有绅士名流的布施。另一方面也埋下一个隐患，那就是容易着火。广福庵重建后就经历多次的火劫，其中就有明永乐五年（1407）的火毁。又隔了43年，也就是明景泰元年（1450），浒墅关迎来它新的发展机遇。在户部尚书金濂建言下，朝廷在浒墅关添设钞关，地点恰好就在广福庵西面，谁让这是镇中心呢！浒墅因此变成浒墅关，于是人们接踵而来，逐渐填占了广福庵周围的空地。也是在明景泰年间，有一位名叫文昇的和尚看到寺庙时渐荒敝，于是多方筹措资金，再次重建了广福庵。庵右由当地人"梳理拓展"出一片福地，栽植银杏。现存的那棵银杏树也许就是在那时栽下的。如果是这样的话，那么这棵银杏树的树龄应该超过500年了。

又过了80年，也就是1530年，皇帝变成了那位躲在深宫里修道求长生的嘉靖。浒墅关迎来对它的发展起到深远影响的一位关官，他叫方鹏，时任户部员外郎，官职从五品，比苏州知府级别都要高。方鹏"清介不畏，慎固廉洁"，是一个清正廉洁、不畏权贵、崇文重教、非常讲原则的人。他在浒墅关做了很多利国利民的事，如收的关税以满尺为限，零头都捐给浒墅关的百姓，且全部用于教育事业；办义塾，资助贫穷的读书人每人四两白银参加科举考试等。四两白银相当于今天的三千多块人民币，这个资助力度还是很大的。他把广福庵荒废的西北角以及被周围百姓侵占的地方收回，并在广福庵内修建了大雄宝殿和楼阁，又塑了范仲淹的像，开设了文正书院，使广福庵第一次有了大寺庙的气象和规模。大雄宝殿巍巍直插云霄，供奉的佛像金身庄严肃穆。庭院中树木葱茏，两侧禅房静立，如同听经的僧侣们一般。门前的小河及右侧的运河如玉带围绕。大雄宝殿前的巨大香炉，焚烟燃烧，祈求国泰民安。更重要的是广福庵自此有了文墨之气，在这镇中心，释家和儒家无比契合地融汇在一起！儒学的入世和佛家的出世精神，并行不悖地扎根于浒墅关的老百姓心中。运河两岸龙华寺的钟声和文昌阁的鼓声这使读书人振聋发聩的晨钟暮鼓就此奏响。书声琅琅，经天纬地，在香炉里添一缕治国为民的虔诚。

这样又过了32年，到了明万历初年，榷关主事杨佩训再次修缮龙华寺，这是明代广福庵的第三次大修，也是最后一次大修。这之后，最后一个汉人王朝——明朝将步入它生命最后的动荡和飘摇期，自然也就不会有财力和精力去修这些寺庙了。农村有句俗话叫"富烧香，穷杠上（吵架）"，对于寺庙也是这样的，寺庙香火旺盛，往往只有在太平年间。兵荒马乱，人命如草菅，菩萨自己都难保，况于苍生乎。那个时候，如果真的有神灵，恐怕是需要他们到人间度劫拯救黎民而非享受香火。

清朝时，通州僧人任秉谷，云游四方，行至浒墅关，看到镇中心已经是杂草丛生、年久失修的广福庵。任秉谷推开那高大但已经破烂不堪的山门，走进空旷寂寥的庭院，站在那歪斜坍塌满是蛛网灰尘的佛像前，不由得双手合十连连稽首。那一刻，任秉谷应该是和400多年前那位名叫素定的禅师有同样的想法：留下来，一定要把这座寺院重建。于是在某一天的清晨和黄昏，浒墅关的人竟然听到了从广福庵传来那消失几十年的钟声，一声声响亮浑厚的钟声仿佛使人又看到了国泰民安、五谷丰登的希望。要知道从明朝末年到清朝初年这近百年时间内，神州大地天灾、瘟疫、兵乱频发，满目疮痍，民生凋敝，即使是吴中这样的富庶之地也多是十室半空，这种情况下寺庙破败那是再正常不过的事了。在这之后短短几天内，镇上的人都知道广福庵来了一个僧人，而且这和尚除了闭门坐禅之外，还爱好同文人雅士交往。渐渐地，当地的名流雅士都成了寺庙的常客，他们和任秉谷经常一起喝茶谈经。任秉谷不俗的谈吐，对佛经纲义的见解令他们有茅塞顿开之感，而且任秉谷对琴棋书画、诗文无一不通，这样的僧人，大家当然都乐意和他交往。于是在任秉谷的努力下，广福庵很快得到人们的布施并进行了修葺。任秉谷圆寂后，建塔于寺院后空地，以供人们对他瞻仰和参拜。

很快广福庵迎来它400多年来最高光的时刻，那就是康熙皇帝的到来。自佛教东传，神州大地寺院林立，但真正得到皇权加持的并不多。广福庵在它立寺数百年间，虽小有名声，但始终与皇权无缘，而这一次，它的幸运来临了。浒墅关地处京杭大运河的关键位置，是吴中的活码头，扼守苏州的北大门，是康熙皇帝南巡的必经地。康熙二十三年（1684），清圣祖玄烨第一次南巡，在浒墅关镇上塘下纤埠上岸，移驾广福庵。是的，此时还叫广福庵，但是很快因为一个和尚，广福庵和龙华寺这两个纠缠了数百年的名称谜面将会被揭开，一切将尘埃落定。

这名和尚叫超揆，字园公，号轮庵，俗称文果，是江南四大才子之一，苏州"吴门画派"巨匠文徵明的玄孙，其父文震亨是恩贡出身，崇祯年间初为中书舍人，其伯父文震孟是天启二年的状元。顺治三年（1646），清军入江南，文震亨自投于河，获救后，仍绝食殉国。这一年，年仅14岁的文果，在经过激烈思想斗争后，选择了一条完全不同于父辈的道路，他弃笔从戎，北上京师，投入清军将领桑格帐下。康熙二十年，清廷平定三藩之乱。超揆在平定平西王吴三桂之乱中立下军功，清廷论功授予他官职，但是文果并没有领受，拒绝了清廷的赏赐。说他识时务也罢，说他忍辱偷生也罢，至少他保住了文氏一脉。不接受官爵也许正说明了他真实的内心。

在之后的岁月里，文果有了一个新的身份——和尚超揆。他别了妻子翁氏和文轼、文辙二子，在湖北洪山寺出家为僧，后又归灵岩山成为高僧弘储的门下弟子。这种看似反常的举动，其实也许在超揆决定投效清廷时，就已经决定了。不接受封赏，远离世俗，功过任后人评说。在这之后，超揆芒鞋竹杖四方云游，游历了八泽九州，一方面对佛义有了更深刻的理解，另一方面家传绝学书画技艺也得到了长足的进步。他的工画山水，画出他生平游历的名山，意境独到，别开生面，不落俗套。另外超揆游历过程中有感而作的《梅花百咏》也获得"麟经绝笔"的妙叹。

这本诗集正是在康熙驻跸广福庵时超揆于御前进献，他也因此得到皇帝的赏识。康熙并非附庸风雅之人，自然是赏识超揆的才华，更何况超揆是文徵明的后代。微妙的是超揆的父辈是明朝的忠臣，超揆却是效忠于清廷的。再加上超揆是平三藩的旧臣，又是没有接受封赏的清明之辈，这样的人物无论从哪种角度都会引起康熙的注意。同年，广福庵得到了皇太子胤礽拨款，寺舍得以修葺和翻新，还得到裕亲王福全赐予的"龙华寺"匾额，龙华之宗风大振矣。在皇权加持之下，为取"皇帝到后显其为真龙天子"之意，最终龙华之名胜出，广福之名逐渐湮没。

后来超揆两度被召入京城，得到康熙恩宠，多次随驾，负责校阅佛教经典《五灯会元》，得皇帝好评。康熙第三次南巡在东山席启寓的东园召见超揆，回程时让他在御舟前导向，又命他随行回京，并时常召见他。多年后超揆病重，康熙"钦赐参药"，关怀备至，赐谥"文觉禅师"。龙华寺从一个小镇上的普通寺院成为御赐匾额的御名之寺，超揆自然是功不可没。

在皇权的眷顾下，从康熙到道光年间，大半个清朝期间，龙华寺不断得到修缮。其中邓尉山恂如禅师的到来，使龙华寺一扫师韶辞归，培初去世之后萧条、衰败的情景。众人欢喜地认为龙华寺可以继文觉禅师之后再次兴盛起来。恂如也不负众望，募重金对寺院进行全方位修缮，包括住客的房屋、厨房、铙鼓、鱼螺（号）、钟磬之编，无不具备。被损坏的修复好，被毁坏的重新补全，让众信徒香客住在寺内做法事诵经，倾听铙鼓钟磬的声音，梵音终日缭绕，龙华寺内气象焕然一新。当时怡亲王又书十行，与原匾额一起赐给龙华寺。雍正朝的会元、状元，时任兵部尚书的苏州人彭启丰欣然为龙华寺作记，对龙华寺的兴衰过程有较为详细的描述。他为龙华寺作记的碑文，是他仅留于古镇上的记文，可惜该碑今已遗失，碑文载清道光《浒墅关志》中。

龙华寺到底是什么样子的呢？对此清嘉庆道光年间的凌寿祺曾用《龙华寺竹枝词》描绘当年龙华寺的盛况：

> 龙华古寺郁崔嵬，广福名从宝庆来。
> 琳宇珠宫耀金碧，香花深锁水云隈。
> 只树庭空老树撑，芳春平仲半天荣。
> 离离鸭脚垂阴处，那记风霜几度更。
> 庆厘朝正集冠绅，百尺高楼说仰宸。
> 时有慈云护金阙，曾传日下墨华新。

诗歌的意思大致是：龙华寺庙中的建筑是那样的高大雄伟，巍峨挺拔。楼宇宝殿就像那仙宫一般金碧辉煌，光彩耀人。从远处看大雄宝殿仿佛在水云交接之处，香花深藏其中。空旷的庭院中只有一棵老的银杏树，在春天，茂盛的枝叶仿佛把半个天空都遮住了，茂密的银杏树垂下浓绿的树荫。记得多少次寒暑更替，众多绅士聚集在一起，在那百尺之高的仰宸楼举行"祝圣习仪"。寺庙前竖立很多像祥云一样的石雕饰护卫着大雄宝殿，抬起头来可以看到那从京城送来的匾额，以及匾额上面墨迹似乎还未干的"龙华寺"三字。

进入民国后，龙华寺仍为镇中心繁华之地。每逢春节，全镇男女老少都要到寺前公园及附近欢度新年，但随着学校、政府机关的搬迁以及之前曾在抗日期间作为战地医院使用，龙华寺在时代的洪流中作为寺庙的功能渐趋式微。一座近千年的寺庙以另一种身份存在于老镇的中心，唯有那棵曾经相伴的银杏树至今仍矗立在那里，虽几经雷击，却仍安然无恙，枝叶茂盛，于苍穹之下笑看人世沧桑更替，睹千古风云流转。

一座寺，一座堪称古老的寺庙，慢慢地湮没于历史的长河之中，这是不是一件值得可惜的事情呢？好像是的，又好像不是！

我眼睛看向紧靠银杏树旁的一块石碑，走了过去，蹲下来仔细辨认。这是一块用玻璃封住的长方体石碑，上面写着"浒墅关公园记"，碑文中记载的是民国二十年十月九日在龙华寺前空地兴建浒墅关公园的盛事。这个时间离浒墅关那几个年轻人踢足球正好隔了两年，运动休闲正随着国门的进一步打开而闯入小镇。浒墅关从来就不是一个封建闭塞的地方，甚至可是说每个时代流行的元素都可以很快地以各种形式在小镇上呈现，而龙华寺前这块空地就是流行文化的集散地。众所周知，苏州有一条街叫观前街，是一条繁华的商业街，如果要追根溯源，观前街其实就是玄妙观前的一个小广场而已，只不过后来变成一条商业街罢了。而龙华寺前这个小广场在明清时就被称"小玄妙观前"，当年的情景在凌寿祺的《龙华寺竹枝词》中就有描写：

> 除夕更残天未明，门前早有踏春行。
> 缚罢金刚数罗汉，喧喧儿女管弦声。
> 小元妙观卖春牛，五日年头农隙偷。
> 施舍莫嫌侬浊少，空王好佑岁丰收。
> 礼佛燃灯说目莲，年年七月梵王前。
> 盂兰争与香花会，都是沤麻积稯钱。

大意是：除夕之夜尚未完全结束，天还没有完全亮，这个时候龙华寺庙门前已经有人踏春出行了。按照习俗，人们用红绳子缚在山门的金刚身上并用手数着罗汉，广场里不时传来人们喧闹的声音和卖唱拉起管弦的声音。在被称为小玄妙观的龙华寺前面的广场上，已经有人开始讨价还价，商谈关于今春耕牛的买卖租赁相关事宜。五天大年是农民们难得的农忙中偷得的空闲。菩萨不要嫌我的布施少，寺前场地热闹非凡，保佑我们每年风调雨顺、五谷丰登。年年七月中元节在佛前点燃花灯、请戏班唱目连戏来敬佛。中元节这里非常热闹，可以和香花会相媲美。在中元节上香客们焚烧的纸钱都是农民们拿出自己沤麻织布积攒的钱，他们是多么虔诚啊！

龙华寺和以龙华寺为中心的这一带，尤其是寺前的广场一直都是浒墅关镇的公共活动中心，它和运河西岸、兴贤桥南的文昌阁在旧时，从初一至初五期间，来游览进香、求签占卜的有时竟达万余人次。在民国十八年（1929）8月，实行区、乡、镇制时，浒墅关作为吴县第一区，设区公所，位置就在龙华寺前。这样的话我们就能够理解为什么会在龙华寺前建浒墅关公园，因为这里长久以来本就具备了游乐的功能，只是缺乏一个官方的证明以及一个固定的场所而已。这件事当时比较轰动，举行落成典礼的这一天，全镇狂欢，晚上还举行灯会。首次由主席也是当时的区长丁南洲报告筹备经过，其次由各代表致辞，最后还摄影奏乐。这在当时是走在时代前列的。

筹备会请了苏州的文化名人，也是民国时期的一位名人费树蔚写了《浒墅镇公园记》，并请著名的书法家吴县顾廷龙书写，当地雕刻家黄慰萱刻成石碑来记载这件盛事。作者费树蔚19岁中秀才，担任过清朝和袁世凯政府的高官，为人耿直。他隐归苏州后做了很多利国利民的公益事。他在这篇文章里由欧美的公园谈到国内的公园再引申到人们的思想风俗、政治教化，尤其提到当时整个国家民族所面临的严峻形势。"今天下汹汹外患……慷慨论列时事或为国捍边如文正当日者乎？"这里的文正自然指的是范仲淹。费公在文中呼吁人们在这国难当头之时能够像范仲淹一样守卫边疆，应该少玩乐、多自立，把精力放在发展工业、农业等民族工业上。是啊！那时正是1935年，东北三省早已沦陷，离日本帝国主义全面侵华也仅有短短两年时间，中华民族已经到了最危险的时刻，这时建公园让人们休闲，确实是不合时

《浒墅关镇公园记》碑刻

宜，即使是当时的丁区长确实是为民着想。难得的是面对众人的狂欢，费公能够发出这样至今听来仍是振聋发聩的声音，令人深思。浒墅关公园早就不在了，但幸运的是这块石碑还在，让我们后人能够聆听费公的教诲："稍减其游观以自力于职业洎，夫生涯之有所讬而后求行乐之地。"

　　费公在文中还以范仲淹舍弃自己的宅第做学府，使苏州人才辈出为例，对浒墅关的文化兴盛提出希望。现在无法确定费公的这篇《浒墅镇公园记》在这块土地衍变过程中起到多大作用，但有一个事实那就是：龙华寺在1948年私立成城初级职业中学迁到这里改名吴县县立浒关初级中学后，其建筑职能就发生了巨大变化。先是成为临时的政府机构所在地，这自然是由龙华寺的地理位置和它建筑的齐整所决定的。1949年4月25日，浒墅关解放，随军渡江南下的县机关进驻浒墅关龙华寺。1949年5月1日，吴县人民政府于龙华寺内宣告成立。1950年2月24日，县府机关迁至苏州青旸地。经过短暂的过渡之后，最后包括龙华寺和广

场的地盘都彻底变成了学校，这个结果冥冥之中竟然和费公当年的希望是一致的。当年范仲淹捐私宅办学，而在浒墅关，千年古刹摇身一变成学校。这是多么神奇，又是那么巧合！

在校史陈列室，我看到了一张张发黄的照片，这里很多是当地百姓捐赠的毕业照。我看到那一副副身着各个年代服装，满脸稚气的少年面庞，感受芳华和岁月一同流逝的魔力。中华人民共和国成立后不久，也就是1951年7月，吴县县立浒关初级中学改为吴县浒墅关初级中学。1956年学校增设高中部，校名定为"吴县中学"，同年被确定为苏州地区重点中学，成为吴县历史上第一所重点中学。在"文革"期间，吴县中学一度改名为"东方红中学"。1972年改为"吴县浒关中学"，1987年恢复为"吴县中学"并跨过浏泾沾小桥扩展到河对岸，修建体育场地。在此后的近20年时间里，这里为浒墅关以及周围乡镇培养了无数的人才，虽说没有像苏州中学那样成为名校翘楚，但是也属于颇有底蕴的百年老校了。2006年吴县中学迁至浒关开发区，位于兴贤路与建林路交叉的东南处。同年9月，浒墅关中学（原浒墅关第二中学，前身为保安中学）搬迁至吴县中学原校址。2014年原来从浒墅关第二中学分离出去的文昌实验中学回归。越往后，照片色彩越新鲜，孩子们穿着一色的校服，后面的背景也变成了熟悉的校园的模样。我看到越来越多熟悉的同事包括我自己的照片，在几张毕业照里我看到一直伴随着这块土地的"老人"：三棵银杏树和假山池塘。那个假山下面的池塘，我儿子还想要在那里捞几条金鱼，

校内的假山池塘

谁曾知道它们都是笑看五百载春秋的"老人"了。现在它们都已经和这个校园无比契合地融合在一起了，龙华古寺也罢，吴县中学、浒关中学也罢，一切的一切在它们的眼中都只是岁月的过眼烟云罢了。

我走出这幢新的教学大楼，它的身下就是曾经的大雄宝殿。一阵清风袭来，我闭上眼，鼻间仿佛传来一阵梵香，耳边仿佛响起僧侣们敲击木鱼和诵经的声音，那香气是那样玄妙而启智，那声音是如此柔和而厚重，没有抑扬顿挫的音调，也没有跌宕起伏的变化。一切很平淡，如流水、如光阴一般静静流淌，直抵人的灵魂深处。我看着前面那曾经属于巨大的朝天香炉的位置，如果龙华寺还在的话，香炉里自然是香火鼎盛，就像运河西岸的文昌阁一样，每天从早到晚礼佛烧香燃烛的人不计其数。在一些重要的节日，在观里做法事的阿公阿婆们，哼唱着和梵音一样的歌，手里翻折着锡箔，折成元宝、宝莲灯、金帛等，他们的虔诚让人为之动容，但是现在这里只是地砖铺成的地面，一些树叶被风刮着从上面掠过。我向右前方斜视着，那里现在是一幢行政楼，在那个略偏西的位置曾经就是大名鼎鼎的文正书院，那里有一幢当时很高的建筑"仰宸楼"，顾名思义，那是可以仰望星辰的，正如李白诗中所说，"危楼高百丈，手可摘星辰。"古人自是夸张，以木质的建筑材料，能够达到今天的三四层，那就很罕见了，正常不过两层小楼，和我们今天动辄几十层相比，那简直不值一提，但这并不妨碍古人的浪漫，脚踩大地，头顶星辰，仰望星空，这难道不是读书人该有的境界吗？那里应该还有一个钟楼，龙华晚钟就是从那里发出的。文昌阁的鼓声，龙华寺的钟声，晨钟暮鼓曾经在数百年间每天准时响起在运河两岸，响起在浒墅关百姓的心间。在农耕社会里，那悠长悠长的声音响起在每个鸡鸣犬吠的清晨，响起在每个荷锄晚归的黄昏。在那个没有喇叭鸣笛、马达电流的宁静世界里，它的声音是直叩灵魂的天籁之音。它伴随人们起床，这一天是圣洁的；它伴随人们入梦，这个梦是安详的。我再看向左侧，那里曾经有一排排整齐的房子，其中也有一座规模小一点的庙，名叫陈相庙，原先叫陈平庙，想来是纪念西汉宰相陈平的。华夏大地曾经有好多为纪念我们民族先贤而立的祠堂，而现在这样的地方好像很少很少了，想我泱泱中华五千年灿烂历史，涌现无数的圣贤，春秋战国诸子百家，圣人云集；秦汉魏晋南北朝，天下分合之间，战神频现，拯救天下；唐宋元明清，诗词散文小说名家辈出，照耀历史的星空。这些都是我们每个时代的英雄、贤人，都曾是活生生的人，但可惜的是除却在纸面留名外，现实世界好像没有人给予他们太多关注，这是不是有些遗憾？

"书韵长流"碑刻

一阵风吹来，我眼前仍然是宁静的校园，银杏树叶飘然而下。我沿着脚下鹅卵石铺成的小径向东走，走到了一个长廊前，这是一条书法长廊，最左侧是一块竖嵌着的大理石，上面用阴文镌刻着书法长廊的由来过程。从文中可见当年老吴县中学的老师们为搜集、筛选合适的书法作品耗费了大量的精力，然后请名家雕刻，也花费了巨大的代价。最右侧也是一块竖立的黑色大理石，上书"书韵长流"四个大字，非常契合书法长廊的主题，颇具诗意，文蕴横流。然后依次展现的是一幅幅雕刻在大理石上的书法作品：有"见贤思齐"、有岳飞的"精忠报国""还我河山"等，行书、楷书、草书、隶书一应俱全。我用手轻轻从上面抚过，当手指的皮肤和那些密密麻麻凹进去的字迹相触时，那种粗糙而深邃的感受透过皮肤直抵我的心底。这些刚劲有力、雄健活泼、龙蛇飞舞、神奇飘逸的字体仿佛是一个个生动鲜活的面孔呈现我面前，他们或慷慨激昂，或紧皱眉头，或拍马驰骋，或横刀立马，或伏案疾书。这是一面彰显书魂的墙，我似乎有些承受不住它的厚重和磅礴，转身走出校园。

我的眼前仿佛又闪现百年之前的画面：这里静静流淌的还是窄窄的浏沽泾河，不同的是河上有很多船只在行驶，而他们很多人的目的地就是我脚下的龙华寺，他们跳上岸，举目凝视高大的山门，山门是传统的歇山顶，共三进，飞檐翘起，上书"龙华古刹"四个大字。过了山门便可看到康熙亲自

"龙华寺"全景木雕

书写的匾额"龙华寺"。两侧是高大茂盛的银杏树。一侧的钟楼上传来古朴厚重的钟声。钟声中回荡着诗歌：

### 过龙华寺诗

李 锐

地据通津境自闲，名蓝何必羡深山。

渔庄东畔庵桥右，几树垂杨水一湾。

渔火江枫句共推，寒山古寺水云隈。

此间钟韵清堪比，应有题诗张继来。

而我也由神游之境回到现实。我其实只是静坐在电脑前，看着老校区一幅幅图片，那儿是我到苏州工作和生活的第一个地方，我在那儿待了六年多时间，那时候只知道这是一座历史悠久的校园，只是隐约感受到那深藏于校园每个角落的文蕴气息，然

而我并不知道，它已是一位近千岁的老人。它的每块砖头，每寸土地都是有故事的。如今离开它已有五年多时间，那儿现在既不是校园，更不是龙华古寺，只是待开发的未知区域。在一个冬日的下午，我再次驱车前往，我在头脑里闪现了无数幅熟悉的画面：我的办公室，我上课的教室，还有那棵古银杏树，假山池沼。然而当我止步于那一扇紧闭的大门前，透过门缝看到里面的荒草时，在冬日的寒风中，我不得不承认，这一切都已经离我远去了。

2021 年 12 月 24 日

**附录：**

浒墅镇公园记

欧美都市有公园，以剂其民之精神筋力于轨物之中，凡从事政治学术工商者，服务之暇，有所寄焉。于吾先哲岁修息游之义近之，今吾国都市莫不有公园，非不壮美也，而泄沓于供乐者日多。得非人心风俗之病欤，其病之原在无政教，在无职业，都市之民不耕不织席，先人余荫，好逸恶劳若天性。求学则蹈灵龙，故浅尝辄止，服贾则操奇计、赢心计。不出国门家已落而鲜衣美食无求以自振之道。父兄不鞭荣，官吏不替责，故游民之遴于公园，非公园之咎也。

丁子南洲为吴县第一区区长，风绩甚茂，其治事之所在浒墅镇，比为其地辟公园兼设图书馆，盖道路桥梁平治过半，县令以是模范全县，则公园图书馆之设，殆不可缓，予当闻欧美邨镇之公园多于城市，儿子福熊自英伦归，问之而信，且尝草英国花园邨一文登生活周刊，具列其建置主云德，组织沿革。

及行习文正也，久随在而寓其思慕，今天下汹汹外患且□□□□□，慷慨论列时事或为国捍边如文正当日者乎，藉曰

□□□□□文正先忧后乐之遗言，丁子为工农谋乐利岂非知忧患□□□，工农乐则天下乐，乐不可极。乃泽以诗书犹之关使者设文正书院意，而为用则弥深切，吾又尝闻浒墅号雄镇，在昔贡藉甚希，镇人听其无文，噫！唐宋以来吴之人文甲东南，求如文正文武体用者几人，文正捨宅为郡学，明庠序之教，岂以规形势为士子梯荣地正，惟郡之士科名辈起而风习日媮，如吾文所讥者正，惟浒之民不只以秀孝自见而农工并进，亦如吾文所称者，丁子与浒墅之民勉之，夫世难方彰贵都人士，稍减其游观以自力于职业洎，夫生涯之有所托而后求行乐之地，且甚望浒墅公园能如予所子期而不为人诟病也，笔其事者暨来游者其志之。

吴江费树蔚撰<br>
吴县顾廷龙书<br>
古吴黄慰萱刻

　　文章大意如下：

　　欧美的都市里有公园，以调剂他们老百姓的精神筋骨，使得所有从事政治学术工商的人，在服务的空闲，能够使心灵在这里有所寄托。和我们的先哲每年休息游玩的目的相近。现在我们国家城市不是没有公园，不是不壮观美丽。只是仅用来供人们玩乐的多，难道不是人们思想风俗有问题吗？他们病的根源在没有接受政治教化，在没有职业。城市里的人不耕田不织席，承袭祖先的余荫，养成贪图享乐厌恶劳动的习惯如同天生如此。求学却敷衍了事，所以只能浅尝辄止。做生意却用奇诡的方法，用心计去赢利。这样家道已经落败，然后漂亮的衣服、可口的美食没有了，又不出国门来寻求自我振作的方法。对于这样的行为，父亲兄弟不鞭责，官吏也不斥责，所以游玩的人在公园里游玩，不是公园的责任。

　　丁南洲任吴县第一区的区长，政绩很好，他办公地点在浒墅关镇，等到把这块地开辟为公园同时又设了一个图书馆。大概是道路、桥梁、平整治理了大半了，区长把这些作为模范，全县就开设了公园图书馆，大概不可以延缓吧。我听说欧美乡镇的公园比城市多，儿子福熊从英国回来，问了以后才相信，且曾经写一篇《英国花园邨》文章登在《生活周刊》上。具体列举它建设布置组织以及发展、变化的历程。

等到从行动上学习范仲淹，时间长了而更加思慕先贤。现在天下外来侵犯的祸患形势汹汹。慷慨激昂地谈论天下大事，或者为国家捍卫边疆学习范仲淹正是最好的时间，践行范仲淹"先天下之忧而忧，后天下之乐而乐"的遗言。丁先生为工人农民谋划游乐的场所，难道不是知道忧患吗？工人农民快乐那么天下快乐，快乐得无法达到极点，就用诗书润泽天下犹如当年的那些浒关的主事开设范文正书院的目的一样，这样的事为人们所用应该是更加的深切。

我又曾经听说浒墅关当年号称雄镇，在过去读书中举的人很少，镇上居民听任文风不振的情况，不兴教育。啊！唐宋以来吴地的人文在东南之地是第一的，但是像范仲淹那样的文武兼备的人又有几人。范仲淹舍弃自己的宅第做学府，使学校的教育前途更加光明，难道只是凭借规划好的地方来使读书人个人飞黄腾达吗？只有使苏州的读书人名人辈出，学风才会很盛。如若像我文章所提及的，浒墅关镇的老百姓不只因为秀孝出名，而且能够农业和工业并进，请丁先生和浒墅关镇的老百姓勉之！现在世道艰难正彰显，贵镇的人能够稍微减少游玩欣赏的时间而能够在职业上自力更生，使得自己的生涯能够有所寄托而后再寻求玩乐之地。很希望浒墅关公园能够像我所期望的那样，从而不被人们所责怪，希望管理这件事的人和来游玩的人一定要记住这一点。

吴江费树蔚撰

吴县顾廷龙书

古吴黄慰萱刻

# 走笔文昌阁

浒关的文昌阁不知已去过多少次了，但印象比较深刻的还是第一次去的情景。那是十多年前的事了，那时我刚到苏州，园区朋友殷国栋专程跨越苏州城来看我，一尽地主之谊的我自然是想带他参观浒关的"名胜"。想来想去，好像也只有文昌阁，不过让人尴尬的是我虽然知道那文昌阁的名字，但是却不知道文昌阁在哪里，在路上还特意打电话问一个同事，结果那位本地的土著竟然也没有说出所以然来，于是又是导航又是问人，七拐八弯地终于找到，却发现就在兴贤桥下，再好认不过。然而当我们兴冲冲地去看这始建于明万历二十三年（1595），距今427年的古迹时，却发现里面正在施工，根本进不去。我们便从那围着的障碍中穿了进去，前门自然是进不了，于是从后面寻了一条小道竟然进去了，但里面都是施工现场，自然也就没有什么看头，但一些重要的设施还是隐约映入眼帘，如那新建的三进大理石碑楼，如同巨人一般矗立于运河西畔，隐约可见那中间的额坊上题有"文昌风帆"四个大字，其余自然都被蓝色的泡沫板所阻隔。我们走了出来，在一个雕像喷泉前抽烟聊了会天。国栋工作单位在唯亭，那也是一个和浒墅关一样的千年古镇，但他仍然对浒墅关是赞不绝口，镇上最热闹的当时只有一个大润发超市，现在繁华的上河郡商业街那时就在我们的右手边，当时还是一块空地。运河以东三三两两、零散分布的是一些破败的厂房。其时的浒墅关被戏称为"苏州遗忘的角落"。这一次游览的结果最终只能是乘兴而来，扫兴而归。回望那夕阳之下黄墙黛瓦的文昌阁，我心生向往，但更多的是擦肩而过的遗憾。

无独有偶，也是在那几年吧，妻弟有一次来到浒关做客。作为浒墅关镇最拿得出手的一个景点，妻子自然是极力推荐文昌阁，饭后让我带着他去看看。这时的文昌阁已经修葺一新，首先

碑楼

呈现在眼前的是碑楼两侧的对联"文星高照风冷水岸听钟鼓，昌世长存日映津流看楫帆"，犹如半遮琵琶一般的碑楼这次终于露出真容。只见它上部竖立着四根高约一米的盘龙柱，恍若巨人头顶上的发髻，下面是大理石雕刻而成的祥云瑞兽，起着烘云托月的效果。沿着大理石地砖铺成的地面我们向前走去，正前方有一个木质的无名四角老亭子，亭子悬空建在水上，没有亭名，一侧入口，三侧长椅。站在亭子里，对面横亘一座新建的精美石制长桥，亭子下方的水通过桥拱和前方的大运河相连通。听着脚下传来波浪的声音，我才想起，脚下的这条小河历史可谓远矣，从明万历三十一年（1604）当地士人张宏德、张宏谟、张宏祚兄弟挖掘开始算，至今已悠悠427余载。这条400米左右长，恍若月牙形的放生河道设计颇有深意，拱围着供奉于高坛之上的文昌帝君，其用意不言而喻。月牙形河道初建时开掘的两端便与运河相通，站在亭子里顺着河道向来时方向远眺，果见一条如玉带般的小河围绕着文昌阁，我脚下的是一端，沿着这个端点，似乎有只无形的大手，向外侧画了一个漂亮的圆弧，圆弧的一端则是延伸向文昌阁北侧的一座小桥，自然也是和运河相连。我们走出小亭子，迈过用大理石新修的庆云桥，来到刚才看到的那横跨于月牙河之上的长桥，眼前的运河之景便一览无余，舳舻相继，

马达齐鸣，运河上一派繁荣的景象。夕阳把积蓄了一天的精魂全部涂抹在运河上，那斑斓的色彩如同是打翻了颜料桶，倾翻在运河之上。这是我第二次造访文昌阁，虽略胜于第一次，但最终仍然是失之交臂，因为当我们走到阁前，发现售票的大门已经关闭，时间已晚，禁止游客入内了。

第三次，才算第一次真正造访文昌阁，按道理应该是记忆最深刻的，然而当我搜寻脑海的记忆时，却发现没有这第一次丝毫的印象，也许是前两次的意兴阑珊印象太过于深刻，以至于彻底覆盖了那初访文昌阁的兴致盎然，也许是在以后的时间里，去文昌阁次数太多了，太熟悉了，以至于模糊了初见时的模样；也许在那多次的顶香膜拜中，我已经辨别不清那烟雾缭绕中的文昌阁究竟是一个怎样的符号。

和现在人们所参拜的大部分寺庙不同，文昌阁是一个道教的场所，它曾经是明代全国著名道院——太微律院，其时正是明嘉靖、万历朝倡导、迷恋道教的时候，文昌阁也算是恰逢其时，这一点从它名字中的"阁"字可以看出。道教一般供奉的是三清即玉清元始天尊、上清灵宝天尊、太清道德天尊，另外还有文财神比干、武财神赵公明、关羽关老爷等这些中国本土典籍中衍生出来的神仙。文昌阁供奉的是同名的文昌帝君，这文昌帝君有天神与人神两种不同的说法。所谓天神也就是文昌星，对此在《史记·天官书》《星经》中都有详细的记载。文昌星通常指的是位于北斗魁星之前、形成半月形状的六颗星的总称，这六颗星各有专司，为上将（威武）、次将（正左右）、贵相（理文绪）、司命（主灾咎）、司中（主右理）、司禄（赏功进士），掌管天下文运禄籍。北斗星与文昌星是并列的星宫，北斗由七颗星组成，前四颗是斗勺，后三颗是斗柄，其中魁星则是北斗星的一部分，是北斗斗勺部分四颗星的合称，由天权星、天玑星、天璇星、天枢星四颗星组成，而民间常说的文曲星就是魁星中的第四颗天权星。文昌星和文曲星都是主管天下文运的吉祥星宿，不同的是，文曲星代表北方水，偏阴，它在主管文学的同时，也掌管艺术，而文昌星纯粹只是掌管文学的星君尊神。这是天神之说，那么人神的说法又是怎么一回事呢？

这文昌帝君其实也是被人神化出来的神，而且还是多个人复合而成的神。东晋宁康二年（374），蜀人张育自称蜀王，起义抗击前秦符坚，英勇战死，人们在梓潼郡七曲山建张育祠，并尊奉他为雷泽龙神。而那个时候七曲山另有一座梓潼神亚子祠，因两祠相邻，后人将两祠神名合称张亚子，并称张亚子仕晋战殁，这样，智慧而又糊涂的善男信女们便将张育和亚子合并为张亚子，《晋书》中张育的事迹也自然就成了《明史·礼志四》中张亚子的了。这之后历代皇帝都对张亚子有所加封：唐玄宗追封其为左丞相，并重加祭祀。唐僖宗封其为济顺王。宋真宗封其为英显武烈王，宋光宗时封为忠文仁武孝德圣烈王，宋理宗时封为神文圣武孝德忠仁王。到了元代，元仁宗敕封其为辅元开化文昌司禄宏仁帝君，加号为"帝君"，简称文昌帝君，又称梓潼帝君。这就是文昌帝君人神的来历，所以四川梓潼才是文昌帝君的发源地，也是文昌文化的大本营。

全国各地多有文昌阁、文昌楼、文昌宫等祈祷一方文运昌盛的古代建筑。文昌帝君从古至今是读书人最为崇拜的神祇，苏州浒墅关的这座文昌阁正是这众多建筑中的一座。不过其气势谈不上有多恢宏，427 年的历史在全国的文昌建筑中大概只能算是中上年份吧，但对于浒墅关的老百姓而言，其重要性可不是一般建筑能比的。

文昌阁在浒墅关修建，最初就是为了改变浒墅关文运而来的，可以说文昌阁是负着一定使命的，所以这里又是一个文化教育的符号。《苏州郊区志》有载：明万历年间，里中人士张宏德、张宏谟、张宏祚兄弟以浒墅关运河流水直泻，人文不盛，遂捐资巨万开放生河以纾水势，并取土筑基，建阁于上，以奉文昌帝君。浒关"运河水直泻枫桥寒山，人文不盛矣"，这个有些形而上的说法源自明万历三十年（1602）前后浒关榷事施重光。这种风水之说有多大的依据很难说，大多时候也就一说了之，并没有人把它当回事，但是这次不同，事关浒墅关镇的千年文运，于是就有镇上的兄弟三人为之忧心如焚，他们就是时称"张氏三斗"的张家三兄弟。从张家的祖先张庆隐居古镇以来，张家在镇上屡做义举好事，乐善好施，数百年来从未停止。这次张家三兄弟自然也不例外，他们经过商量决定捐出家中在运河西岸南边的丰腴田地十亩有余，并开挖一条月牙形的放生河。一举三得，一方面是可以利用挖出的泥土，把这些泥土垒成土丘，丘顶上建造文昌阁殿奉祀"文昌星君"；另一方面月牙形河水拱卫着文昌阁，这和文昌星的半月形状是一致的。同时还在阁丘四周和丘坡、放生河两岸，遍植榉树、榆树、柘、槐、枫杨、青松、翠柏和银杏等绿植，这样的设计很有深意，从意识形态方面解决了施重光提出的运河水直泻使得浒墅关文气不振的问题。挖掘的那条月牙形的放生河盘旋纡曲接纳运河水使其改变一泻千里的态势。于是"水晶盘中一青螺"这个秀气而形象的称呼就横空出世了。堆砌的土丘和栽种的树木伴随着这改道徐泄的运河水，这种设计可谓用心

"文昌阁"远景图

良苦，真切地表达了浒墅关人民对文化兴盛的渴盼。据说文昌阁修成之后，浒关考中的举人、进士果然陡增很多，有统计，明清两代出了进士十多名，举人、诸生六七十人，要知道这样的人才数量即使一个县也是罕见的，何况只是在一个镇。这真的很神奇，地理的变化会导致一地文风的兴盛而人才辈出。如果是这样，那么张氏兄弟以及文昌阁可以说是功莫大焉，那么到底是不是这样的呢？

探究其深层次原因，不得不提到几任关官，他们对浒墅关地方文化教育起到非常重要的推动作用。一个是第40任关官方鹏，其人清正廉洁，是一位有胆识、有担当、有主见，能够为老百姓谋福祉的官员。他位高权重，以从五品户部员外郎的身份督理钞关主事，比苏州知府的六品还要高。方鹏在向朝廷请命中提及，浒墅关建关，朝廷从中收益甚多，但当地百姓之中读书人却不多，在省试中中举的也寥寥无几，究其原因是老百姓生活很贫穷，都在为生计忙活着，没有时间和精力去读书。基于此，他提出应该把上缴税赋中提成部分回归当地财政，用来创办义塾教化乡人。最后在嘉靖财政异常吃紧的情况下，朝廷给予肯定的批复。方鹏便率先在榷署内兴办义塾，从这时起，浒墅关镇才有义学授教，老百姓才享受到自己子女接受文化学习的待遇。另外方鹏还在今下塘朱家弄段建立"范文正公书院"，如果把义塾看成现今从小学到高中的教育的话，那么书院则是大学教育兼公务员辅导班，其目的是让镇上和浒墅关四乡八里的诸生（秀才）们进行再度进修，为他们参加科举考试做准备。同时还对那些没有钱赴省应乡试的贫穷读书人以每人4两白银作为路费资助，这相当于我们今天人民币3200元左右。这其中所花费的相当一部分就是从所收关税中抽取的。继方鹏之后，明代的焦维章、陈大咸、王以熏，清代的李起元、李继白、李秉忠、高斌、陈常夏等关官都为义学、私塾、书院等在浒墅关的继承发展做出了不可磨灭的贡献。他们之中，有的增设增修义塾，有的更立社学，普及乡村塾学，有的倡导"一井十户举私塾，教幼犊"，形成以一镇之力和其他郡县相比毫不逊色的教育胜景。清代顺治年间的关官李继白，一如当年的方鹏一样向朝廷为浒墅关人民争取教育权，他说浒墅关每年取 15 万两白银供给朝廷国库，京城里富了知道要大办教育，培育人才加大教育的数量和密度（一井十户），难道浒墅关的老百姓不也一样应该享受这样的权利吗？

从这个角度来看，浒墅关文运之昌盛并非一时一日之功，自然也不是修建文昌阁更改风水变化所致，而是和多任关官关心教育，兴办义学、私塾、书院是密不分的。当然从张氏三兄弟捐田斥资修建文昌阁可见镇上的老百姓对于人才的培养、教育的兴旺、文运的昌盛是多么急切期盼。浒关老百姓不仅有这样的热望而且付诸行动，这也是浒墅关频出人才的必要条件。

文昌阁的门楼是老式的青砖小瓦门楼，四角飞檐，龙吻正脊高耸，戗脊起翘，共三进牌楼形式，每一进上方皆有一个半圆形的拱顶。大门是红色且古朴凝重的木门，刚刷过的红漆，很气派的样子，门上铆着一排排铜钉，门楣上方"文昌阁"三

"文昌阁"牌楼

个鎏金大字在阳光下熠熠生辉。不过遗憾的是大门很少开，游客基本上都是从偏门进出的。进去左侧有一间房子是卖票，票价很便宜只有 5 块钱，工作人员同时也销售香烛，便于虔诚的香客们购买。奇怪的是在山门两侧还有连绵的城墙、矢堞，颇有古代营垒的风貌。

文昌阁景观既同苏州城内古典园林风格一脉相承，又有自己的个性。推开门便看到一组风格各异的古式建筑以异地重建的文昌阁，主殿为中轴线呈南北走向，两旁建有数幢大殿及偏殿。这

些建筑就仿佛一群仙风道骨的神仙在山上谈经论道。拾级而上，映入眼帘的便是那硬山顶灵宫殿，据说这是太平军进驻文昌阁留下的建筑之一，屋顶还可见到太平天国特有的龙凤纹瓦当、滴水。殿前的一个六面三层宝塔形式的建筑是幢，准确的名字叫"惜字幢"。古人对文字非常尊崇，写有文字的纸不能乱丢。在祭祀文昌的日子，人们会集中于此统一焚化。另外还有一个高约两米的铁炉子，上镌"文昌阁"字样，这是文昌阁的宝鼎，这个宝鼎是个复制品，原先的宝鼎在大炼钢铁运动中已化为铁水。进入殿内便看到诸多神像，有金刚、有力士、有观音等。从后面走出，便是一个非常宽阔的四合院。两旁建有数座大殿及偏殿，也和前殿一样供奉罗汉、财神、二十八宿、天神天将等，罗汉星宿殿于右，天神天将殿列左。最值得一说的是处于阁西偏北的华佗殿，在过去每当日暮时分，华佗殿窗牖中可见斜阳挂于阳山之巅，似镜框嵌入立体画面的"日暮黛山"奇景，故而此殿又有"闾阳楼"之称。但这幅美景只可追忆，现在城市里楼宇林立，透过窗户只有看到一幢幢新建的楼房，山早被遮挡住了。

最显眼的莫过于主祀文昌帝君的文昌殿，在主轴线的顶端，重檐歇山顶，作两层楼阁式，非常雄伟。文昌殿属于异地重建，原先的文昌殿自然也没有现在这么宏伟，甚至当时的文昌阁都几乎被毁，20世纪80年代文昌阁被浒关家禽孵化场占用，沿着运河边走上一个高墩就能看到孵化场工房，现在仍然可以看到孵化场部分职工房子。那时运河边的这一块高地上鸡鸭成群，职工们也是忙于孵化工作，哪还有谁问什么历史古迹。现在文昌阁里真正算得上古迹的也只有殿后门之东、西两侧的"玄馆""妙阁"砖刻和从原浒墅关中学运来的"重修文昌阁碑记"等古碑。幸好后来政府进行了抢救性的建设，这才有了今天文昌阁的规模。在新时代，文昌阁更多的是作为一个旅游文化符号，在此背景下，这些拔地而起的楼宇便有了其新的使命。

借助于数百年的历史底蕴，以及千年古镇浒墅关的人文风华，文昌阁成了浒墅关地标性的建筑，也是本地最负盛名的一处景点。明清时期，江南经济发达，运河里船只骤增。农船、商船、运输船往来不绝，桅樯林立。乾隆第六次南巡抵浒墅关时，登文昌阁看到这一切，龙心大悦，脱口吐出"此乃文昌风樯也！"浒墅关古镇第一景咏"昌阁风樯"就此产生。"昌阁风樯"被浒墅关人"窃为己有"，人们不知道的是乾隆皇帝其实高兴的并不是这一地一景，更是那船来船往的黄金水道给国库带来的财源滚滚。经济繁荣是哪个朝代的统治者都喜闻乐见的：收拢人心要钱，搞建设要钱，打仗更需要钱。经历雍正一朝的休养生息和财政的改革，整个国家才从康熙朝的经济窘迫中缓过气来。江南是整个国家的经济命脉，京杭大运河更是这血脉中最粗的一根血管。这正是乾隆多次巡江南的根本目的。那些戏说乾隆的后人看待这"十全皇帝"太肤浅了，正如今天的人对"昌阁风樯"的理解。

　　我去了很多次都没有能够看到文昌殿的全貌，只能从远处看到高大突兀的建筑慢慢显露峥嵘，然后从密密麻麻的脚手架防护网的间隙中看到那翘起来的飞檐和那黄色墙体、红色的巨梁，于是便多了一种莫名的期待，每去一次文昌阁便驻步遥看那建筑工地。看不到主殿，绕着文昌阁闲逛，却发现了一些和这阁宇有些格格不入的建筑，那是紧邻运河的一段砖墙营垒，自带杀伐之气的城墙营垒和祈祷祥和安宁的寺庙道观这一对矛盾体怎么会在这里神奇地结合在一起呢？这时我想到了一段相关的历史：

　　1860年忠王李秀成率部东征苏、常，逼近苏州。驻守苏州的江苏巡抚徐有壬率部防守，浒墅关是苏州城北的第一道屏障，文昌阁扼运河之隘口，是天京通往苏州的必经之路。徐有壬在此修筑工事，调集民团兵丁加强防护。江南大营主帅、钦差大臣和春等人率残部逃至苏州不得入城，无奈之下只得在浒关驻守，咸丰十年（1860）5月23日，浒墅关战役打响。太平军将浒关团团围住，和春求生不得，最后只能在文昌阁的大树上投环上吊，结束自己的一生。这场战争，对于浒墅关来说，是毁灭性的。战争结束，全镇积尸成山，血流成河，镇上到处是残垣断壁，富庶之地如人间地狱，一片狼藉。

是的，和春就是吊死在现在殿后院东侧那一株四百多年树龄的银杏，在秋日的阳光下，那一片片黄色的银杏树叶熠熠生辉。一阵风吹来，树叶发出飒飒的声音，似乎还在为当年那一场战役而叹息，一条条鲜活的生命在此逝去，在历史的风中化成永不坠落的尘埃。

在1860至1863年太平军驻守浒墅关期间，忠王李秀成见文昌阁居高临下，四周城河环绕，地势险要，便将文昌阁作为营垒和屯储粮草的所在，扼守苏州城的北大门。在阁四周构筑一道高3米余，厚约1米的砖墙。同治二年（1863）11月19日，文昌阁又发生了一次激战。这时的太平天国内忧外患，如江河日下，农民起义的局限性暴露无遗，李秀成也无力回天。苏州城北的蠡口、黄埭先后被清军攻陷，继而双方在文昌阁发生激烈枪战。最后太平军由于守垒官兵人数有限，终不敌李鸿章率领的淮军层层围攻，文昌阁太平天国营垒失守。那场战争结束后，清廷对文昌阁进行了修葺，依然城墙高耸，矢堞坚固，只不过变成了清军守卫苏州城北的要塞。现在看到的这一段城墙是经过现代人修缮之后的遗迹，原先城墙的城砖在1958年大炼钢铁运动中被用来砌筑高炉了。现在北面沿河正门之内还筑有类似月城的砖垒，东南角辟有门，下通水池，门上有阳文砖刻"草园"两字。我抚摸着那粗糙的城砖，如同触摸一段段遗憾和血淋淋的历史。作为历史符号的文昌阁让我心生感慨。我们的民族在这些你争我夺中浪费了太多的精力和精魂。西方在这个时间，英国、法国已经完成工业革命，连中欧的一些小国也在19世纪末全部完成了工业革命。工业革命促进了社会生产力的迅速发展，使商品经济最终取代了自然经济，手工作坊过渡到大机器生产的工厂，世界日新月异，而我们的民族在这种内卷中彻底地被世界抛在身后。

　　我走在修缮平整的运河栈道上，脚下传来"哗哗"的流水声和"啪啪"的水打堤岸的声音，耳边听到"呜呜"的轮船鸣笛声，低沉浑厚，穿透力极强。这让我不由得想起曾经响彻运河两岸的龙华寺的钟声与文昌阁的鼓声，钟鼓相鸣合为"晨钟暮鼓"。龙华寺已经湮没在历史中，龙华晚钟也已移居他乡，而文昌阁还在，文昌阁的鼓声不知何时能再响起。我们这个民族需要在"晨钟暮鼓"中汲取历史兴亡的教训其实还很多。

　　有一天再次造访文昌阁时，蓦然发现一幢雄伟壮观的大殿如一位刚刚渡劫成功的神满身佛光矗立于眼前，便怀着一种近乎神圣的心情进去拜谒。大概是刚落成不久，大殿里人并不多，只有一个居士模样的人坐在一个角落，面前放了一个签筒，我虔诚向那光彩耀人的文昌帝君叩拜，不求名不求利，只是一个读书人、一名教书匠，向这与文化、文运相关的神祇表示自己的感激和敬意，祈祷他能够保佑这天下的文运昌盛。也祈祷这天下的读书人能够顶天立地，有一条康庄大道。

　　一晃十多年过去了，还记得初访文昌阁的那个黄昏，国栋和我聊天的内容仿佛仍在耳边。再看今天浒关的变化，大润发超市早已不是浒关人的唯一选择。永旺、宜家、开市客、汇融广场琳琅满目，上河郡商业街早已建成并使用，但也只不过是惠丰商业街、新浒商业街、金辉商业街、浅湾商业街这众多明珠中的一颗，更不要说"浒关大码头商业街区""迪卡侬""越秀商业"这些正在开发并进入运营的项目了。现在的浒墅关被称为苏州北部开发最具潜力的区域。这时我不由得不佩服当年国栋的远见卓识。正如这个文昌阁，它也远不止是我看到的道教、教育、文化、旅游、历史符号，它其实更像是一道天地间的人文密码等待后来人不断解读和编译。

2022 年 12 月 31 日

# 运河小楼

每次从位于镇中心的老学校操场经过时，我总是要向操场最西头遥望，可是我知道无论我怎样凝望，那幢两层小楼都不会重现，那是我到苏州后一家人所住的地方。那是一幢陈旧的小楼，但细想一下竟然发现它是除了我出生的老屋外我待的时间最长的屋子。这就注定了它在我的人生记忆中一定会占据相当大的比重，就像那陈年佳酿一样，年份上去了，酒香自会浓烈。

仍然记得十多年前，第一次到这所学校，我拎着行李，跟着招聘我过来的陈伟华校长来到它的面前。我当时愣在那儿，那是2010年，进入新世纪已经有10年了，我在老家县城刚购置了一套120平的新商品房，刚刚装修好，现在却有一种穿越时空到20世纪六七十年代的感觉，因为我面前这幢两层楼房就是那个年代的建筑，它的年龄肯定比我大。它的东侧临近操场的墙壁上石灰已经斑驳了，富有时代气息的标语"为学生终身发展奠定基础，为教师施展才华创建平台"，也无法掩盖其沧桑的岁月气息。陈校长领我打开楼下的一间屋子，楼下共三间，最东侧临近操场的一间作为体育器材室，西侧靠近厕所的一间暂时空置，中间的就是给我的一间。推开门屋内还算整洁，有一张床和一张老式的办公桌，陈校长有些抱歉地说："房子有些破旧，先将就些住！"我赶紧说："谢谢陈校长关心！"虽说对于宿舍的环境不是很满意，但是我也深知在苏南寸土寸金，有一个地方暂时栖身，已是不易，哪还能挑三拣四，就这样我和小楼的缘分结下了。小楼虽已经陈旧，但并不寂寞，除了我和另一位同年招聘过来的热情、诚恳的苏北老乡缪海峰外，它还有一位房客是早我们一年来的体育老师马腾，是刚毕业的南师大的高才生，一位帅气、阳光的小伙子。他和缪海峰住在楼上。小楼在 2010 年开学时因为我们的到来而热闹起来。不久之后，随着我妻子、母亲和四个月儿子的加入，小楼更加热闹起来。我也把另一间闲置的屋子收拾出来，这样就成了两居室，而我们一家人就在这幢小楼里正式落户。

　　然而不久之后我们在小楼里便有了一次令人啼笑皆非的经历。一天晚上，我和妻子在小屋里用浴帐给四个月的儿子洗澡，浴帐是新买的，闷气效果很好，我和妻子忙了一身大汗，帮儿子洗好了澡，然后把他抱到床上。这时我俯身看儿子，却发现他呼吸似乎很微弱，加上当时屋内光线暗，我对妻子说，儿子的嘴唇好像有些青。这下妻子紧张了，我赶紧叫了楼上的缪海峰和马腾帮忙。那时还没有电瓶车，他们两个迅速下楼和我们一起抱了孩子往医院跑。在浏沽泾桥那里，马腾拦了一个陌生人的电瓶车要送孩子去医院，那人听说我们是学校老师，二话没说就把车子借给了马腾，然后我抱着儿子坐在车子的后面，马腾开着电瓶车，沿着浏沽泾河边那条坎坷不平的小道一路狂驰，缪海峰和妻子在后面追。这时我隐约听到怀里的儿子有了鼾声，心里稍安些，但又怕他睡着了会出事，就不断地叫他。就这样，一会儿的工夫，我们到了医院。妻子和缪海峰很快也赶到了，因为跑得太急，也太紧张了，妻子在急诊室的大厅里一屁股就坐在地上，号啕大喊："医生啊，你救救我孩子啊！求求你啊！"医生看这阵势，以为是出了什么大事，几个护士赶紧过来从我手里接过儿子，询问我们是什么情况，有人扶起妻子。我们把情况说了一下，护士赶紧叫我们去买氧气面罩吸氧，然后把儿子放在抢救室的小床上，等我把氧气面罩买来的时候，护士指着正在酣眠的儿子对我们说："孩子不挺好的吗？没什么问题啊！你们这么紧张干什么啊？"我和妻子面面相觑，然后尴尬地笑了。一旁的马腾和缪海峰这时才也松了一口气，说："没事就好，没事就好！"这事已经过去十多年了，然而现在想起来依然有一种如饮热茶般的暖心暖肺。这是小楼赐予的独属我的异乡温馨。

第一眼看到小楼，我犹如看到一位风烛残年的在秋风中瑟缩着身体的老人，再加上那时正是开学前几天，周围环境空旷，我想这里一定会很冷清，可是过了几天我就知道自己大错特错了。小楼的旁边有一块学校的操场，这块操场在白天上课期间，学生自然是少不了的。这些熊孩子甚至在体育课的自由活动期间都会跑到小楼这儿来，有人还窜到楼上去。到了傍晚，学生没有了，但这里人并没有减少，都是镇上的居民。这时我才知道，这里是镇上居民们的传统锻炼场所，打篮球的、溜冰的、练太极拳的、跑步的不一而类，操场上到处都是人，甚至到了深夜，还有三三两两散步的。

原来小楼并不孤独啊！

我对小楼的浅薄认知远不止这些，这位沧桑的老人可有着极为丰富的阅历。它前身的功能也不仅仅是吴县中学老师的宿舍楼，它曾经还是一所幼儿园，是吴县中学的附属幼儿园。这虽然是一所幼儿园，看着它现在破旧的样子确实是不容易想到，但其实我第一天进来时就有这个感觉了，因为我住的那两间屋子里竟然画满了壁画，那些画逼真得让人叹为观止。这幢楼作为幼儿园无疑已经是很多年前的事了，但是墙壁上的油画却没有由于年代久远而变得斑驳不清，虽然不是那么鲜亮，但仍然无法掩住它的生动、精彩，就像一位精神矍铄的老人，面对夕阳依然精神抖擞、神采奕奕。在我床头的墙壁上画的是一位大树爷爷，树冠上是几只小鸟在快乐地鸣叫。在对面墙上有一只正在低头吃草的黄底黑点的梅花鹿，这只梅花鹿已经被我母亲和儿子的照片给永久存留了。上方靠近屋顶楼板处是一个长着白胡子的红色太阳公公，旁边是一只招手示意的青蛙王子和在坏笑着的蘑菇小妹。在墙的北面窗户两侧还有两位长者，一位是穿着西装的山羊公公，另一位是穿着背带裤的大象伯伯。在这样生动活泼的童话世界里当然不能少了孩子，在屋顶上方则画的是一个乘坐着宇宙飞船的小孩子正在俯瞰着大千世界。这就是我所住的那间陋室内的油画的内容，自然、美好、梦幻、童趣盎然。它们伴随着我儿子的整个童年，承包了我们一家数年的岁月。毋庸置疑，它们一定是孩子梦境的重要底色，因为它们本是为了伴随孩子们的童年而生，虽然屋子后来从幼儿园变成职工宿舍，但幸运的是我们成了它滋养童真的最后一任对象。

操场附近像这样的小楼有好几幢，它们就像人一样已走过人生中最辉煌的岁月，现在都垂垂老矣。不过如果你因此而轻视它，那就错了。小楼50米左右有一幢建筑，它不是楼房，但却有不亚于楼房的高度，而且很长，有大概六七十米长，它的窗户也特别高、特别大，门前长着一排排的檫树，每棵树都有两人合抱那么粗。这幢建筑当时是体育馆，可以打羽毛球、篮球。里面空荡荡的，因为特别高的原因，所以人站在里面，仰头看颇有一种身处荒原之感。然而这幢始建于20世纪70年代的建筑曾经有个非常豪横的称呼：全国最大的中学宿舍。大到什么程度呢？最多时大约有一百多名学生住在里面，一间宿舍住一百多号人，不要说那时候，即使现在恐怕在全国也是第一。一百多名学生济济一堂，那场面绝对壮观，我甚至怀疑学生说话都得对着耳朵吼，否则在那嘈杂的环境里谁能听得见？我还记得当年高中的宿舍，十几个人，就已经是乱成一锅粥了，现在十几倍的人数，想想那情景，一定是有趣地紧呢。最头疼应属看宿舍的老师吧。当然把这体育馆改成男生宿舍，只是暂时的。1985年这幢建筑的东面50米左右处又建了一幢正规的男生宿舍楼，共5层，但那幢楼在我过来时就已经废弃不用了。原先的吴县中学已经搬走，后来的浒关中学没有住宿生，自然也就不要需要宿舍楼了。我当时还想住进去，后来学校领导说里面水、电都没有了，不方便，便作罢了。那幢5层的宿舍楼因为它的高度在这周围的建筑中显得很突兀，仿佛也在彰显着它不同的身份。不久后，这幢宿舍拆时赚得了周围人一大把的注视，因为有太多的钢筋，拆除时，施工队噼里啪啦地用挖掘机竟然砸了好长时间，老板是狠赚了一笔。围观的人发着感慨："那个时代的人们不偷工减料，实诚。"这时知道内情的人说："你们不知道这幢楼是花了大价钱的，花钱的单位还不是吴县中学，而是一个有钱的单位——中国高岭土公司。"我们这才知道在1985年，观山驾校边上的中国高岭土公司职工子弟学校关闭，初中学生全部进入吴县中学就读。作为交换，高岭土公司以捐助名义为学校建了这幢宿舍楼，那是一个有钱的单位，更何况是为了自己的孩子上学，自然不会偷工减料。这是我到浒关后见的第一幢被拆的小楼，一时还觉得新鲜，后来整个老镇都成为一个大的拆迁场，每天耳朵里都响彻着刺耳的砸钢筋声，包括我所在学校也在不断地拆，很多熟悉的建筑渐渐地消失在烟尘中，随同消散还有那些刻在这些建筑身上的诸多印记，便习以为常了，但内心反而有一种烦躁和惘然。

老吴县中学内学生宿舍楼
（高岭土公司筹资）

　　日子如水一般平淡而悄然，那个时候整幢楼只剩我们一家人了。小楼冷清了，缪海峰调到实验高中好几年了，马腾也早搬到自己的新房子里去了。我和妻子则搬到楼上原来马腾的房间，因为那里可以装空调。我们买了一台空调，那经年腐朽的砖墙让装空调的师傅颇费了一番功夫。装了空调，怀孕期间的妻子便少受了些酷热之苦，到了苏州5年后，年近不惑的妻子怀了第二胎，小楼即将迎来又一位小房客。某一天夜里楼上突然发出一声巨响，第二天我四处查看，发现楼上东边的一间屋顶开始坍塌，开了天窗，小瓦和屋梁部分坠落在地面上，还有一些悬挂在空中，随时也会掉下来，地面上到处散落着瓦片，我把残破的门关闭，想用铁丝把门扭紧，但那门年久失修，已经无法关紧，只得嘱咐家人不要进来，防止被砸伤。这时候它外墙的石灰也已大片大片地剥落，就像一个老人满脸皱纹一样。屋顶是江南小楼特有的小瓦，这时从远处看已经是高低不平，坍陷的部分也很明显。又一个刮风的夏天，小楼边上的厕所屋顶开始坍陷，先是南面一间，再是北面一间。没有了厕所，我们的生活会受到极大的影响，于是我到建筑工地上扛来了一块做活动板房的泡沫板，把它塞到屋梁上，这样即使有瓦片掉下来了，也不会砸到人。还别说，一直到我们离开，都没有再发生瓦片砸落的情况。不知是不是冥冥之中约定了一样，也或者学校的这些建筑都是同气连枝的原因，不久学校北边一幢教学楼也发出一声巨响，虽然那幢楼是新建的，但是这不明原因的声响还是让学校领导感到很紧张，于是学校领导就决定把那一届的初一学生全部拉到小学去了。由此学校以及周边拉开了拆迁的大幕，先是操场边上学生宿舍楼，然后是以前做浴室的配套用房，再是有问题的那幢教学楼以及周围原先的吴县中学的教师宿舍楼。一幢幢楼房在烟尘中土崩瓦解，运河边那些颇有特色的粉墙黛瓦木质排门的两层小楼，小巷里那一幢幢不知多少年的低矮小屋都次第地消失了，但是奇怪的是学校内有一幢早已经废弃不用的三层小楼，却一直矗立在那里。这幢小楼外墙上缀满了爬山虎，已是残破不堪，周围有铁栅栏围成一个小院，我曾经多次想进去探幽寻胜，结果连进去的路都没找到，只能怀着一种莫名的敬畏远远地看着它，这幢小楼最终也没有被拆迁。后来我才知道，这也是一幢有历史的建筑。这幢三层的青砖楼建于民国时期，是一幢名副其实的豪宅，它的原主人是原国民党南京兵工署主任童致

童致咸的小楼

咸。这幢小楼 20 世纪 80 年代曾作为浒墅关派出所的驻地，后来按国家政策归还给童家后人，但童家后人最终又把它捐给政府，在之后很长一段时间是作为吴县中学的教师宿舍的。历史的兴亡更替无意中被这些沉默的建筑给锁定了。

那一年在小楼的那间装空调的房间里，我的女儿出生了。那一天的下午我陪着老婆在操场散步，两人还在计算着日子，结果当天晚上羊水就破了，女儿着急出来过中秋了。想当年在老家为儿子的出生我和妻子费尽了周折，而这次一切都那么风平浪静，妻子甚至一直工作到临盆，中途还在操场上摔了一跤，这让我不得不感叹这江南的风水就是好啊，后来还有老师总结说我们学校老师都生的是一儿一女，还有人说这学校原来是龙华寺，是块福地、善地。虽说有牵强附会之嫌，但看来冥冥之中，这些拆了的和没有拆的小楼也许都在庇护着这里的人们吧，当然也包括我们一家。女儿出生了，然而她并没有像我儿子那样幸运地拥有这一大片操场的童年，因为我们所住的这幢楼房突然变得那么不宜居了，那个夏天，无数的蚰蜓日夜不停地往我们住的地方爬，原因大概和房顶的坍塌以及周围房子的搬迁有关系吧。我特意找了生石灰撒在房前屋后也无法阻止它们的疯狂，于是在枕头下发现一只蜷曲的大蜈蚣之后，我决定举家搬迁到新房子去。彼时我的新房子已装修好，但还不满半年，幸好当时从环保考虑并没有使用太多的木板。但搬家还是遭到母亲和妻子的反对，妻子认为新房子有甲醛，母亲觉得还是这里方便。是的，住了五六年的地方当然是习惯了，也有感情了，更何况这里门前就是宽阔的操场，人来人往都热闹。到了新房子那儿就待在楼上，当然憋闷。最后我们决定先搬走部分东西，晚上还过来睡觉，然而就在我们搬走部分东西的第二天，楼上房间里新置的桌凳和沙发椅，以及厨房里的微波炉、电磁炉、插座都被洗劫一空。我们赶紧报案，派出所的警察备了案，但是抢劫仍在继续，我们楼道间有一个铝合金的伸缩门，也被人生生用铁棒撬开，把房间里的电线和铝合金窗户都拆走，这时我们才意识到这是一群拾荒者所为。这些人像蝗虫一样，凭着他们独特的嗅觉，瞅准我们不在这儿的时间，进行合理合法的行劫，因为他们有个合法的身份叫"拾荒者"。他们如果被抓住，就会说以为这里是拆迁的，这种借口可以使他们在光天化日下明目张胆地行劫。我们在小楼的东西已经再无保障，五六年来，门有时候我们都可以不关，可是现在关上门的锁都被他们生生撬开，我们吓得赶紧连夜搬运重要的物品。一天，我母亲在操场看到3个五大三粗的男子，用3辆三轮车把小楼能拆的全部拆走，我母亲跟在后面追，他们早就飞也似的开车走了。就这样我们被生生地逼离小楼，我们的离开没有一点庄重的仪式感，我们如那些在蝗灾中争抢庄稼的农民一样匆忙而悲怆。那是一个黄昏，天色阴沉沉，回望已是千疮百孔的小楼，我用借来的板车运走最后一批生活用品，那种如割离母体一般的痛苦让我不禁流下泪来。

我们一家曾住过的小楼

我以这样的极为尴尬的方式离开这座颇有历史感的运河小楼，搬进了另一幢运河大楼。我在这座城市真正安了家，买了商品房，一家人生活在现代化的居住环境里，可是我仍然无比想念着那一幢幢运河边的小楼，它们在喧嚣中终于安静下来，享受孤独了，而这种孤独是以消失作代价的。是的，它们大部分将会消失，可是我希望那些它们曾经承载的记忆不要消失、不要孤独。因为它们曾经像一枚图章一样，清晰地在这块土地上盖过鲜红的印记。

2022 年 8 月 21 日

# 花山雨夜

到花山脚下已是傍晚时分，汽车雨刮不断刮着沾在玻璃上的越来越浓厚的雨雾，丝丝声中看见车子斜上方的一方天空由灰暗而疏朗。心里遍寻着古人写雨的诗句，却发现用"渭城朝雨浥轻尘"时令不对，用"山色空蒙雨亦奇"有些轻佻，用"巴山夜雨涨秋池"愁绪过满，用"夜阑卧听风吹雨"过于悲壮。算了，也许大脑里所储存的诗句太少了，也许是我此时此刻的心情一时捉摸不定。

停了车，我一时有些恍惚，繁华苏州随处可藏优美林墅的说法果然不假，在这左近枫桥，右靠科技城，后面即是纵车疾驰的太湖大道的地方，竟然有这么一座宁静、幽美的所在。抬头看见景区门楣上"花山"两个字，才知道这里就是花山，那两个古朴而飘逸的大字颇有些清高自许的姿态含笑地看着我。我再回想刚才沿山脚一路蜿蜒之时，就有些身入丛林峻岭的感觉，窗外的雨也出奇的轻柔和灵动。现在看来这种直觉是多么正确，久居都市的人对山林的气息还是异常敏感的。想起刚才在那短暂几百米的路程中，在车子的七拐八弯中，有种很自得的错觉，那就是身后那座繁华的都市和其承载的"城市综合征"确已渐渐走远甚而消失的原因，看来这是花山给我的见面礼和赏赐啊！我再次看了一眼"花山"二字，心里也像开满了花一样，虽然这是一个寒冷的冬日黄昏。

下了车，踩着晶莹圆润的鹅卵石从那看似随意，实则是精心铺就的小径一路走去。大概是天晚，也可能景色太过于迷人的原因罢，总之我找不到出去的路了，四周太安静了，偶尔传来几声清脆的鸟鸣，其余就是一片清雅的寂静和沉静的安宁。我正犹疑是不是走错地方了，这地儿怎么看也不像开会的地方，这时看到一位拎着包颇有书生气质的年轻人走了过来，我问道："请问你知道这里的花山隐居酒店在哪里吗？"

那人未答先问："你是来作协开会的？"

我一听这意思他也是来开会的，心想看来地方是不会错了。又听得他说道："我也在找，没找着。"

我心中一乐，有人同行就好，找不着路也有个伴儿了。于是我们两人便继续沿着小径向幽深处走去，我看到不远处楼上有灯光，说那边好像有人，但才走了几步，又看到一个小门，也似乎有着光亮。我们已经走过了，想想又折回来，抬头看到粉墙黛瓦的围墙上有一大理石门楣，上书"空山可留"。进去一询问，回答就是这里。我们沿着一个长廊向前走，手边有一个池塘，走了没几步，就看到一个长长的厅堂，里面有灯光，光线不算强烈，柔和而温馨，隐约听到话音。我们推开门，屋里已经济济一堂，听到作协张主席那清亮的嗓音和那机智而风趣的发言：

"今天是我们高新区作协2020年迎春联谊会……"

我签了到，领了书，往前走，欣赏着两侧书架上满排的书和屋内古色古香的摆设，看到在大厅的西侧，一位老师写的"宁静致远"四个隶字大字静静地平摊在案桌上，气宇轩昂而又含蓄内敛。我挑了一个沙发座坐下，旁边是一位年轻的网文大咖。一个新会员正在自我介绍，诚恳而深情地说着自己对文学的喜爱，然后谦虚又不失自得地说出自己创作

宁静致远

的成果。很多人都是硕果累累、著作等身。和我一起来的年轻人，张主席介绍时一口气报出了几十家报纸的名字，大家笑了，有感叹有称赞；他也笑了，笑着解释这些曾经很出名、现在已经消失的报纸名以及他的那些大作。大家在笑声中领了奖，可惜领奖位置的光线有些暗淡，手机闪光亮灯下拍下那在暗淡的光线中无比清晰的人们，一如他们在写作的漫长甬道中顽强奋进的身影。我把玩着桌上一个可折叠的袖珍型的竹篱笆，做得很精致，一根根细草被码得整整齐齐。看着面前那个小瓷瓶里插着的绿植，绿意盎然，身姿挺拔，骄傲而又矜持着。屋内开着暖气，温暖如春。我的思维飘向窗外的花山。

　　花山在苏州的一众名山中被刷屏率自然是相当低的，但如果论其蕴藏的文化内涵恐怕苏州所有的山都得矮一截。是的，这是一座相当低调但很值得一游的名山。有人把它比成是苏州山中的邻家小妹，其实未必恰当，它更像是化身老妪隐藏于市井中的世外高人；当然也可能是如李清照、朱淑真、鱼玄机那样孤独游荡人间的女词人；还可能是《天龙八部》中那藏经阁中深不可测的扫地僧。为什么呢？因为这是一座有据可查的儒释道三教合一的名山道场，相关最牛的大咖自然是道教始祖老子，他曾经说过"吴西界有花山可以度难"，这种说法来自《枕中记》。《枕中记》据传有两个版本，一本是唐代沈既济写的传奇小说《枕中记》，就是成语"一枕黄粱"的完整版。作者沈既济据说是苏州人，如果只从这个角度来看，提到"吴西界有花山可以度难"是说得通的，但这本书又和老子似乎没有什么关系，反倒是和八仙中的吕洞宾有点关系，所以这里《枕中记》应该是另一本奇书《孔圣枕中记》。《孔圣枕中记》是一本托名孔子所著的预测未来的著作，全书以六十年一甲子为系列逐年进行预测，内容则是以孔子问，老子回答为主要内容，其中很多年份皆提到天灾、兵祸等，那么"吴西界有花山可以度难"自是老子给后人指点的迷津。有这么神奇的书和两大圣人的加持，花山的名气自不是苏州其他的山能够比得了的，这个名气中又自带了一个附加值——"隐士文化"。
而这又恰巧和花山自有的特征无比契合：在苏州众多名山中不显
山不露水，这就是隐。这就引来花山第二个具有深远影响的主人
支遁。

说实话，老子的那句话是有点虚的，但支遁却是一个实实在
在的人。老子的那句话，充其量只能算是个广告语，但是支遁却
是一个行走着的广告。虽然支遁一生中大部分时间其实并不在花
山，但是他在花山的遗迹依乾隆十五年的《华山书》记载，可以
确认的仍有两处：一是支公洞，山石上刻的是"陈公洞"，这是
因为支遁是河南陈留人，故为陈公；另一处就是支遁圆寂后葬地
天池山北峰，上有王羲之所题塔铭，后于宣德年间移至华（花）
山后的北峰坞。有这一生一死两处足迹，那么支遁这个人的一生
都可以归到花山的文化范畴了，这不等于说是支遁给后来人做的
花山的活广告吗？

我们今天的人可能不太熟悉支遁，但是东晋时期他可是顶流
明星。当时他是怎样的一个火法呢？东晋时期的著名人物谢安，
大概是无人不知吧。谢太傅是东晋王朝柱石之臣，耗死了想篡位
的桓温，后来指挥淝水之战以八万之众击溃苻坚的百万大军，为
东晋王朝续命。这样一等一的风流人物，竟然只是支遁的粉丝
之一。谢安任吴兴太守，听说支遁要去剡县，他给支遁写信说：
"我思念您已有很长时间了，天天计算着时间，希望能见到您。
听说您要到剡县去，我感到很怅然。人生短暂，顷刻之间一切风
流得意之事都将成为过去。我终日忧心忡忡，触事惆怅，唯恐您
迟迟不来。我等待着我们的会面，等一天就像一千年那样漫长。
这里多有山水，环境优雅，可供疗养，各方面都不比剡县差。望
能前来，以解思念之苦。"

除风流儒雅的谢东山以外，还有另一位人们更熟悉的人，那
就是书圣王羲之。据说王羲之开始对支遁学识还有些怀疑，以为
不过是传言，不足为凭，但是当他到支遁的住处看了支遁注释的

《庄子·逍遥篇》后，不仅信了，而且不肯走了；不仅自己不走了，也不让支遁走了。当时王羲之在会稽任内史，请支遁住到离他不远的灵嘉寺，便于经常来往。

如果这已经让你感到惊讶了，那么明确告诉你，让你惊艳的还在后面呢！因为当时支遁的粉丝天团中比谢安、王羲之的咖位大的人多的是，如当时的皇帝晋哀帝多次派使者敦请他到京城。支遁进京后住在东安寺，宣讲《道行波若经》，一时倾动朝野，那些粉丝天团成员们甚至还为了离支遁坐得近点而差点大打出手。支遁回东山隐居，当时贤能的人一起送他到征房亭，蔡子叔座位靠近支遁，而后来的谢万离支遁有点远。后来蔡子叔有事先出去一会儿，谢万也就是谢安的弟弟，赶紧就换到了蔡子叔的位置上，这就有点像我们小时候看电影抢位置。这场发生在1600多年前的占位事件，以武斗开始——蔡子叔回来把谢万连人带坐褥一起抬起来丢到了地上，随即回到自己的原位，却以文斗结束——谢万有些狼狈，但神色自若，对蔡子叔说："你这个怪人，差点把我的脸弄破相。"蔡子叔回答："我本来就没想给你脸。"

那么这位支遁到底神奇在哪里呢？简单点说，他是当时清谈的天下第一辩手。清谈最开始叫清议，就是读书人在一起谈论国家大事。东汉末年，这些人被诬告为结党，诽谤朝廷，一大批正直之士被杀，从此读书人不敢再议论政治，于是慢慢就变为清谈，谈的什么内容呢？谈谈老庄，再结合儒家或者佛学，当时称为玄学。到了东晋末年，这已经成为一种时尚。那么支遁的厉害之处在哪里呢？他的口才自不待说，从学识上看，首先是他对《庄子》里堪称王冠上明珠的《逍遥游》的理解就独步天下，几乎是一骑绝尘，仅是这一点就可以碾压当时所有的清淡名士了，但这不是最牛的，最牛的是他不仅是玄学高手，他还是佛学的宗师级别的人物。他出身佛学世家，提出"即色本空"的思想，创立了般若学即色义，成为当时般若学"六家七宗"中即色宗的代表人物。一手托两家，这还不止，他书法很好，尤善草、隶；文学修养也极高，尤善写诗。《广弘明集》收录他的古诗二十多首，其中有些带着浓厚的老庄气息。所以他可以说是手托老、释、儒、玄四家，而且能够打通各家的壁垒，联通一体，互为验证。就是说你和他聊老庄，他用佛学来解释，用文学来佐证，再用玄学来引申，诸如此类。而更为可怕的是他所领悟的佛学要旨都是超前的，如他的"即色本空"观点和佛教经典《心经》中的"色即是空，空即是色"如出一辙，但这时离《心经》被玄奘从天竺带回还有几百年的时间呢，他这里已经形成理论体系了。这样的人在辩论界就是神一般的存在，对其他人几乎就是降维打击。现在能够理解，那些名士为什么如此仰慕支遁吧！

支遁的到来，使得花山从此有了隐居第一名山的称号，虽然支遁本身最多只能算半隐，但这无伤大雅，这样的名士选择在这里隐居，哪怕就是一天，也是对花山的肯定。除之以外，很少有人知道在今天西园寺有 11 座祖师塔都供奉在花山，历代高僧也以另一种形式对美丽的花山进行加持。

支遁 53 岁圆寂，《吴地记》称他"乘白马升云而去"。支遁走了，花山宜隐的美名留下来了。之后在此隐居的名人贤达不断：万历年间吴江的秀才朱鹭，在父母过世后，放弃仕途，专注于易学、禅学及佛学，晚年住在花山的莲花峰上，与僧人们一起研修，自称西空老人。朱鹭佛学造诣很深，曾注释过《金刚经》，也是位大画家、哲学家。他画的《十咄图》现收藏在苏州博物馆。

明末清初苏州昆山人归庄是明代大儒归有光的曾孙，才华横溢，和顾炎武并称"归奇顾怪"。他对花山情有独钟，他在把花山和吴中其他山的比较后，直接把花山拉到吴中第一名山的高度。"华山（华与花为通假字，华山即花山）固吴中第一名山，盖地僻于虎丘，石奇于天平，登眺之胜，不减邓尉诸山，又有支道林遗迹存焉。"

想到这里，我突然一激灵，想到进来时，那大理石门楣的

"空山可留"四个字，也许我的目光在扫过它的时候，它也在凝视我，那一瞬间我的浅薄一定会让它哂笑吧！这山非空山，诸多名贤用他们的生前身后名填满了每一处山峰沟壑。

那300多处摩崖石刻便是最好的佐证，最有意思的是明代隐士赵宧光所题"花山鸟道"四个篆体大字，他写的竟然是反书，尤其"山"字写似一朵莲花，和花山胜景莲花峰相应。每个清晨、黄昏，鸟儿用清脆的鸣叫声应和着晨钟暮鼓，使得花山的禅意荡漾在整个姑苏城的上空，直达九天云霄。如此仙境美景有书法家留字，自然少不了画家的杰作。《富春山居图》的作者，元代黄公望便为花山留下了《天池石壁图》和《花山鸟道图》。另外"凌风栈"也是赵宧光题写。据说他夜访花山，沉醉不知归路，清风明月让他诗兴大发，即兴题"凌风栈"，并留诗一首："鸟道萦行上，深林更几盘。支公此消夏，五月晚独寒。"赵宧光是南宋赵王室之后裔，遵从母命，一生不仕，以高士名冠吴中，独创"草篆"。那个宁静的夜晚，赵宧光发出"五月晚独寒"的感慨，应该不只是感慨花山的气温低吧，他在提到"支公"之时，内心的孤独又有谁能够了解？

最牛的当然是书圣王羲之写的"山种"两字。作为支遁的粉丝之一，花山能留下王羲之的真迹，自是情理之中。何谓"山种"？即指天下山之秀美壮伟，在这里都可以看到，生机盎然可以孕育千山万峦。书圣用"山种"一词来形容花山可谓对花山赞誉之至了。最有玄机的自是"隔凡"两字：从字面义上看，"隔开凡间"，这里至少不是凡间，但它又实际在凡间，所以这里是一处人间的仙境。这个"隔"字用得好，能够"阻隔"人间的名利纷扰，能够"阻隔"人间的爱恨情仇，能够"阻隔"人间的贪嗔痴怨，这里确实是非常地也，花山不太可能真正"隔凡"，但是它是可以实实在在"消凡"的，把所有红尘里的烦恼都融化在绿荫青苔里、飞泉激瀑上、奇石逸峰间、繁花修竹中。最有气势的是一块石头上书的"吞石"二字。这块石虽谈不上巨大，但是形状奇特，状如骊龙吞石，给人霸气侧漏之感。最神奇的莫过于"石床"，传说花山上有一座"纯阳殿"，殿中的吕纯阳每晚要到石床上来仰卧。他每年还在石床边宴请另外七位仙人，宴请结束后，将石床点化成一叶飞舟，八仙一起飞向东海蓬莱岛。现在大概是仙人把这石床留于人间度化有缘人吧！最大的摩崖石刻当然是《般若波罗蜜多心经》，面积达60平方米，相当于商品房里小户型，二室一厅。不过人间的60平，空间很狭小，三口之家居住都勉强，器物要简之又简，更无法承载得下红尘里的一地鸡毛，但花山这60平方米的摩崖石刻虽仅是刻下《般若波罗蜜多心经》，却是包罗万象。《心经》的观点和当年支遁悟得的"即色本空"是一致无二的，也是后来唐玄奘从天竺回大唐一路护体的宝书。其意义自是不同，领悟得其要旨，60平方米便是宇宙天穹。最自恋的莫过于"坠宿"。这里的"宿"是"星宿"的意思，传说因花山景色秀美，人杰地灵，天上文曲星下凡游玩，永居山中，因而苏州多才子。这种说法是不是有点自恋了？

虽说花山是儒释道相融的道场，但不可否认的佛家元素还是居多。花山景点中有一尊元代石刻接引大佛，由一天然巨石雕凿而成，浑然一体，大佛神态安详，面带微笑，左手紧贴胸前，呈兰花状，衣袂皱褶柔和，颇有吴带当风的感觉。与之呈鲜明对照的则是大佛身上的一条条裂痕，在阳光的照耀下格外刺眼，那是大运动中被炸开的痕迹。而大佛拈花一笑，一切都了然于胸，天道仿佛都在其中。

花山重心自然是那莲花峰，那莲花当年更栩栩如生，从任何一个角度看都像极了莲花，而现在是缺了一个角的，但依然神形兼备，每当晨昏之时，云气沿着那"五十三参"拾级而上，那是晓青禅师为康熙皇帝登莲花峰连夜让数百僧人在整块崖石上凿出的五十三个台阶，取佛经善财童子"五十三参，参参见佛"之说。云气蒸腾之下那莲花仿佛沐浴在云海之中，仙气缭绕中更衬托得花山如仙境一般。在花瓣的下面有"吴中第一峰"的介绍，海拔 171 米，看来花山不仅在文化内涵这些软实力上拔得头筹，就是凭硬实力也是第一，但却鲜为人知，确实低调得可以。这样的山确实虚怀若谷，如大海一般的心胸都无法形容这样一座山的可贵品质。禅理有四大皆空，这座佛山深谙其中的佛理，放空自己，留下千般般若。

空山可留

我想着刚才看到的"空山可留"四个字，心里不得不佩服张主席选择这样一个别致而精致的所在作为作协开会的地方真是再恰当不过了。因为山之空，所以方可容纳我们这些笔写春秋、思接千载的书生们；因为山之美，所以才让我们留下最难忘的记忆和最深邃的思绪。

我看着窗外那还飘飘扬扬的雨，手里翻着刚才领到的一位老师的新著，突然想起李易安在《摊破浣溪沙·病起萧萧两鬓华》中的一句词："枕上诗书闲处好，门前风景雨来佳。"今夜的雨对于我们而言，是伴着我们的笔和我们的书的，所以它才美得不可方物。浮生偷得半日闲，花山留客书生谈。感谢你，雨夜的花山。

初稿写于 2020 年 1 月 12 日
完稿于 2022 年 12 月 27 日

# 运河桥事

那个晚上我一个人慢慢走上浒关桥，俯瞰大运河。天空中星星点点把运河点缀得像银河一般。运河水在经历白日的繁忙之后，悄悄归于沉静，偶尔有一两艘轮船驶过，仿佛睡梦中的人发出呓语一般。我被这沉静所包围，突然有种虚无的感觉：我这是在哪里？我怎么到这里的？

这是多年之前的事情了。在这座桥的下面一个临时搭建的小房间里有我的一位曾经的学生。几个小时前，他的父亲到学校我的宿舍把我请来。我的那位曾经很优秀的学生坐在电脑边打着游戏，我向他打了个招呼，他没有想到我会来，站了起来，有些不知所措，脸上有一种病态的白，胖了不少，大概是长期待在家里的缘故吧，那一瞬间我心里有种刺痛的感觉。他那一筹莫展的父亲这时仿佛舒了一口气，对我们说："你们聊，我去倒茶！"

我环顾了一下周围的环境。这里说是住人的地方不如说成是摆放杂货的角落，狭小的空间里竟然还隔成了几间，分为睡觉和烧饭的地方。家长解释说他家拆迁，原来的房子被拆了，一时间没找到合适的房子，就临时在这桥下搭个小窝棚。我问道："现在身体还好吧？"他有点局促回答道："还好！"这个孩子由于身体原因离开学校已经有了一段时间了，目前处于休学阶段。我安慰他道："男孩子，在发育期间，很多病都会随着体质免疫力的增强而消失的，这是有着很多治愈先例的，但是你现在这样整天泡在游戏里可不行……"他低下头来，昏黄的灯光下倒映出模糊的矮小的身影，我在心里叹了口气，接着说："老师可以理解你心里的感受，你曾经是那么优秀，可是现在却不得不困在这里，我——"两行泪水从孩子面颊滑落，我一时语塞，心里也一阵酸楚。

我调整了一下情绪，说起自己来。我说了好多我自己都已经忘记的陈年往事。我告诉他，老师也曾经是一个农家子弟，童年也谈不上幸福，少年时求学的道路也很坎坷，中考、高考都不尽如人意，工作后近十年时间蜗居在苏北的一所乡村中学，"贫穷"有一段时间如附骨之疽，但是一路走来，凭借自己的坚强和努力最后被实验初中破格借用，被苏南作为人才引进。我说："你现在虽然遭遇到一些意想不到的困难，但未来的路还很长，老师相信你终非池中物，得来雨水便会成龙升天。"那间小屋没有电灯，光线很暗，我却拼命地想为面前这位面孔模糊的少年点燃一丝火苗。

我从那间小房间出来的时候已经是深夜了，深夜的古镇犹如一个打着鼾的中年男子，那如雷声般的鼾声自然就是运河发出的声音。我站在浒关桥上，伏在已经是锈迹斑斑的栏杆上，突然有些很无厘头的感觉，我在安慰、鼓励别人，可是有谁来安慰我这颗茫然的灵魂呢？是啊，已逾而立之年的我数年前如梦幻一般来到这苏南的小镇，如用刀一般割离自己以往的一切关系人脉。从人人仰望的实验初中来到一所名不见经传的乡镇中学，所教的学生从精英中的精英变成了一个个顽劣熊孩子，面对妻子每天的责怪、埋怨，有谁知道我内心的痛。想到这里，我叹了一口气，看着黑漆漆的夜空，那种无助和孤独感在夜风中如水般紧贴过来。桥下的灯还亮着，在夜空里如同火把一般，我突然内心一震，我点燃一盏灯，别人也挑亮我的灯花。"此心安处是故乡"，何况这里可比苏轼的岭南好多了，脚下的运河水沉吟着，仿佛也在应和我的心跳。

我用力踩了踩脚下的桥板，感受到一种坚实的回弹，仿佛一位久经沧桑但充满生活睿智的老人轻声回应着我的呼唤。这座桥叫浒关桥，在浒关镇的几座桥里是桥龄最短的，北边的北津桥建于南宋庆元三年（1197），南边的南津桥建于明成化十六年（1480），再向南的兴贤桥建于明万历三十一年（1603）。如果根据民间故事中孟姜女过关经过兴贤桥的说法，那得追溯到秦代。脚下的浒关桥是人行桥，横跨运河两岸，但其实要论这座桥的前世今生，还要提到北面的北津桥，因为它的前身就是由北津桥迁移至此。1969 年运河拓宽时北津桥移建至竹青塘弄口，与浒新街形成一线。这座桥东西两侧都人性化设计了石阶，当地人把运河西称之为上塘，运河东侧自然就叫作下塘。有人数过，上塘台阶34 级，下塘为 33 级，上首比下首多一级，这种设计不可谓不精细了。石阶都是花岗石的石质，属于传统的月洞型桥梁，但那座桥我并没有看到过，我现在脚下的这座桥建造于 20 世纪 90 年代初，主桥为是中承拱桥，这种设计有区别于传统的月洞型拱桥，可以理解为把传统的那个月洞型桥拱给抽了出来，设计成两个远远超过桥梁本身高度的大拱，然后把桥梁紧紧夹住，远看去就像两条钢筋彩虹披在桥梁身上。从桥梁上走过，两道彩虹就飘在头

浒关桥

顶上，给人一种异常坚实稳固的感觉。桥面也拓宽了不少，有五六米吧，两辆汽车并行没有问题，当然这个桥梁走不了汽车，只能让人步行，所以便显得非常宽阔。风风雨雨二十多年过去了，这座桥也一天一天地破旧，如一位中年人般，牙齿开始松动了，头发开始脱落了。当然有的桥的寿命是相当长的，比如说赵州桥，但是作为京杭大运河上的桥，却不得不在它们正当壮年时就要退役，这是因为我们国家自改革开放后，经济飞跃，社会发展日新月异。作为黄金水道的京杭大运河，不断被拓宽，而随之而来就是这些桥的宽度高度开始不合格。听说不久的将来，这里将会有两座钢结构桥，还将成为京杭大运河新的地标性建筑。想到这里，我仿佛看到一个即将腾飞的运河小镇，而我也将成为它腾飞的见证人，我有什么道理不高兴呢？

浒关的这些桥就在眼前，就在我的卧榻之侧，但是我在到浒墅关数年之中对它们的印象还是不够深刻，毕竟桥大部分时候在我们的生活中不是作为一种审美的存在，而是作为一种工具的存在，我利用它过了河就可以了，它只要是安全的，就会像时时刻刻被人踩踏的路和那呼吸的空气一般，都只是生活的一个部分，不可或缺但也是最容易被忽略的部分。现在想来，"小桥流水、粉墙黛瓦"素来是作为江南地域风貌的诗意概括。这8个字从中国的传统文学作品中迎面而来，展现的便是一派写意的优雅画卷和闲适的生活。可是在浒墅关，这座吴中的千年古镇，最江南不过的地方，这里的桥却是有些另类，它们很大、很宽、很高、很古老。这一点我看到了，想过吗？似乎想过，又似乎没有。

北望几里外的北津桥，在夜色中只留下隐约的一个轮廓，这是大运河从无锡进苏州的第一座古桥，这座桥跨度有近百米，高度也有两层楼房左右高，千吨的轮船队都可以畅通无阻地从桥下经过。桥长有数百米，两侧的引桥有几十米，桥面比我桥下浒关桥宽出近一倍。虽已是深夜，仍然可以看到，桥上穿梭来往的汽车，桥下驶过的货轮。听人说这座桥原来的名字并不叫北津桥，而叫普思桥，当时只是一座木桥，是一位名叫妙寿的僧人所建，后来被毁。一直到明代弘治年间，明孝宗一生励精图治，政治格局相对稳定，一些城镇和农村已经有了资本主义的萌芽，杭州、苏州、扬州是纺织业及其交易中心，物产丰富、商业繁荣。作为运河重镇浒墅关更是"舟楫停集，居民益繁。贸易往来以限于官河，皆称不便"。当时户部主事刘焕在浒墅关当政，寻得宋庆元三年古桥石刻，上书"普思"等字样，于是便筹划重建。据相关典籍记载，建成的桥为"修一十二丈，其广二丈三尺，崇如广而减二尺"。按现在的计量单位算，就是桥长 40 米，宽 7.7 米，高 7 米。后因为在吴方言中"新"和"津"是同音，更名为"北新桥"，所以又名北津桥。这应该是北津桥最初的由来。

200 多年后，历史的车轮转到了清代乾隆年间，北津桥又进行了一次改建，这次改建之后的北津桥石阶有 60 多级，比原来的桥要高出不少。中华人民共和国成立之后，到了 20 世纪 60 年代末，因为经济发展，运河水运量增大，浒墅关镇段的运河成为水运发展的瓶颈，于是政府做出拓宽古运河的决定。古老的石拱北津桥被拆除，兴建的是具有赵州桥特色的曲拱水泥桥。改革开放之后，中国经济开始腾飞，大运河拓宽再次提上日程。拓宽后的浒墅关段大运河底宽和面宽都远超以前，北津桥再一次被拆除重建，历时 3 年竣工。这一次新建的北津桥采用转体施工新工艺，这在江苏建桥史上属首创。

我再转过身向南看，这时一个在夜色中有些模糊的巨大身影出现在我的眼帘中，我的心里蓦地一阵温暖，因为我知道在这座桥的东侧，一幢小楼里我的老母亲、妻子和儿子应该已经酣然入梦，白日顽皮耍闹的儿子此时也许在梦乡里还会发出笑声，而他的笑声一定会让睡在旁边的老母亲醒来，轻轻地拍着他，哼唱着哄他入梦。是的，从我到苏州后的数月间，我带着四个月大的儿子全家搬迁到这座小镇。数年间我对于近在咫尺的这座南津桥当然是如数家珍，它的名气并不亚于北津桥。和北津桥一样南津桥也有多个名称，它的曾用名有"南新桥""中津桥"。它的建成比北津稍微晚些，但和大多数桥相比，算是历经沧桑了。它是明成化十六年（1480）初建，距今 500 多年，后于清康熙五十八年（1719）重修。于 1969 年和 1992 年两次重建，1992 年重建拆除老的南津桥时，两艘大轮船并排于运河之上，船头上两个巨大的钢铁支架吊起桥梁，两岸挤满了围观的人，现在这座新桥跨度达到 75 米，宽度 9 米，也是中承拱形，从早到晚桥上的行人车辆川流不息。母亲每日开电瓶车到对岸的幼儿园接送儿子，桥下的流水每日应和着人们如水一般的日子。日子很平淡，桥的历史却并不平淡。因为这里是京杭大运河的颈脖子，是南来北往船只的必经之路，明代始在浒墅关设立钞关，这座桥向南 50 米就是关口，就相当于我们今天的高速公路的收费站。孟姜女过关和《十五贯》中的油阿鼠说的"关朗"指的就是这个关口。

桥下是拓宽后运河的水面，水流并不湍急，其实在没有拓宽时，这里的水流"急湍甚箭，猛浪若奔"。在马达没有普及，航船还是靠风力和人力的年代里，顺流的船自是一去千里，但是逆流而上的船可就慢了，拉纤的船夫们那是举步维艰、步履蹒跚。最早时驳岸边设有铁链供逆流船户攀拉，后来不知什么原因没有了，于是船夫们只好用自带的绳索系在沿河店户后门的踏坡、栏杆上死拉、硬绞，往往与店家发生争执。纤夫们齐声喊着号子的声音回荡在运河两岸，那情景让人想起俄国一幅名画《伏尔加河上的纤夫》。那雄壮的充满着荷尔蒙的声音令人动容。每当梅雨季节，太湖的水由竹青塘直注大运河。太湖中的鱼虾等生物也随流而下，其中太湖名产白鱼在这里受阻，从而形成"白鱼阵"，这就是著名的浒墅关特产"时里白"。每逢这季节会看到很多渔民会在此撒网捉鱼。有时一网拉上来有好几条白鱼或是十几斤重的大白鱼。清凌寿祺《时里白》诗赞道：

夏至逢庚便起时，太湖鱼上玉为肌，

银波一派来金墅，撒网津桥切莫迟。
佘公堤畔集鱼船，一网拖来数万钱，
争卖街头时里白，笑他但唤棒鲜鲜。

那时候运河的水很清澈，浮着太湖中流来的水草，水面的川条鱼、澎皮鱼、银鱼、吧吧鱼随处可见，驳岸下的螺蛳，驳岸洞中还隐藏了许多的黄鳝、鳗鱼。镇民用吊桶把河水吊上来，用明矾一澄清就可作饮用水。孩子们三五成群地在河中戏水，一群鸭子在孩子们的嬉闹中在河面上惊跃着发出"嘎嘎"的声音。多次拓宽后的运河改善了航船的进行环境，马达轰鸣，万吨级的轮船在运河上一马平川，畅通无阻，但桥下再不见"白鱼阵"和清澈的河水了，河中游泳那更是万万不可。我摇了摇头，这世上哪有尽善尽美的事，一手握着黄金水道的喧闹，一手又不想放弃那世外桃源的宁静，难啊！

谈到兴贤桥，这是浒墅关目前诸桥中最大、最宽的一座桥。它建于明万历三十一年（1603），由主事施重光倡导修建，由古镇的张宏德兄弟三人捐资帮助修建。运河上修桥是常事，不寻常的是这次修桥的原因，不仅是要渡人，而且是要镇住古镇"旁泄"的风水，振兴浒墅关的人文。这也是这座桥命名为"兴贤"的主要原因。这种说法来自明代的太平宰相申时行所作的《兴贤桥记》，意思是在浒墅关江河湖泊之间相互萦绕交错，长江水从北流入镇江，再从无锡的梁溪而来。太湖水流经三州大地，流经百条河川，四处漫溢，但浒墅关都能够扼守要冲。从关署向南，水流散漫不受拘束，使得风水文气旁泄，导致古镇人文不得振兴，后来询问风水专家，建议建桥。这种说法靠谱不靠谱不知道，但兴贤桥就这么带着使命来了。

和其他的桥一样，兴贤桥也是不断重修，越修越大，越修越宽。崇祯十四年（1641）监生朱涵虚捐款修缮桥埠。康熙二十二年（1683）员外郎黄懋重建兴贤桥。重建后的桥为花岗

兴贤桥

石材料。嘉庆二十二年（1817）再次修建。值得一说的是经过多次重建的兴贤桥是越修越强。抗日战争时日本鬼子的飞机轰炸，两颗炸弹之下古桥岿然不动。1958年因战备需要，浒墅关修建了军用公路，坦克、汽车从兴贤桥上经过，重压之下，兴贤桥依然坚挺。这之后，在1969年、1995年、2008年，兴贤桥多次重建，桥宽也由3米增至现在的40米，成为一座现代化的大桥，也成为运河上一座标志性的建筑。桥上巨大的桥拱喷涂的是蓝色，在白云的衬托之下，在碧水辉映之上，这蓝色的飘带飞扬在运河上空，写满骄傲的诗意。

这是一个夏夜，我站在桥上，任河风吹拂着面庞，非常舒爽，最重要的是没有蚊虫的叮咬。我突然想起兴贤桥的一个有趣传说：当年孟姜女为寻修长城的丈夫万喜良（万杞梁）却被狠心的关主所阻，夜宿在兴贤桥上。因为孟姜女太苦了，连蚊子都不愿吸她的血，后来这一带就没有蚊子。我在黑暗中喃喃自语：应该说这里的蚊子也是善良有同情心的吧。

看着那灯火中的北津桥、南津桥、兴贤桥，调动头脑里我了解到的关于它们的信息，我在夜风中深化了对这座老镇的认知，原来在不知不觉中我已经融入了这座江南古镇。那个晚上我是什么时候回去已经忘记了，那个晚上我想了些什么也化成一个小点点躲藏到我某一个记忆的角落了，但是我的心结却从那夜之后被彻底解开了，这一点我记忆非常深刻。这是那些桥对我无声的馈赠，也是对我这个异乡人最好的心灵抚慰。

数年之后，我再次站在兴贤桥上看着远方，脚下的桥在我来时已经兴建，当时惊异于它的恢宏气势，而才不过 10 年左右的时间，浒墅关运河段已经兴建了大大小小的 5 座桥。这些桥大部分都比兴贤桥更大更宽，气势更雄伟，其中北津桥再次北移一百多米，建成后将成为运河上又一道亮丽的风景。那一个晚上我伫立的浒关桥变化最为突出，由原先的混凝土拱桥，换成两座 95 米跨径下承式钢桁梁桥。2015 年这两座桥吊装时在镇上引起了极大的轰动，当时两艘堪称巨无霸的浮吊船在运河上作业，运河两岸挤满了看热闹的人们。那两艘浮吊船据说分别是 300 吨和 500 吨，当然要这么大的船，因为吊装的桥梁重量达 600 吨，据说是创造了全市内河航道浮吊整体吊装重量之最！

现在经过涂装完备的这两座乳白色"双子桥"成了京杭大运河新的地标性建筑。这两座桥梁就像把苏州园林的长廊搬到了运河上，在阳光的照耀下两座桥熠熠生光，和波光粼粼的运河水交相辉映，是

新建的浒关双桥

古镇最优美的艺术点缀。桥两侧有各种几何图案，这大概是参照园林建筑中透和漏的原则吧，便于人们更好欣赏桥外的景色。钢桥还人性化地设置了一个供人观光的大平台，那平台伸出桥面，恍若钢桥伸出巨大的手掌，把游人送到运河上空，让人们在一个无比空旷的境界中获得飘飘欲仙的无上体验。这种艺术美和实用性相结合的精心设计也是为了让运河之美更好地呈现给人们吧！来来往往的轮船经过下面时往往会放缓航速，人们会从船舱里走出来观看这两座美丽的桥，直到船驶远还不断地回头。相信不久

的将来，开放后的浒关桥一定会成为游客们拍照留影、网红打卡的胜地。

多年之前我在浒关桥下安慰的那个孩子在休学一年后继续念书，一天，接到他父亲的电话，说儿子考上了一所三星高中，身体的问题虽仍时好时坏，但终归稳定下来了。我高兴地说："罢了、罢了，也不错了……"而此时的我也已在这座小镇安家，每天晚上会和家人一起在运河边散步。不知从什么时候起，妻子已经不再埋怨我，而是很享受这江南安恬、闲适的生活了。回望这运河上的一座座"彩虹之门"，我不由得感叹：这运河的桥不同于那些小巷深处的小桥，是因为它们有运河赋予它们的使命，让它们不得不大、不得不坚强，甚至在历史的进程中让它们频繁地更新换代，过早地结束自己的使命，它们也无怨无悔，因为作为运河之子，它们身上注定不能有太多风花雪月的情调，不能有太多的个人得失怨艾。它们日夜俯视着运河水，如同凝望和呵护着我们这个民族的运程。

2022 年 3 月 30 日初稿，2023 年 2 月 10 日修改，部分内容发表于《苏州杂志》2023 年 10 月

# 第二辑　云中锦书

　　故乡对于每一个离家的游子都是一张涂满愁思又无法寄走的信笺；一通叮当作响而又柔软的电话；一本写满思念却又羞于示人的书。云中锦书，雁字回时，城市里一座座高楼便发酵着一股名叫思乡的味道，而我思乡的味道里还有一股盐碱的干涩。

# 读书三则

## 消失的书店、书摊

至今回忆小时逛书店的感觉还是觉得非常美妙。

主要是书香。那种书香，现在回想起来仿佛还在鼻间萦绕。那种香是一种干燥、带有磁性的、传递着神秘信息的香，令人心神安宁，灵魂仿佛也得到抚慰。我一直认为这种香一定是世上最美妙的香味，它没有花香的那种浓郁的媚气，也没有佛香那种摄人魂魄的霸气，更没有饭菜香袅袅诱人的俗气。我是多么喜欢这种香气啊！就是现在每次从学校的图书馆门口经过时，也总是会忍不住放慢脚步，深吸一口气，捕捉住那从图书馆里不安分地溜出来的油墨香，然后精神抖擞地走进课堂。

那时每次走进书店就是一次精神的旅行，因为与其说是买书不如说是去看书，其实也不能说是看书，只能是观书。为什么这么说呢？首先是买不了书。兜里的零花钱很有限，只有几毛钱，最多一两块钱，而那些大部头的书至少都是十几块钱，甚至是几十块钱，所以买书对于当时的我而言是不太现实的。其次是看不了书。在超市还没有出现之前，营业员和顾客间有一道长而弯曲的柜台。这个柜台隔开了双方的距离，当然也包括顾客和商品的距离。蹭书看是不太可能的，对于小孩子而言书在手上停留的时间都很短暂，所以只能是观书，走马观花，享受这种观书的感觉。相信那些和我差不多大年龄的人，儿时都有一个梦想：能够开一家书店，然后自己可以尽情地去看书。不知他们是不是也和我一样是在当年逛书店之后以及想买书而不得之后产生的一种强烈欲求呢？不过有这种梦想的人最终大部分都没有实现，因为爱书的人，命运自会有更好的安排给他，比如说我没有去卖书，而是去教书了，现在还有幸出书了。

可惜的是这些书店后来大部分都关闭了，变成超市、楼盘什么了。因为开书店是赚不了钱，或者说是赚不了大钱的。20世纪末就已经有这个迹象了，那个时候在乡镇就不太能够找得到书店了，只有到一些百货公司有时才会找到一处卖书的专柜。再到后来有了个体书店，但是个体书店和国营店还是有区别的：第一，个体书店卖的更多的是教辅资料而不是那些文学书籍，文学书籍只有中学生必读篇目，换句话讲，哪些书赚钱就卖哪些书。销路不好的书在个体书店里是没有位置的。第二，严格意义上这些书店也可以叫杂货铺，什么东西都有，如文具、玩具甚至香烟等，所以人就特别多，很嘈杂，这样的书店，你是待不了多长时间的，买了自己要的书，付了钱转身就走。

不过话再说回来，即使这样的书店在一个乡镇上也不会超过一家，绝大多数乡镇是没有的。目前偌大的老家县城，个体书店不过是靠近学校的这么五六家，国营的书店只有一家，苏州情况也差不多吧。前几年，如果自己想买一本比较冷门的书，有时候甚至要跑到更大一点城市，或者到书店去预定，否则是没有办法买到的。不过近几年的网上购物很好地解决了这一问题，至少我想买什么书，可以到网上书城去找到。

书店对于囊中羞涩，口袋和脸一样干净的小孩而言，是可望而不可即的，去多了也只能是徒增烦恼。我经常光顾的其实是一个小书摊，是那种摆在地上的书摊，书摊的主人是一个老人。我大概在初中的时候喜欢看期刊，如《垦春泥》《民间故事》《民间文学》《搏击》《山海经》等，这些杂志只有那个小书摊上有，书店里是没有的，这种书摊其实就近似于我们今天的报亭，那时候没有报亭，这个小书摊就成了我经常流连的地方。因为我确实是去买书的，所以对于我尽情地看书，老人一般不会去阻止我的，绝不像今天的报亭的那些人，书在你手里停留时间稍微长一点，就恶声恶气地问买不买，不买就放在那儿之类的话。很可惜那些期刊很多现在没有了，我印象特别深刻的是《垦春泥》，这本杂志知道的人不多，是一本反映农村生活面貌的杂志。当时看了觉得特别亲切、特别新奇，毕竟我就是农村人嘛，虽不是农村青年，只能算农村小孩，但那些文章讲述的都是农村的故事，展现出的是一种新时代的气息：改革、创新、致富、新的爱情观、破除封建迷信等。独有的农村风光、习俗，对于少年的我仿佛是打开了一扇新的窗户，那时就想，农村应该是这样的啊！是那样美好啊！文中那些引领时尚的主人公，女的摩登时髦，男的聪明有魄力有闯劲，让我产生无尽的想象和向往。而再观后来这一类题材的杂志则完全变味了，变成了鬼怪、色情、故弄玄虚的侦破，已经完全变成了垃圾。那个小书摊成了我每个星期天必去的地方，一些期刊也就和老人预订好，期刊的好处在于保持更新，每一期都有时新的内容，更容易引起人们的关注，再加上那时候人们还能够静下心来写写文章，所以生于那个时代的我们还是幸运的，至少说还有书读，还可以读到好书。

对于像我们这些没钱买书的孩子而言，市面上租书摊是我们的乐园，那时候的市场价是五分钱一本，或者五毛钱可以看一天。于是我们便会在这样的书摊前扔个几毛钱，静静地看一下午，什么小人书、连环画，什么武侠小说，什么通俗演义，乱看一通。后来在高中、大学时也都会光临这些租书店，这些租书店和后来的私人书店恰恰相反，它没有教辅资料，这些书店本身就是为读书爱好者准备的。而且书的种类很繁多，因为它要满足不同类型读者的要求，一般武侠小说会有很多套，鬼怪、色情、刑侦也不少，再就是纯文学也是有的。我在大学里读了叶辛、梁晓声、张贤亮、贾平凹这些现代作家的纯文学的书，感触很深，对文学有了更深刻的体会和理解。

现实中这些书店、书摊现在都已经消失了，但其实并非如此，形式上旧的书店、书摊确实是消失了，但是目前网上阅读正如火如荼地展开。当年的那些书店和书摊在网上完全复活了，一切都没有变化，当年的人们喜欢看武侠，今天的人们喜欢看玄幻和修仙。而我也仍然像当年那样一个人在小角落里点出一本别人很少注意的纯文学书籍，静静地品味。

夕阳的光晕从窗户上斜着打在我的书上，书店老板倒了一杯茶给我并感叹地说："这些书现在很少看了，但是我喜欢。"

现在我有幸地写一些纯文学的书，挤在那汗牛充栋的玄幻、修仙书籍中，写这些文学残留气息的文字，希望也能有人对我说："这些书现在没人看了，但是我喜欢。"

2017 年 4 月 23 日

## 青春作伴好读书

夜晚降临，两个孩子终于上床休息，我轻吁一口气，坐在椅子上，然后从身旁的书橱里抽出一本书，打开看了几页，突然觉得眼前那些纸上的字开始重叠了，然后一个个像跳动的精灵，摁动了我睡眠的按键，唉！我终于有时间读书了却已经恹恹入睡了，我是多么怀念那些曾经美好的读书时光啊！

曾经的我读书怎一个"痴"字了得。有次买了本书，内容很精彩，舍不得放下，这一看就看了一夜，直到凌晨才看完，这才恋恋不舍地放下书，合上眼。合上眼之后，头脑都是昏昏沉沉的，满脑子都是在空中跳跃的汉字。这种习惯后来一直没有改变过，借到书、买到书都是一口气看完，不看完就好像身体中哪个地方出了毛病，总是觉得不对劲。看完才有一种很轻松、很畅快的感觉，但是很快又觉得无所事事了，好像手里总是缺少什么，头脑里空空的，于是又去借书、买书，然后再看。就这样无数个夜里，无数个夜深人静、月亮高悬的时候，我独自一个人看着书，看累了，走出家门，静静地站在夜空之下。农村里的空气真好，闭上眼睛，长长地吸入一口气，仿佛那一轮明月也被吸入心肺中，然后睁开眼睛，凝视着如圆盘一般的明月，耳边聆听着夜晚乡村特有的虫鸣声，神游天外，与天地万物对话。真如那武侠小说中的世外高人一般吐纳着日月精华，修成绝世武学。

"痴"的表现除了废寝还有忘食。我当年有一个习惯是吃饭时看书，有一次，父亲大概是对我一边看书一边吃饭烦了，从我手里抢过书撕了，我当时吓愣了。父亲训斥到："看书就看书，吃饭就吃饭。做什么事就要一心一意做，三心二意什么事也做不好。"所以，从此以后，我再也没有吃饭时看过书，吃饭时就专心对付食物，看书时就专心对付书本。这种习惯源于当年父亲的一撕。

读书是个慢活儿，性急的人是读不了书的，除了每时每刻都要想着书以外，一有时间就要去光顾它，我小的时候也没什么玩具，更没有今天这么多好看的电视节目，当然更谈不上上网玩游戏了，作业也不太多，时间真是大把大把的，所以能有充足的时间看书，也能够静下心来看书。每个寒暑假，是读书的黄金时机。自己先制定一个详细的读书计划，然后煞有其事地贴在墙上，剩下的事情就是看书了。有时候，家里人来人往很繁杂，但是我闷头看自己的书，从不受干扰。农村人对读书的孩子是比较欣赏和尊重的，来的人看到我在看书，总是夸奖几句，然后就到外间去说话，有的人走的时候还把门掩上。至今好多亲戚、朋友对我印象比较深刻，说我从小喜欢看书。父亲一次戏称我是闷嘴葫芦，其实他不懂，这就是一个喜欢读书的孩子典型的特征：喜欢安静，喜欢静思，喜欢在自己的空间里徜徉。所以后来我的一个个发小炫耀自己钓的鱼和龙虾有多少时，炫耀他们在外面和狐朋狗友疯玩的经历时，我发现我已经和他们走上一条不一样的道路，而这条道路就是读书所赐予的，这条道路不同于我的父母也不同于我的乡邻们。

　　读书确实是一件很美好的事。我最初看的是小人书，这种书现在竟然网上也有的卖，上次我给儿子买了很多，儿子很喜欢看，一如当年父亲给我买小人书，我乐不可支的情景。父亲是一个很严肃的人，但是印象中最为温情的一次是他从邻镇买了一堆小人书，有几十本，价格今天听上去有点令人吃惊，一本只要5分钱。这几十本小人书成了我儿时最宝贵也是最大的一笔财富。农村有句俗语叫"小人发财如受罪"，我当年的情况就是这样，把这些书看完之后就开始搬弄它们，一开始放在自己的枕边，让它们伴着自己睡觉，后来又把这些书搬到家里的帐桌抽屉里，还央求父亲装上锁，再后来觉得帐桌在父亲房里不方便，又搬，搬到哪里呢？搬到一个长条柜的抽屉里，在抽屉里面还煞有其事地铺上报纸，一本一本摆得整整齐齐。这种折腾一直到家里人为我添置了一个书橱才算结束。当然似乎也不能说完全结束，因为隔三岔五我还会去把这些书翻翻。这种癖好，后来我看巴尔扎克的《欧也妮·葛朗台》，看到老葛朗台数金币的情景，突然有了一种似曾相识的感觉，不过我对书的痴还是和老葛朗台对金钱的痴迷有所不同的。那些小人书内容很丰富：民间故事讲述的都是一些下层老百姓的事，有斗恶霸的，有斗恶魔的，也有得仙人帮助等，传递的都是善良、勇敢、勤劳、智慧等正能量品质。除了民间故事还有其他好多内容，比如一些革命故事、流行的电视剧等，这些小人书对于儿时的我确实是精神上的甘露，在书的滋养下，也让我和同年的孩子相比，成长的心路轨迹高了一个层次。这些小人书是我最初的精神食粮，有了这些书，童年的寂寞中又多了一些充实的意味！

　　看到现在的孩子上了初中，四大名著都还没有读完（还是青少版），甚至没读，我就觉得不可思议。我上四年级时开始就陆续读《西游记》《三国演义》，还是文言版。书是怎么来的呢？《三国演义》是借的，《西游记》是买的。买《西游记》时书店阿姨说道："你这么小，能看得懂吗？"我很自豪地说："我认得好多字，《三国演义》我还读过呢！"那阿姨啧啧赞道："你真厉害了！"其实呢，就当时的认知能力能读懂《西游记》《三国演义》几无可能，但是童年的喜爱是可以伴随终身的，这些古文的熏陶对我的影响是巨大的，它让我爱上文学，让我增强了对文字的感悟力。

那时候看的书很杂，因为没钱买书，所以看的书大部分都是借的，大人们看什么书，我们就看什么书。值得庆幸的是，那时候书的总体质量还是很好的，先是有传统的武侠类评书如《岳飞传》《薛刚反唐》《杨家将》《英烈传》《七侠五义》等，接着就是金庸的武侠小说《倚天屠龙记》《神雕侠侣》《书剑恩仇录》《鹿鼎记》《笑傲江湖》等。

这些书对于今天的孩子而言，除了金庸的武侠小说还有些人知道外，其他的已很少人知晓了，所以我们当时是幸运的，处于读书的启蒙时期，一抓一大把都是经典。那个时候我到别人家去玩，第一个任务就是去找书，一些亲戚朋友家中，我能够准确地找到他们放书的位置：一个是枕头边，一个是床头帐桌的抽屉里，也有的是在席子下面。那个时候，二十几岁的年轻人基本上都会有一些书的。不知是偶然还是必然，那些看书的年轻人日后日子都过得不错，反之，那些我在他的床边找不到书的人，好像最后都很一般。至今我还能清楚记得那些书哪一本我是借谁的，借的情形是怎样的。我那时有个表哥，比我大了十几岁，我小的时候经常在他家玩耍，而他和他的一帮朋友们都是武侠小说的发烧友，据说其中有一个人家里很有钱，所以就买了很多很多这样的书，而我就因此读了这些书，每次到他家都淘了一大堆的书回来。那时他家简直就是小说的花丛，而我则像一只辛勤的蜜蜂繁忙地采蜜，所以若干年后，我还是很怀念那两间小屋，很简陋，但是对于我而言却是一间文学的殿堂，是一间阿里巴巴打开的宝库。

上五年级的时候由于一场机缘巧合，我学会了写诗，是那种古体诗，当然那些诗今天看起来是很稚嫩的，但是和现在的孩子连三四百字的作文都写得颠三倒四相比，我当年不知要比他们高出多少了，所以在小学毕业时，写毕业留言时连当时的语文老师都发出感慨"你从哪里弄来这么多句子的"。要知道，我们那时候是没有网络，也没有度娘的，那些可都是原创。这种对古诗词的喜爱一直延续到今天，我想这也许和我看了那些古典名著有很大的关系吧，而这种积淀也使我后来在语文教学上能够游刃有余。

后来上了初中，读的书则相对比较正规，比较喜欢的是订阅的期刊《全国优秀作文选》《作文》等，放假时候偶尔还到表哥家去淘淘书，但那时感觉新的武侠小说已经没有原来那么好了，那时候同学们流行看琼瑶、岑凯伦的爱情小说，看了一两部，觉得大同小异就不再看了。人物表现无非是声嘶力竭，大呼小叫，人物命运无非是白马王子、灰姑娘的人设套路，人物性格无非是文静似水、豪爽如火两个类型。多年之后看电视剧《还珠格格》，两位女主紫薇和小燕子，性格冰火两重天，还是琼瑶剧的主要配比，和我当年的判断完全一样。再后来上了高中，在高二时有过一阵短暂的疯狂，到图书馆借书看，看的都是耳熟能详的经典名著《钢铁是怎样炼成的》《悲惨世界》《巴黎圣母院》《茶花女》《欧也妮·葛朗台》等，感觉真好，就像小时候看武侠小说一样，不对，应该是更好，因为这些才是真正意义上的经典，是人类文化的瑰宝。

多希望那段时光能够永久停留，让我静静地看书，什么都不想，什么都不问，让自己真的成为一个书痴。只可惜，如此痴狂看书的事一次偶然的机会被班主任知道了，班主任劝我还是以学业为重，说了一番我们后来也经常用来劝学生的话"书是好的，问题现在不考这个啊！你觉得哪个更重要呢？"从那个以后，再也没有这么疯狂地看过书了，直到工作之后。

工作之后最大的变化是有工资了，可以任意地买书了，准确地讲是订书，我当时工资只有四五百块，用来订期刊的就花费将近一半，订的是《收获》《十月》《中篇小说选刊》《诗刊》《诗选刊》这些纯文学杂志。这段时间应该是我人生第三个阅读的高峰期，大概有三四年的时间，在这个时间里我真是一位文学青年。

那些书至今还珍藏在家里，看到它们就想到十多年前那段青春岁月，二十多岁，没有家庭，没有牵挂，就静静地看书，什么都不想，什么都不需要想。时光是自己的，时光也是书的，一个人在时光里静静地读书，那时住的宿舍也很偏僻，窗户外面就是一条小河，夜晚静悄悄的，万籁俱寂，一切仿佛都已睡着，唯有蛙声、虫鸣作伴，而我用书点亮着我的人生。这最后的读书时光，如此美好，如此令人怀念。

而现在我只能看着面前的书发愣，头脑里在和睡神作斗争。案头去年订的全年的《中篇小说选刊》《中学语文教学参考》《语文教学通讯》《中学语文教学》《语文学习》我都没有翻过，不是不想看，实是没有时间看。这时候才意识到看书其实也是上天对你的一种眷顾。杜甫有诗"青春作伴好还乡"，我却道"青春作伴好读书"，只有青春才是读书的最美时光。

写于 2020 年 1 月 3 日，2020 年 7 月更名为《金色时光》发表于《西部散文选刊》

## 收拾故纸堆

我对书是有执念的。

先从我由书挨骂说起。小的时候，家里虽不算穷但也不算富裕，当然，这些都不是重要的，重要的可能是父母对生了一个以书为伴的儿子并没有心理准备，所以从心底，他们对于买书这种费钱的事是拒绝的。这就可以想象我小的时候买书的艰难了。即使这样，父母给我评价仍然是：我买书的钱可以砌一间厨房，一间厨房在三十多年前也要好几千，现在大概没有十万是完不成的。不排除这里有夸大的程度，但由此也可见我小时候买书的狂热。买书是要花钱的，我一个小孩子自然是没有钱的，那怎么办呢？那就想办法呗，我想的办法不太光明正大，就是"贪污"。我父亲每天烟酒必不可少，家里几乎天天要到小店里去买东西，我自然就是那个代购员，我就从这里动起了心思，每次买完东西，都会截留一些钱，一开始只敢截几毛，后来实在太迫切希望买那套书了，所以我便加快了截留的速度和频率，我忘我地计算着我截留的数字和书的价格的差距，而忽略了父亲的心算能力。什么叫得意忘形？什么叫贪得无厌？大概就是说的我当时的情景吧。我想现在的那些锒铛入狱的经济犯罪分子大概都曾有和我当时一样的心路历程吧。父亲的计算能力是相当强的，他打得一手好算盘，做生意，几万的进款就是一把算盘解决的，他自然没想到他的宝贝儿子会"贪污"他的烟酒钱。当然没想到不表示就不会发生，然后我短暂的"贪污"行为在两天后被发觉，知道我又是想买书后，父母连连摇头，但最终还是给我买了，当然条件是最后一次。但当我拿到书的时候，那个承诺早就被我扔到爪哇国去了。

工作之后，最大快乐就是买书再也不用向别人请示、乞求了。想买就买，想买多少就买多少。在那些一个月只有三四百块钱的贫穷岁月里，我每年硬是拿出几百元甚至是上千元的钱来订书、买书。我似乎是在还欠书的情债。书就这样一本一本地积累下来了。这些书啊，在那些贫瘠而空虚的岁月里曾是那么温暖而充实地陪伴着我，填补了无数个漫漫长夜和迷茫、躁动的青春岁月。在一盏昏黄的灯光下，那些文字幻化的精灵在纸声墨香里跳跃，在空气里追逐，在我心海里徜徉。

后来我工作调动到县城，它们便又跟随我到了县城。那时候它们已经初具规模，数量谈不上庞大，但已相当可观。它们和我一起乘着一位亲戚的拖拉机，就是那种乡间的拖拉机，一起来到县城。后来我在县城里搬了四次家，它们便又跟着我一起折腾。每次它们都是搬家的最大障碍，也因此每次搬家时我都会被家里人以及帮助搬家的人不断地埋怨。

"这么多书啊！还不把人给累坏呢？"

"有没有用啊？把没用的扔掉吧！"

"从老家搬到县城，唉，真是……"

每次，我总是沉默不言，其实那些没有用的，甚至用处不大的书早就扔掉了，留下来的真是舍不得扔掉的，所以每次听了他们的话，我总是默默无言地扛起一蛇皮袋书往车上送，我的动作告诉了其他人我的态度，所以最终在我的坚持下，这些书籍和我一起到了下一个租住的房子，直至上了我们在县城新买的楼，也算是给它们安了一个家。原以为不会再折腾了，谁知，我就是一个爱折腾的人，后来又跑来遥远的南方工作。这么多年，只有这些书籍帮我们看家，每次回来我也只能匆匆瞥上一眼。前几年房子租了出去，它们和那些杂物便都挤在小房间里，每次想到这些便总觉得还是亏欠了它们太多。

后来终于排除种种困难，再次搬家，搬我们在县城的那个家。县城房子里其实已经没有什么值钱的东西，但是这里有一种东西是我最无法割舍的，那就是书。俗话说"孔夫子搬家——全是书（输）"，我是一个教书匠，当然算得上孔夫子的门生了，搬家自然是少不了这些书的。这些书着实让搬家的那位大哥和我的一位姓何的发小吃了很大的苦头，一蛇皮袋、一蛇皮袋的书从5楼扛到楼下，那么热的天，现在想起我真是过意不去。但是这些书，跟随我十几年了，有的已经近二十年的时间了，我对它们是真有感情了，又怎么舍得把它们扔掉呢？最终把我的那些书顺利带回老家，也算是了却一桩心事，还清一笔书债。

回到家后，一个主要的任务便是拾掇那七八蛇皮袋旧书。让我感到欣慰的是，虽然经过了无数次的颠沛流离，但是这些书都没有破损，打开之后一股经年的墨香恰如那陈年佳酿，有一种淳厚和质朴的味道，让人心生醉意，这真是书不醉人人自醉啊！其中还有几本是我从旧书摊淘来的书，这让我心生感慨，这几本旧书，从它的旧主人手里辗转到我手里，也是一种缘分吧。其实说实话我不是很能理解它们的旧主人为什么会把它们抛弃，我想起多年之前，我经济窘迫，身无长物，曾经也想到过把这些书卖掉，庆幸的是我最终还是没有这样做。如果真的卖掉了，得到几张零票，然而失去的却是一大把一大把美好的记忆，这一定是我这一辈子做的最不划算的买卖，也一定是最愚蠢的一件事。幸好幸好，我在最贫穷的时候没有把它们抛弃，幸好幸好，我才可以在今夜细数以往的读书岁月。

等我把这些书收拾妥帖，已是凌晨了，我准备休息时，却发现在一个旧的书橱里竟然也有很多书，这些书时代更久远，要追溯到我上高中、初中甚至是小学的时候。有一本《朦胧诗选》是初三时买的，一本《西游记》是上小学时买的，那时应该有三本，现在只剩下一本了。还有一本日记本和几本同学留念册。让人伤心的是，它们很多都已经被老鼠啃得面目全非了，还有的被虫子蛀蚀了。我用手把它们掸了掸，掸去了那些蒙在上面的灰尘，用抹

老家存放旧书的书橱

布擦拭，还它们本来的面目，往昔的岁月便扑面而来。翻开那一张张已经残缺不全的书页，如同打开那已经被时光磨蚀得漏洞百现的记忆之瓶。若有若无的记忆便从那些洞眼中支离破碎地飞了出来，那一瞬间，我眼眶一热。那些诗歌上的青涩批注记载了一位曾经爱诗的男孩子的心路历程，那一本本同学纪念册罐装的是我的青葱岁月，那一本本日记本让我回到我曾经无数次梦境徘徊的童年时光。唉，这么多年，你们受苦了，在这阴暗的角落，无人关注，无人关心，忍受住鼠虫的侵扰和空气的氧化，最后大概连它们也懒得理你们吧。谢谢你们，谢谢你们默默无言地为我保留住那些无法再回头的如钻石般珍贵的时光记忆。

　　鸡鸣声起，天亮了，我把一本一本的书册仔细抹平，放进了它们的新家。马上我们将到遥远的那个城市我的新家，在那里也有我的很多书，它们在为我守着家，它们在等候着我的归来。一本书被你从书店里买回，它就注定了和你的缘分，注定了会成为你生命中重要的过客和朋友，所以无论何时你都不要忘记和抛弃它们，正如你永远不会抛弃你的过去一样。

2017 年 8 月 3 日

# 诗人二叔

　　我所在的城市飘起了小雪，冬天来临了。我在装着空调的房间里码着字，这时二叔的微信传来一张照片：一如既往的造型，站在水中，一手点着烟，胳肢窝下夹着一把冲泥浆泵的水枪，镜头正对着他，黝黑的面孔，背后也正飘着鹅毛大雪。随后语音里是一个我很陌生的城市名。二叔年近七旬，现在仍奔波在中国的各个城市，天南海北，以冲泥浆泵为生。他像一只四季忙碌的麻雀，到处啄食，老板一个电话打来，他就像一个接到部队动员令的现役军人一样，马不停蹄地前往集合。一个星期前他在我家待了两三天，就是这样，接了一个电话，然后第二天就急匆匆地回去了。我和二叔相差 23 岁，虽是叔侄关系，但自小关系亲近，说起原因倒也有些滑稽，我曾经做过他情书的代笔人。接下去的故事有些老套：他喜欢上邻家的小妹，苦熬了几天写了一封信，让我这小学高才生为他润色了一下，然后交给对方，但邻家的妹子嫌他家穷，拒绝了他。

　　这场只有三人知晓的恋爱，没有开始便直接胎死腹中，但却因为我的参与而留下一件见证物，这是当事人二叔自己都不知道的。那是一首诗，我当年抄录下这首诗的时候，也没有想到 30 多年后，竟然有机会把它公之于世。一位农村青春期的青年，在荷尔蒙四溢的年龄里，用青涩的文字记录下当时的心绪，实属正常，但是 20 世纪 80 年代只有小学二年级文化水平的青年，尚且会用诗歌这种形式来抒发情感，在今天的人看来，似乎又不太正常，甚至让人觉得是不可思议的。所以我还是很有必要对那个诗意萌发的时代致以我崇高的敬意。

这首诗现抄录如下：

## 苦 风

清晨的阳光，万丈光芒
童年的时代，是多么渴望啊！
火热的太阳啊！是多么凄凉
无情的风，摧残了玫瑰
童年的时代，确实难忘

秋天的风啊！是多么凄凉
冬天的瓦房布满了寒霜
大地呀，大地，你叫我多么失望
痛苦的泪落在情场

　　这首诗当然不登大雅之堂，但是也并非一无是处，因为不要说30多年前，即使用今天的眼光看也是可圈可点。有秋风、寒霜的正衬，炎阳的反衬；玫瑰作为爱情的象征；四季为脉络，条理清楚；为情而伤的主旨明确，还押的 ang 韵，再加上对童年反复的咏叹，对大地的强烈呼告，诗歌具有强烈的抒情氛围。这当然是二叔这辈子写的唯一一首诗。

　　痛苦之下的二叔写下了这首情诗。邻家妹子离开他，贫穷却依然如影随形，而同时如附骨之疽的则是他悲剧的命运。

　　贫穷是一种原罪，农村中因为贫穷打光棍的人不胜枚举。二叔在写下那首诗的时候，也曾经发誓一定要找到比邻家妹子更漂亮、更好的女人，一雪前耻。然而在这之后的几年里，除了在梦境里却没有任何一个哪怕是丑的女子走进他的生活，而这一切归根结底还是因为贫穷。二叔在爷爷的三个儿子中是个子最高的，一米七左右的个子。兄弟三人中他虽然没有我父亲的魄力也没有三叔的精明，但他是勤劳的，为人也淳朴忠厚。我家里有什么力气活或者人手不够，父亲第一句话便是"叫老二过来"，而二叔似乎也从来没有拒绝过，"拒绝"在他的人生辞典中只有一种语境，那就是别人拒绝他。不过在谈恋爱这个问题上，"忠厚、老实"也算另一种原罪吧。如此说来，一个贫穷的老实人想要讨老婆确实是有点麻烦。就这样隔了一两年，我家建了新房子，就把原来那间老房子给了二叔，其实那房子还不能算老，至少在村子里仍然算得上中等偏上吧，那是1989年左右，村里茅草屋还有不少，丁头府更多，一家几代人聚居在一间屋子里更是比比皆是。三叔当时虽已经20多岁了，还只能和爷爷奶奶合居在那三间一半是泥坯，一半是砖瓦的茅草屋里，而二叔一个人就有了一幢三间的砖瓦房，按理讲贫穷问题也算解决了大半了吧，但是婚姻的问题仍然是没有动静。这也许就是他这个人太实诚了吧！

　　因为还没有结婚，所以这间房子只是二叔晚上睡觉的地方，很多个夜晚我在那里玩耍。在黑暗中，他让我蹲马步，自己则学着书上的方法吐气纳气，20世纪七八十年代，受港台武侠电视、小说的影响，很多年轻人迷恋武术，我们也属于其中的一分子。他脸色凝重，手掌一推一收，煞有其事，那时二叔的心里应该是宁静的，虽然婚姻大事迫在眉睫，但是未来还是可期的，然而他并不知道，这是他一生中仅有的宁静而平和的时刻了。

　　随着二婶的到来，二叔整个命运发生了变化，对于一个没有结婚的年轻人而言，一个女人的闯入应该是件好事，然而对于二叔却不是这样的。他们相识在我父亲的草荡，我父亲是草头王，每年冬天都会到沿海的农场包草，而村里的人就会去割草打工赚些钱。这里就有二叔和二婶，当然那时的二婶和二叔没有任何的关系，所以还不好称她为二婶，她的名字叫桂兰。对于桂兰，我父亲、母亲甚至二叔其实早就熟悉，因为她的娘家就在我父亲曾经承包的窑厂附近，大家都是知根知底的，而这个根和底就是她是已经嫁过人了的。是的，她是有夫之妇，而且当时她并没有离婚，她跑到草荡割草的原因是被家暴所致，她被那个整天酗酒的丈夫打得无处存身，才逃到草荡去割草的。就这样在充满着盐分的苦涩海风中两个命运有些相似的年轻人相遇，一位写出"火热的太阳啊！是多么的凄凉"的人内心自是敏感的，一位写出"无情的风，摧残了玫瑰"的人内心自是无比渴望爱情的。同样如此，一位在男性面前被无数次践踏的女人，她的内心是无比渴望得到其他男性的同情和呵护的。就这样，他们的爱情就像那茅草一样义无反顾地直戳戳地冒出来并迎风生长。当我父亲和母亲知道后，他们已经如藤萝一样纠缠得难舍难分了。

两年之后，经过一番苦难的周折，桂兰离婚，年近而立的二叔终于和她走进了婚姻殿堂，总算不幸中的大幸，有了一个完整的家庭。二叔依然还是穷，结婚时穿了一身茶色的中山装，我拿了一根我的红领带给他，这才有了新郎装的意思，有了些许喜庆之意。婚事他们没有大操大办，只是贴了红囍字，添了枕头、被子，日子就开始过起来，新房自然就是我家原来那间老屋。有人说婚姻是爱情的坟墓，二叔和二婶自然也不例外，原本他们的爱情就有些仓促，加上昔时的彼此吸引、彼此需要、彼此慰藉在经年之后已经稀释得只剩下道义和需要，这样的爱情无疑早已经面目全非。事实上农村的大龄青年走到结婚这个门槛的时候，所谓爱情的美好幻想都已经被现实磨蚀殆尽，二叔自然也不例外。我想他在走进婚姻殿堂的时候除了庆幸之外大概再无其他任何想法了吧，更不要说一洗被邻家小妹拒绝之耻的豪情壮志了。命运就是这样，它会一步步压低你的人生底线，你骄傲也罢，自负也好，最终都只得在它面前低下高昂的头颅。

两人结婚之后，吵架基本没有停过，就像锅和铲子一样，过日子磕磕碰碰成了常事。这么过了不多久，一个小生命降临到他们的生活中，这应该是上天垂怜他们吧！毕竟二叔27岁才有了一个女儿，怎么说也是人生一大乐事，他给女儿起了一个名字叫小欢，恰如当时他的心情，欢欢喜喜。然而生下的女儿却是一个兔唇，大家猜测是二婶在怀孕期间吃感冒药的原因。残缺的婚姻加一个残缺的女儿，二叔的心里百感交集，不过从以后的情况来看，这份残缺的婚姻和女儿仍然是上天对他最大的温情。

日子不疾不徐地向前过着，女儿一天天地长大。在女儿两岁的时候，二叔东家借，西家凑，终于凑齐了女儿做兔唇修补的首期费用，把外唇修补好了，但医生告诉二叔，一定要在孩子骨头长合缝之前把上腭补好，否则这辈子就只能这样了，小欢的兔唇属于唇腭裂比较严重的一种，修补好的唇部只是最外面的一层，修补好之后，从外表上看起来，和常人相比只不过嘴唇上有一道小小疤痕而已，但实际上她的上腭还是裂的，所以无论是吃饭还是说话都存在问题。那是 20 多年前的事，那时候要做这样的一个上腭修补手术，至少得一两万，而当时二叔家可谓是家徒四壁、一文不名，结婚以及小欢首次修补嘴唇借的钱还欠在那里呢！总而言之，二期手术对于当时的二叔而言几无可能，怎么办呢？也许是上天的垂怜，幸运之神为他们打开了一条窗户缝，打开这条小缝就是我，也是一对和他们素不相识的明星——李亚鹏、王菲。

小欢 10 岁时，偶然的一个机会我得知李亚鹏、王菲有一个嫣然天使基金，这个基金会免费为兔唇儿童修补。我得到这个消息如获至宝，告诉了二叔，我带他们到照相馆先拍了小欢上腭的照片发邮件过去，然后让他赶紧到村、乡、县准备证明材料，对于这样的好事二叔起初根本就不相信。也难怪，对于一直被生活折磨的二叔而言，好事对他来说太过于遥远，对于小欢修补上腭的事，说实话他当时已经几乎绝望了。"反正她是女孩，不愁嫁不出去，就这样吧……"这是他听了我说的嫣然天使基金的事，一边喝着酒一边流着泪对我说的话。然而没过多久，二叔突然打电话问我材料如何准备，原来北京嫣然天使基金打电话通知他把材料传过去，"天上掉馅饼的事"他终于信了。于是我帮他跑材料，最后父女俩花了包括路费、旅费等吃用开支在内的三千多块钱，逛了一趟北京，免费做好了手术欢欢喜喜地回来了。小欢——我的妹妹，第一次清晰地对我喊了一声"哥哥"，然后说："我还和爸爸到天安门看升旗呢！北京真大！"我含着泪说："好……好……"

小欢手术的成功让她走出人生的自卑地带，但是这个家庭仍然在贫困的低谷踟蹰不前。我从没见过贫穷会如此长久地纠缠过一户人家，二叔一家从他们 1992 年结婚到 2015 年他翻建房子这之间长达 23 年中，从来没有过一点盈余，房子还是那间我 3 岁时建的房子，2015 年我已经 38 岁，也就是说那间老房子房龄已达 35 年，它无疑是村里最老的一幢了。下雨时外面下大的，里面下小的，房间里的一些角落可以看到长出的黄中带绿的草，那种营养不良、萎靡不振却又生命力极强的模样像极了二叔。村里人明里暗里都在嘲笑着二叔，说他混得连杨二都不如，杨二有一个疯妻，但女儿出嫁之后，日子过得蒸蒸日上，买了人家的宅基地，翻建出一整个院落。二叔的日子无论是小欢出嫁之前还是出嫁之后都没有大的起色，其实二叔是勤劳的，但是两人就几亩田，打工的收入也很有限。不过他们老两口就生了一个女儿，女儿已经出嫁了，他们这样穷就穷些，其实也无妨。然而事后证明，对于二叔而言，即使是那时的贫穷，他仍然是一个幸福的人。

2015 年二叔开始翻建房屋。其原因并不是二叔发了横财，他仍旧是没有钱，但是村干部嫌他家房屋在公路边有碍观瞻，所以通过他亲戚打电话给他让他翻建房屋，并说到时可以到村里去领一笔补助的费用。这个政策是有的，官方称"旧房改造计划"。这个电话给二叔注入了强劲动力，于是他开始张罗起翻建老房子的事情。幸好前几年经济情况普遍不错，所以很多材料都是可以欠账的，另外二叔又借了一些钱，就这样竟然把那幢 35 年房龄的老屋给拆了，建起了 3 间装修一新的大瓦房，而且热水器、抽水马桶、煤气灶、有线电视、空调、冰箱这些现代化的生活设备一应俱全。据二叔说耗资接近十万。房子建好后，二叔的人生犹如达到了巅峰，大家对他的看法也有了变化，好多人都来参观他的新屋子，那一段时间他听到的好评如潮，大概超过了这半辈子听到的好话的总和吧。二婶在建房之后的这一年也变得勤快一些，和人交流时那种自得之情自然而然就流露出来："我们六队的人都以为我这辈子砌不了房子呢！你看这不砌起来了吗？看不起人，哼！"不过房子是很快建起来了，那一笔笔债却不会这么快消减，而让人沮丧的是，村干部答应的补助款最后却不了了之，二叔的与人为善换得的是被人当尘土一样碾踩。多次交涉无果后，二叔也对这笔钱死了心，但是新房燃起的他对新生活的希望无疑是巨大的：这之后的两年不到的时间，二叔一家人的生活就像那幢新房子一样亮堂堂、光闪闪，虽然二叔还是像往常一样穿的是这里一个窟窿眼、那里一块小天窗的原主人不要的衣服，但是精神头却是截然不同的，说话的语气也是充满了自信和豪气。那时候他开始跟着人家后面冲泥浆泵，一天正常二百多接近三百，不冲泥浆泵时他又帮人家鱼塘拉鱼，一天也可以拿个二百多，人家还管吃、管香烟，一年下来能挣五六万块。我从苏南偶然一次回去，正常也看不到二叔，看到二叔也是穿着满是泥浆的球鞋，胡子拉碴，一副行色匆匆的样子。二婶倒是正常在家，看到我们回来，正好有了聊天的对象，二婶年纪并不大才五十出头，但是因为不太爱运动，所以身体过胖，有高血压，再加上遗传的哮喘，坐在旁边都能听到她的喘息声，但她还是抽烟，劝她少抽点，她便笑着说："没事，死就死吧！"一句玩笑，谁也没当真，谁知一言成谶。在房子砌好第二年，也就是二婶51岁那年，她突然在床上睡死了。前一天下午，她还帮着我到镇上去拿快递，在电话里，听到她喘息声很重，还有咳嗽声，她说感冒好长时间了，谁知第二天的下午老家邻居打电话给我母亲，报告这个噩耗。问后才知道，是她大女儿打她电话一直没有人接，大女儿让小欢的公公婆婆来看看是什么情况。结果发现人还躺在床上，但是已经僵硬了，床边放了一瓶酒和感冒药，我妻子后来分析说可能是吃了感冒药又喝了酒，起双硫仑反应。酒精容易与头孢类药物发生反应，出现胸闷、心慌或头晕等症状，这就是双硫仑反应。双硫仑反应严重可以引起气道梗阻，窒息死亡。二叔当时还在工地往家里赶的路上，我强作镇静打电话给他说："家里有点小事，你回来看看，路上注意安全！""好的，没事！你放心。"二叔语气轻松，他还不知道他的生命前方正在发生怎样的可怕而令人难以置信的悲剧。

是的，所有的人都没有想到二婶正值壮年会突然去世，而在这之前，所有的人都把注意力集中在二叔的女儿小欢身上。小欢生在二叔家也算是一种不幸吧，生下来兔唇，直到12岁才算修补好，但终究是一个破相，二叔家里穷，生活条件不是很好，空调、电冰箱这些普通人家必备的生活设施他们全都没有，所以小欢在19岁的时候就早早嫁人了。男方还是我的学生，普通的庄户人家，家境一般，但是一家人都还算勤俭持家，男方做漆匠，算是有一门手艺，为人豪爽、实诚、热情，比小欢大4岁，但对小欢很好，这样的日子对于小欢、二叔、二婶而言都还算差强人意。更令人高兴的是，小欢婚后没多久生了一个男孩，虎头虎脑、没有破相，很是可爱，这算是锦上添花了。这样的日子对于大多数人而言并无什么特别之处，更谈不上惊喜，结婚、生子谁不是这样的呢？还有孩子上学、结婚、买房，苦日子在后面呢。但对于小欢而言这样平常的日子只过了6年不到的时间，便没有了后来。她23岁上被查出贲门癌晚期，而且是恶性度极高的库肯勃氏瘤，存活率极低。当时是我妻子帮她找的医院、找的专家、找的床位，在我生活的苏南城市动的手术，这就是所有人都在关注小欢的原因。手术做好后3个月左右，二婶就出了这档子事。

那是2017年年末，离过年还有半个月，天空中下着纷纷扬扬的大雪，二叔给二婶料理后事。那个和他相爱相杀，半路夫妻却最终未能走到头的女人，没了。办丧事的几天闹哄哄地没什么感觉，等人走了后，二叔那才建了两年的房子一下子冷清下来。再也没有人和二叔吵架了，这时连打得头破血流的日子竟然也成了美好的回忆。二叔的新房在那个冬日布满了寒霜。无论是大地还是上苍都在把他生活的希望一点点地抽走。那个对他来说说不清是爱还是不爱的女人现在挂在墙上，还是笑着，但永远不可能再说话了。二叔的世界只剩下自己的回声，他便一个人在家里拼命地抽烟，拼命地喝酒，喝着喝着就哭了。

"没想到你会走啊，没想到啊！你坐起来骂我两句呀！你那么厉害的人怎么会这么不结实呢？我那天就不应该去打工，应该带你去挂水啊！不知道啊，谁知道……"

我们习惯通过强烈的自责来表达对亡人的愧疚，以此来抒发内心的伤痛。然而人一命二运，生离死别早有冥冥之数又岂是人力可以决定的啊！其实二婶的死真就是个意外，我们便劝他："二婶走了，小欢的事还要你帮衬呢。"

是啊！相比于二婶，小欢这个病更牵动二叔的神经，本来是两家人全力救治小欢，谁知横生这个枝节。村里有迷信的老人说二婶帮小欢挡了一劫，小欢说不定就不碍事了。然而无论我们所有人做出怎样的努力和乞求，小欢，这个苦命的孩子还是在25岁那年离开了人世。25岁如花的年龄，生命却戛然而止。二叔的世界彻底地崩塌了，25岁结婚，53岁妻死，55岁女亡。到头来仍然孑然一身。上天把给他的全都收回去了，二叔犹如中了一个恶毒的诅咒一样，前半生贫穷，后半生孤独。而作为上天的子民，他自始至终没有丝毫懈怠，既没有对生命不敬，更没有玩世不恭，辛辛苦苦干活，踏踏实实做人。除了抽烟、喝酒，并无不良嗜好，然而命运就是吃定他，把他囚在痛苦的牢笼里让他无法脱身。

小欢走后，二叔的生活彻底乱了。他没有再哭，泪腺仿佛早已经干涸了，只是拼命地抽烟、喝酒。以前只有几两的酒量，现在每顿不少于半斤，喝醉了就睡。家的附近到处都是烟蒂，那一根根中间黑四周黄的烟蒂密密麻麻地堆在一起，像一个个小火罐，它们是二叔疗伤的药，更是二叔悲伤的蛊。在一圈圈的烟雾中，伤痛聚了散，散了聚。聚散之中，一层痛苦覆盖又一层痛苦。最后二叔大概也忘记是为什么而抽烟，为什么而痛苦的了。

二叔的生活除了看电视还是看电视，一看就是半天，别人进他家，他不知道，别人叫他他也不知道，更可怕的是锅里都着火了他还是不知道，直到腾腾的烟雾跑到他房间叫他，他才记得自己刚才在热菜。赶到厨房时，锅烧化了，火快上房梁了。一次、两次、三次……最后家里没锅没灶，只得重新置办。问二叔，他总是嘿嘿地笑："忘了，又忘了！"也许上天都觉得不好意思再伤害他了，所以至今还没有发生大的火灾。

二叔的生活还在继续着。他现在每天在外面打着工，数九寒冬、炎炎烈日、蚊虫叮咬。一天十几小时穿着下水裤泡在水里。手里端着泵枪，其实冰冷也好，叮咬也罢，身体的劳累对他来说反而是一种解脱，因为他不用想二婶，也不用想小欢了。这就是诗人二叔的半辈子，他根本就不是诗人，连诗歌爱好者也不算，但是无疑他的命运写满了诗人的忧郁，他的生命就是一首题为《苦风》的诗。

去年腊月二十九，我们一起去给祖坟烧纸。经过小欢的坟墓，他让我们停车在河的北面，他一个人戴着老人帽，拎着一捆纸在呼呼的北风中踽踽独行，走上了那座一如他命运的小桥，不远处是他女儿的坟冢，那里青烟袅袅，是阴阳凝视化成的烟火，也是灵魂的相思砌成的望乡台。二叔的背影在尘世的风中那么弱不禁风，却又无比坚韧，我和妻看着看着，泪水流了下来！

这时一个视频通话响起来，接通后，看到是二叔在喝酒的视频，他和几位工友在工棚里，正抽烟喝着酒。我的两个孩子听到二叔的声音，都围了过来，喊着"二爷、二爷，您什么时候过

二叔的背影

来"的话，二叔高兴地连声答应，还不忘关心两个孩子的学习："考好了，爷爷有奖、有奖……"

我看到视频中工棚外面的雪已经停了。

2020 年 5 月 20 日

（2021 年获由汨罗市人民政府筹划主办，由中华诗词学会、湖南省文联、省作协和《诗刊》《十月》《中华诗词》《花城》《世界文学》《草堂》《湘江文艺》《湖南文学》等多家知名文学杂志联手推出的"首届汨罗江文学奖"佳作奖。）

# 红新娘

## 一

如果要问小时候最喜欢和着迷的颜色是什么，那一定是红色。如果要问小时候最为好奇和羡慕的是哪一种人，那一定是新郎和新娘。如果要问小时候最喜欢看、也最期待看的场景是什么，那一定是人家迎娶新娘。

不提亲戚家有人结婚，就是村里有人结婚，也一定从开始到结束，坚持点卯，每天必到，如同看大戏一样，从敲锣打鼓热场到演员谢幕一场不落。当然如果是自己亲戚家有人要结婚，那个激动劲儿自是甭提了，从知道这个消息就开始掐着指头算，然后度日如年般地挨着，终于等到这一天，换去那已经成泥色的衣服，打扮得像过年一般出发了。

迎娶新娘仪式感特强，其中颜色是比较重要的一项，红色是它的主色调。我们的民族是一个崇尚红色的民族，认为红色有驱邪逐疫的功能，红色象征着喜庆、热烈、热情、美好、幸福、平安等。在中国传统节日中如春节、元宵节到处可以看到它的影子。在封建时代皇族中格外推崇红色，因为红色象征着特权与富足。老百姓普遍穿灰、黑、蓝等色，但是在建筑上，窗框、门框等需要勾勒轮廓的部分总是用红色来装饰，因为红色象征一种富贵与吉祥，可见红色是中国人心目中最完美的色彩。这就不难理解为什么人们在结婚时会如此偏爱红色了。

新房里到处都是红的，尤其是和床相关的一切。红漆刷的床、红帐子、红被子、红床单、红衣服、红枕头。另外茶具、其他家具也基本都是红的。与刚才的红集中在新房略有不同，从新房到正屋，再到室外；从新郎、新娘到主人身上再到一些在这个特殊日子有特殊意义的物件上，也都有红色的影子。而对于我们这些孩子来说，有一个红色是我们最感兴趣的，那就是贴在窗户上的红纸。有人也许会问，窗户上的红纸有什么稀罕的。是的，窗户上的红纸没什么稀罕，可是红纸里面的东西很稀罕，因为那里面有一个红包，而且那红包不是人人都可以拿，它属于第一个撕掉窗户上红纸的那个人。谁是这个幸运的人呢？那就看谁能在新娘进门的瞬间扯掉红纸，拿到红包，所以抢这个红包有点技术难度。因为有难度，所以孩子们对那个红包的渴望往往仅止于渴望。那么热闹，谁愿意为一个红包，浪费那么多宝贵时间去等候呢，更何况这个红包往往是主家近亲的孩子专属的。

有多热闹呢？人多！七大姑八大姨的基本上都来全了，和一户人家相关的家庭，二三十户总是有的，尤其是小孩子，更是如过年过节一样集中，在一户平时只有几口人的家里一下子聚集了几十号人甚至上百号人，你想能不热闹？声杂！人在一起自然就要说话，于是乎有小孩子的嬉闹声、婴儿的哭闹声、大人们的交谈声，主家忙着寻找相关人的呼喊声，还有不可缺少的音乐声。那时候还没有现在这些有着各种新式装备的农村乐团出现，乐器基本就是唢呐、二胡、鼓、锣这些传统乐器，唱歌、跳舞自然也是没有的。但那"咚咚……锵锵……咣咣……当当……嘟呐嘟呐……"已经足够热闹了，也足够刺激孩子们那一根根快乐的神经了。

突然间人群开始骚动，犹如湖面突然起了一阵风，涟漪轻漾，波浪起扬。紧接着就是鞭炮齐鸣，"噼里啪啦"炸开乡村宁静的生活，炸开这一块喧嚣的空间。这时有人说："新娘来了！"人们便伸长了脖子，一致向某一个方向移动，那样子颇有些像农夫喂鸭子的情景。从新娘子下车后到新房短暂的百十步，虽没有红地毯，然而却是新娘子在众人面前的初次登场，自是众亲戚和乡邻们评头论足的重点对象。害羞的新娘，扭扭捏捏地下车，虽然是早就向往，然而还是在新郎的半挽半拽之下缓步走向新房，这点矜持还是颇得大家认可的。

"这个新娘子挺文静的，不像张家的新娘，昂首阔步的，那个样子将来一定是个'角色'。"

"河西李家的新娘子，一路小跑，把新郎都扔到后面了，真个是不懂事！哪有这样的，总得让新郎在前面一点吧，现在的姑娘一点规矩都没有！"

"最离谱的是工家的那个新娘了，先是娘家蛮里缠，结果拖到晚上八九点才到，到新房里还抵死不出来，真是活久见。"

"听说是为了彩礼的事两家闹得不愉快，何必呢！争来争去，伤了感情，动了真气。"

在众人的目视中、"嗞溜"飞上天的礼花声中、成功撕窗户纸的孩子高兴的叫嚷声中，新娘钻进了新房。对于孩子们而言，新娘子刚才的惊鸿一瞥彻底勾起了他们的兴趣，于是他们就拥到新房门前要喜糖。新郎、新娘子巴不得男娃子到新房里闹一闹，以图进个大胖小子的吉利。门一打开，那些男孩子们就一窝蜂地拥了进去，有的手伸到新郎、新娘面前要糖，这可是主要任务，有的则如刘姥姥进大观园一样，东张张西望望，这个摸摸，那个碰碰，还有几个斯文地坐在沙发上，调皮的则半个屁股坐上床，一边坐在床上，一边用手往下按床垫，仿佛那里隐藏了什么秘密。那个新奇劲儿让人忍俊不禁，而那些女娃儿们则只能是倚在门外，可怜巴巴眼馋地向里看（农村人迷信地认为女孩进新房会让新娘生女孩）。这个时候开明的新娘子会招呼她们也进来坐，有的女娃则摇摇头，新娘子自不会勉强，有的女娃犹豫一下便趁机进来，但即使进来也是胆怯的，把手半伸出来，略侧着身子，低着头羞涩地轻声说："糖！"新郎、新娘子递给她一些糖，她们拿了糖就会像惊着的小鹿一样飞也似的出了新房。人到外面，立刻全部放松下来："我看到新娘子了……我要到糖了……新房真漂亮……新娘像仙女一样，她让我进去的……咯咯咯……"

新娘子在众人面前正式亮相的时间是晚宴之时，这在整个结婚仪式中属于量级最重要的级别。有一系列的程序，其中最令人期待的自然是"扒灰公公"环节，无论是大人还是小孩子，男人和妇人，亲戚和新人都对此充满了期待：大人期待因为他们是参与者；小孩期待是因为热闹；男人期待是因为这种充满了不可言明的暗示的事情竟然放在众目睽睽之下，让人有一种莫名的激动和躁动；女人们期待则是在这种场合有一种自我释放的快乐；亲戚们期待因为他们中相当一部分人就是重要的策划者，对活动自有一种成功的期待；新人期待是因为这活动是大姑娘上桥——头一回，虽然知道自己是被捉弄的对象，可是婚礼不就图一个热闹嘛，冷冷清清那像什么呢？牺牲自己让大家乐和乐和，何乐不为呢？这点娱乐精神还是得要有的。

新婚之夜的喧闹之后，一切归于平静。最感到无趣和疑惑的是婚礼之后再见新娘，换掉盛装，摘掉头饰之后的新娘和普通的女子毫无差别，犹如仙女降落凡尘。那个撑起孩子们对未来婚礼美好遐想的人，她的前后变化让人不得不重新审视这一切的真实性。我们便也在这似真似幻的疑惑中继续着我们的生命行程，在这行程中也继续不断欣赏着和审视着红新娘和她们的婚礼。当然也伴随着孩子们在过家家游戏中把这诸多见过的结婚流程简化、创新地演练。

二

过家家的记忆越来越模糊，过家家的搭档自然也没有假戏真做的缘分。我是等所有的玩撒尿和泥巴的玩伴都已经成家，有的甚至有了孩子之后才恍然醒悟我得给自己找个归宿的。而这个时候沮丧地发现身边甚至是几丈之内却是一无所有，这时候我才有点明白原来那美丽的新娘是要用心寻找的啊！可是谁才是属于我的新娘呢？小时候认为这个秘密是"我知道，天不知道"，现在才发现真实情况是"天知道，我不知道"。于是乎"过尽千帆皆不是……肠断白蘋洲。"这是一个怎样仓皇而仓促的过程啊！那时候剩男剩女现象大概还没有现在这么普遍，但我还是提前品尝这其中的复杂滋味。家人的唠叨、同事们的议论、朋友的关切，让我渐渐对那曾经百般期待的迎娶新娘的场景失去原来的感觉，它自然还是那么轻盈美好，但是因为它成为一个任务而变得有些沉重、模糊。这再次证明了一个真理：任何一件事只要让它成为一件必须完成的任务，它就一定让你索然无趣。爱情和婚姻自然也不例外。当我们的爱情因为婚姻而遭遇，当我们的婚姻为了世俗的礼法而缔结，它们就变得陌生，了无情趣了。

寻找对象的这个过程，美好的情境莫过于"两小无猜、青梅竹马；一见钟情、相见恨晚"，然而很多人可能没那么幸运。如果把他们的这个过程比成农夫种田，可以用一个成语形象概括为广种薄收。大范围播种，每个种子都施肥、锄草，精心呵护、培养，可最后发现大部分自己曾寄予厚望的禾苗都因为虫病、多雨、旱灾或者自己锄草误割而一个个地提前退场。好不容易最后剩下的那几根苗长得越来越粗、越来越高，眼看收获在即，稍微打个盹，不知从哪儿会冒出一只田鼠，或者天上下来几只鸟雀把那长得最好的苞谷给糟蹋了，或者更不幸的是那些平时见面笑嘻嘻的邻居瞅个冷子下个黑手，把最后那几根给收了。最后你只能看着一望无际的田野愣神发呆。运气没有背到家的仔细寻找还会发现一棵平时没怎么注意的庄稼却已经长得差强人意，最后它就是你唯一的收获。运气背的只能等下一季节，继续这样的故事。当然大多数时候，善于培育的人终归收获的概率会大一些，而懒于经营的歉收则是常态了。结果就是前者脱单了，后者因为情商较低只能一直徘徊于婚姻的殿堂之外，有的则渐渐步于大龄青年的行列，今天称之为剩男、剩女。

中国人的传统观里有"不孝有三，无后为大"的说法，如果不结婚当然就不会有后了，所以不结婚比不孝还要忤逆。这样的传统文化使得婚姻问题在中国首先是个家庭问题，然后是个社会问题，最后才是个人问题。这样的一些问题在今日剩男剩女泛滥的年代里就催生了征婚这个新兴产业。当年走千家踏万家的"媒婆"借助先进的网络媒体资源摇身一变为网络媒体达人。根据国家统计局的说法，到2020年，20岁到44岁年龄段的中国男性将比同年龄段的女性多出2400万人，但是有个奇怪的现象，社会关注的往往不是剩出的2400万光棍，而是精英阶层的剩女和剩男。所以说是剩男剩女，其实是有选择、有区别的，实际上大量农村的无钱、无工作、低学历的剩男并没有得到社会起码的关注。

在剩男剩女这个问题上我更倾向于"命中有时终须有，命中无时莫强求"，所以淡定而超然的心态对于时下浮躁的剩男剩女无疑是一剂良方。先结婚再离婚，受伤害更大，不可否认有些失败的婚姻当初本就是为了给长辈一个交代而凑合的，怎能有好的结果呢？红新娘、红新娘，红是一个美好的开头，但是如果仓促地为结婚而结婚，又怎会有一个美好的结局呢？

结婚是一个很奇妙的过程，首先是它的神秘性和不可预测性。古代的新娘子只有进入洞房后，新郎才能揭开面纱，即使在这之前由娘家到婆家的这一路上，新郎和新娘近在咫尺也只能隔着那厚厚的桥帘和红盖头而无法一睹芳容，这种悬念可谓是设置到了极致。打开盖头后的那一瞬间谜底当然是揭开了，不过好与不好都是一锤子买卖，这可玩得真是心跳。今天的年轻人当然不必受如此的煎熬了，然而如果把这段独特的经历拉长时间一看，似乎也差不多。在没有确定另一半的时候，自己脑海里都会根据看的爱情小说、爱情肥皂剧定制了一款最迷人的另一半。男生的理想对象是诸如长发飘飘、柳叶眉、樱桃小嘴，要求再高点则是小鸟依人，红袖添香，举案齐眉，上得厅堂下得厨房。女生的理想对象是诸如身材高大，肌肉强壮，冷酷俊俏，家境殷实，对自己百般迁就等，然后人们就会按照自己理想的目标去寻找。预设得再美好，但总归不是最后的结局，爱情从来是猜到开头却无法猜出结尾的一场悬念剧，所以等经历千情万劫，在爱恨情仇的汪洋大海里身心俱疲时，这时再回想之前的经历不得不承认其实一切都已经注定。给时间和机会只不过是让你们折腾一下，反正怎么折腾，你的新娘就在那儿，你改不了也换不了，总而言之，不到最后走入婚姻殿堂的那一刻你都无法确定谁才是自己的另一半。这和古代的揭开红盖头不是如出一辙吗？

我不知道儿时那一对对穿红披彩的新人们是不是也和我一样有过这样的苦恼和思考，但可以确定的是，那一切并非如我儿时所看见的那般祥和、快乐。不过无论我带着怎样的思考，我还得一步步跨入世俗礼法的圆圈，就这样，我和我的新娘，即将走入新婚的殿堂。

盘点我四十余年的人生，我结婚的时候正是我人生的最低谷。蜗居一所乡村中学 7 年之久，每月千余工资基本入不敷出，加上年轻不知持家，呼朋交友，胡吃海喝，那时一帮玩得好的同事基本都是现在人们所说的"月光族"。当时背后有父母撑着，父母也从没有要求我把工资上交，所以真是"少年不识钱滋味"。然而，"人无远虑，必有近忧"，紧接着就是要迎娶新娘，此时已是捉襟见肘，囊空如洗，但是结婚总归是花钱的，总不能空手套新娘吧，亲戚、朋友该借的都借了，不该借的也借了。好不容易凑齐了最低限度的款项，我就是在这样的境况下迎娶我的红新娘，可想而知那时候的心情是怎样的一个百味杂陈。愁滋味算是尝了，有时候心里想，结个婚怎么就这么难啊！儿时看人家那喜宴上笑盈盈的，甜滋滋的，怎么到我这里就成了一道苦拼盘，一道跨不过的坎儿呢？那红色在我眼前飘摇，有时触手可及，有时候又显得虚无缥缈。在这最痛苦的过程中，母亲一直陪着我，东拼西凑，受了很多委屈。还有妻子，一直不离不弃。我生命中两个伟大的女人在我最艰难的时候给了我巨大的支撑，支撑我最终携着新娘的手步入我营建的新家——学校的宿舍，让我新婚的那抹红多了一些温暖。那一天，当我不再是那个惦记着喜糖和红纸的小男孩，而是成为一位给一群孩子发喜糖的新郎官时，我对那满屋子的红却有着别样的感受。喜悦自是不待言，然而更多的是考虑明天的生活，以及明天的明天的生活。当第二天的朝阳升起，君王就要早朝，因为他的帝国有太多的蓝图需要他去筹划。这也是当年我们看到走出新房、卸下盛装的新人觉得他们与常人无异的原因吧。是啊！如果一直活在天上、活在红色里，那是会把自己活成傻子的，只有自降凡尘，穿上生活的青色布衫将来才会活得红红火火，才能真正过到天上去。

三

这么多年来我参加了好多新人的婚礼，作为过来人，婚礼对我早已经失去了吸引力，反倒有时作为进入围城中的一员，我是以一种揶揄的态度看待这些即将进入围城的青年男女们。随着时代的变化，人们的婚礼是越来越新潮，越来越隆重：动辄数万搭就的舞台，五光十色的灯光效果，主持人煽情的表演。这些繁华和热闹让观礼者的我们不由得连连咂舌，一旁的妻子更是抱怨我们当年婚礼的寒酸，她忘记了台上的结婚的人和我们孩子差不多年龄了，这已经是两代人的区别，根本不具备可比性，但其实也并不完全没有可比性。比如说婚礼中的一个环节是相通的，那就是丈人把自己的女儿交给女婿，女婿当众发誓要对妻子好。我记得当年妻子结婚上轿之时，老丈人把妻子交到我手上时也说过一句让我铭记终生的话："我就把女儿交给你了！"话未说完老丈人已经泪流满面，我说："您放心，一定会好好待她的！"那时候还没有现在这样正式的交接环节，没有任何人要求，但在那样的场合，妻子生命中两个重要的男人——父亲和丈夫发自肺腑自然而然就有了这么一番对话，甚至除了他们两人都没有别人听到，但我还是深深地把这个诺言记在心中的。或许是那新婚的红红火火为我扫除了霉运，结婚那年的年底，我接到教研员的通知，告诉我实验初中要借调我。第二年年初我从农村初中调到实验初中，几年后又从苏北跑到苏南闯天下，实现人生的三连跳。数年之后我在这天堂之地构建了属于我们的新家。我真正做到用自己的才华和勤奋让我的新娘、我的孩子过上衣食无忧的生活。我兑现了自己当初许下的诺言。是啊！我怎么能辜负一位老父亲的信赖呢？何况我现在也是一位女儿的父亲呢！多年以后，我也将用同样的形式亲手把我的女儿托付给一个既陌生又熟悉的男人。那时的我自然也希望得到对方一个承诺。同样我有理由相信在走上红地毯的新人之间以及新人和对方亲人之间也一定会有这样那样的诺言，甚至有的还会形诸白纸黑字。只是不知道这些诺言有多少会被记得和兑现，如果有的话，那么无论他们当初结婚时婚礼是多么简陋、寒酸，他们都是值得祝福的。

我们的祖辈由于三纲五常的束缚，很少敢于奢谈恋爱，婚姻只是一种责任，一种对家族繁衍的责任，所以在结婚这一日，用红讨个彩头，在婚姻、恋爱、生活的开始之际祈祷一个幸福开头。然而今天的人们却略有不同，文明进步了，可以自由恋爱了，挣脱了世俗礼法、清规戒律束缚的人们，真正地放飞自我，让个性肆意汪洋，婚前朝三暮四、朝秦暮楚都是没问题的，甚至是理所当然，把谈恋爱当婚姻的练兵场嘛！这样一个个走进婚姻的时候都已是熟男熟女了，一个个览遍繁华。可"哀莫大于心死"，不够严肃甚至是游戏感情的态度最终把自己炼成一堆爱情的废墟，所有的精气神儿都已随那一场场看似游戏实质是渗入骨髓的恋爱葬送了，最终看似婚姻的质量有了保证，实际上是无形预支了未来的幸福，这就有了婚姻成了恋爱的坟墓的说法。所以婚姻形式并不重要，有没有爱才重要。而爱由心生，所以啊！那满屋子的红啊，包含中国人对婚姻、家庭幸福多么慎重而炽热的祝愿啊！今天看着年轻人的婚礼越来越西化，红色渐渐从婚礼上褪去，我的心中就有一种无法言明的遗憾和担忧。因为我知道在我们的民族血液里，红是不能缺少的，这是一种文化的基因，更是一种爱的图腾！我无法想象，缺少红的衬托和祝福，人们的婚礼和婚姻，还能走多远！

2021 年 6 月 25 日

# 母亲和狗

印象中母亲是不太喜欢狗的，准确的表达是母亲对狗是没什么感觉的。

在母亲忙碌的前半生里，狭长的时间夹缝里，不要说一条狗，连一根狗毛似乎都挤不进来。在她的田间到灶间的两点一线中，充斥着连狗都会气死的单调和乏味。那时的我倒是养了几次狗，但在这几次短暂的养狗记忆中母亲存在的印象却是极为模糊。

这样一来就很容易理解，我养现在的这只博美犬时母亲的态度了。当时的情况是两个孩子迫切想要，而我妻子是反对的，母亲开始是无可无不可的态度，但是到了后来，母亲竟然成为反对最强烈的一个。母亲的反戈一击让两个孩子有种被"背叛"的感觉，他们开始批判他们眼中慈祥的老太太，最后如果不是我一意孤行，养狗的事就算是泡汤了。

这条"可怜"的宠物狗便在这样的一个家庭多方势力没有达成一致的情况下来到我家。当我用塑料薄膜给狗笼围圈挡风时，我可以明显感到背后冷热两股不同气流，冷气流自然来自母亲那仿佛洞察世事的眼神，她只说了一句非常简短的话。

"养了你就要牵呢！"

"这你放心，我养了肯定会负责的！"我头也不回地说。

"我牵、我牵……"两个孩子抢着回答道。女儿说着就要抱那才两个月大的小狗。

我哑然失笑："你现在牵，那不是要它的狗命吗？等它长大了，你和哥哥，一个早晨牵一个晚上牵。"

"好咧！"

狗一天天地长大了，白绒绒的，像一个小球，着实可爱，也成功俘获除母亲以外所有人的心，于是每天遛狗成为我们家必备的常规活动项目。母亲的担心看似成了一句戏言，然而，爱这个东西，没有坚实的基础，其实并不牢靠，很快大家对于遛狗这件事失去了兴趣，先是两个孩子：儿子作业很多，自然是没有时间；女儿整天看电视，最近迷上画画，连笼子里的狗都懒得去摸，更别提去遛狗了。作为始作俑者的我，有时在电脑边码码文字，思路刚刚打开，又舍不得丢下手中的键盘，于是母亲的担心就这样成了现实。整个局面发生了颠覆性的变化，当初养狗最为积极的三个人：我、儿子、女儿，在遛狗这个问题上互相推诿，偶尔一次也是草草了事。反而是当初坚决反对养狗的两个人——妻子和母亲，成为遛狗队伍中最坚定的执行者。妻子的主要任务是提醒、催促、斥责并用促人反省的方法对我进行动员，母亲则什么话也没有说，边埋怨边从笼子里抱出狗，系上绳，打开门，无奈地遛狗去了。这时我才理解母亲那番话的真正含义，今天的情形原来是她早就预料到的。

正如母亲对狗不待见一样，这条博美犬对母亲向来也是秉持着敬而远之的态度。它最喜爱的当然是两个孩子，然而孩子对它的爱如夏花一样灿烂而短暂。现在无论它喜不喜欢，能带它一日数次出去兜风的只有母亲，它没得选择。而对于母亲好像也是这样，她已经是快七十岁的人了，患有糖尿病，膝盖半月板磨损厉害，疼痛如虫子一样不断蚕噬着她的神经，休息是她最需要的。且对于这条小生命，她也没有太多的喜爱，但那又怎么样呢？它是儿子带回来的一条生命，是孙子、孙女的玩伴。她看似可以选择无视，而且她以知子莫若母的先见之明已经告诫过了，但那又怎样？儿子可以无视，孙子、孙女可以无视，甚至儿媳妇也可以，但她不能，因为她是最后的选项，所以她没得选择。于是和无数次这个家庭面临困难一样，她是以古稀的残躯成了最后最坚实的屏障。一如十多年前的那一个月，先是父亲突发疾病去世，然后是六个多月的孩子胎死腹中，我失去了父亲和儿子，母亲失去丈夫和孙子。母亲对我说："你是一家之主，你要撑住！"可我知道，真正撑起天的却是母亲。之后的十多年里，母亲带大了孙子，带大了孙女，现在轮到一只宠物狗了。唉！不知从什么时候开始，对儿孙的爱，对家庭的爱，早已经成了她越来越重的负担了。

前几天母亲说了一个和狗有关的事件。母亲在打扫卫生时，小狗突然从笼子里跳了出来，不小心尾巴缠上了旁边的一条绳子，而且是越缠越紧，小狗疼得嗷嗷叫，母亲赶紧去解，但是小狗又不让她近身，母亲后来拿了一把剪刀想剪掉绳子，但是小狗在那发狂般地转，母亲又怕伤了它。后来，在母亲大声呵斥下，小狗躺在地上，才让母亲顺利地剪断了绳子。母亲边说边心有余悸地用柔和的眼光看着缠在她脚下玩耍的小狗，那个时间，家里只有母亲和狗，两者竟然成了彼此的依靠。我突然心中一动，不知从什么时候开始，母亲的话里关于小狗的内容多了许多：什么我们家的小狗性子野啦；什么今天遛狗时，门卫问我们家小狗卖不卖啦；什么小狗今天遇到一只一样的博美啦……

是啊，不知什么时候开始，遛狗成了母亲每天必备的活动套餐，我都羡慕小狗的超级待遇，别人家小狗一天最多遛两次，我们家四五次。是啊！无论爱与不爱，母亲总是能把它演绎成一种生活的常态，并用温暖来加持。不过，我不知是该庆幸还是该自责，因为我不知道母亲牵狗的那根绳到底是爱是责任还是寂寞。

那次，我开着汽车即将离开小区，从反光镜里看见佝偻着腰的母亲牵着小狗，和小区里同样是牵着狗的老人们在聊着天，这时小狗迫切地想要往前跑，母亲手里那根绳收紧，而我心里猛然一疼。

2021 年 10 月 28 日

# 草民父亲

## 前 言

我父亲很多年前带着我在沿海的滩涂到处转的时候，他可能并不知道，这些将来只会成为他儿子的写作素材。是啊！人生总是如此无常，我父亲跟在他们连长后面做通讯员的时候，也不会想到他的光辉前程不是在部队，而是在那千里之外的海滨。他的职业不是和他的父亲我的爷爷一样种田，也没有像他所向往的那样成为一名工人，而是成为一位割草的人，而我也没有子承父业，我赖以谋生拿的是粉笔而不是草棍。草作为一种商品进行流通，进而形成一种行业，这一点对于我们今天的人而言，是不可思议的，然而事实上就是。在长达数千年的社会里，草其实一直是作为商品进行流通的，这是一个很古老的行业。百姓落草而生，草是他们生命的见证。

我的老家是沿海的一个小村庄，说是沿海，其实并不准确，因为我们老家离海边还有不少于 200 里的距离，即使是村民们割草的那些农场离真正的海边也有不下于 100 里左右的路程。沿海的农场人少地广，沟头水草很茂盛，长着很多茅草。这是一种韧性极强的草，在塑料绳还没有被普遍使用的年代里，这种草很得大家的喜欢，因为可以用它搓成粗细长短不一的绳，那种绳很结实，而绳在农民家里是必不可少的。除了搓成绳外它还可以用来盖房屋、做苫盖等，也正因为此，茅草成了稀罕物。在乡村里一般成片的早被农户割了，而在海外的农场，你可以看到那沟渠里到处都是长得极其旺盛的茅草，那细细狭狭长长的，看上绿绿的，摸上去糙糙的茅草一束一束地长在土里，如同一把把别在滩涂这位侠客身上的佩剑，骄傲而飒爽地在海风中摇摆着。

# 草 民

那是在一个伸手不见五指的夜晚，父亲骑着自行车，母亲抱着才两周岁的我，偷偷地从村子里溜了出去，因为很紧张，也因为看不见，所以到了半路上，母亲发现一只鞋子没了，再回头找根本不可能，在那样寒冷的冬夜里她就赤着脚，不断用两只脚的脚底和脚背互相搓来取暖，让脚不至于冻僵。这一晚上他们骑了六七十里路，半夜出发，凌晨才到。合了一会儿眼，第二天就开始干活，这是父母20世纪70年代的一次惊险的出奔，而这次出奔的目的只是到百里外的地方割一些草，这在今天来看是很简单的事，但是在还在酝酿着改革开放的年代里，是有些小惊险的。不久，靠着这第一桶金，父母在村里率先建成了三间青砖瓦房。

窗外飘着雪，父亲喝着小酒，看着坚实的砖墙瓦房已然可以将寒冷完全拒之门外了，母亲还在屋里忙着收拾。那些分家后的破家具在新瓦房里显得有点局促，仿佛一个穷小子刚刚闯入商店一样。他和母亲分家后建成的丁头府，拆下来的那几根小木棒、泥坯散乱地扔在门口的雪地里，那上面附着的贫穷对一对年富力强、热血青年而言，几乎可以视作一种耻辱，更何况父亲曾经是一位军人，排级干部的光辉前程曾经几乎触手可及。父亲猛地把酒瓶的最后一杯酒倾入口中，一股呛口的酒精味瞬间把所有的意识麻醉，然后那如白线般的烈酒走咽喉，下食道，穿肠胃，进血液。

"干就得了！"

父亲的决心来源于前几天他自己的舅舅——一个长年走乡穿镇的小贩带来的消息：在几十里外有个叫东坝头的农场，那里有

124

很多草。作为一种燃料，草自然是有着极其庞大的市场，但是"野火烧不尽，春风吹又生"，有土地就有草，草的数量也极其浩瀚，所以只有那种对草的数量有较高要求的行业才会购买这肆意横生的燃料。它们就是在各个村破土而出的小土窑，土窑上的烟囱是这些草的最终去向，那烟囱里冒出的青烟，给贫穷的人们注入更多的力量。因为青烟过后，便是一窑窑的青砖青瓦，把那青砖青瓦买回来砌成房子就是那时老百姓内心最为丰满的梦想，所以草滩是为这些小土窑而生的，而这些如雨后春笋般的小土窑又是为那如韭菜一样存在于村里的丁头府而存在的。丁头府是当时村里最为普遍的一种房屋建筑。这种建筑即使在白天里采光效果也不好，里屋光线较暗，从外间往里走，光线犹如从中午往夜晚跨越。下了雨，冷不丁墙还有冲塌的可能，这种房子没有谁会去留恋。建房子自然需要砖瓦，那时轮窑厂还是国营的，买砖瓦是要条子的，定额的，不是普通老百姓能够奢望的，而这也就是小土窑存在的价值。

对于父亲而言，这根草虽不能说是一根救命的稻草，但确乎是一根改变命运的草。

## 农 场

父亲打工的地方叫农场，农场有两种，一种是劳改农场，一种是农庄式农场。两种农场关系很紧密，劳改农场不关押犯人之后就变成了农庄式农场。这些地方大部分都是上海的飞地。1936年，大丰公司将金墩东北侧庆丰、安丰、乐丰、时丰等八区约20万亩抵押土地还债于上海银行，1949年5月上海解放，1950年12月，在以四岔河为中心约20万亩土地上，就是原大丰公司抵押给上海银团土地上，设立了上海农场。这些农场在解放初期关押过从上海送过来的犯人，后来逐渐转变其功能，原有的部分犯人就成了农场的职工。

　　我上一年级的时候，就曾经跟着父母在这样的农场里玩了一个多月。那时才七八岁吧，坐着母亲骑的自行车，那条路似乎是无比漫长，冷风从包着脸的围巾的各个角落灌进来，浑身冻得几乎没有知觉。下车的时候，两只脚根本就不像长在自己身上，无法挪步，无法抬脚，像千百根针刺一样。这种感觉太深刻了，直到20多年后，我开着摩托车在一个烈日炎炎的中午经过那一段路，仍然感到有一股寒意袭上心头。在那里其实很无聊，因为大人不可能陪你，也没有小孩子陪你。还记得在那里的第一个清晨，我醒来后，父母都到田里去割草了，我就独自一个人走了出去，沿着一条小路往前走，那时候的景色现在已经不太可能看到了。两侧大圩上长着成排成排的树，各种树都有，有钉子槐树、檩树、杨树，其中钉子槐树居多。那时候树木还不像现在这么值钱，好多树歪倒在那里也没人管。林子里鸟鸣声此起彼伏，那时候正是清晨，农场的工人都在田里干活，树林里就我一个人，还有那些鸟儿们。那条路很小，长满了趴地草、小蓬草、牛筋草、车前子、阿拉伯婆婆纳这些知名不知名的草，那时的我们挑猪草、割羊草是每天必做的家庭作业，所以对一些草还是比较熟悉的，比如哪些草猪喜欢吃，哪些草羊喜欢吃，我们甚至还给它们起了名字，比如阿拉伯婆婆纳叫"甜菜"，车前子叫"猫耳朵"，这些名字都来自当时农村酒席上非常吃香的一些主打菜名。我一边走着，一边用脚踢着这些草，手里揪了一把狗尾巴草，随意地在手里甩着。路边是一条特别宽广的沟壑，沟壑中间纵横交错，高低不平，因为是冬天，所以沟里并没有水。途中偶尔会遇到拿着镰刀割草的人，他们似乎认识我，也有的逗我一下，也有的从我身边经过什么话也没说，后来到了一个水电站遇到了母亲。这些就是所有的印象，其余的就模糊不清了。这一个多月的玩耍带来的后果就是再上学的时候，我什么都不会，成为挂黑板的专业户。

　　20多年后我又机缘巧合在农场待了一个多月的时间。这时的农场不再是像当年那样，把我当作一个客人般小心地侍候，而是露出它本来的冷峻面孔。我和父亲住在一楼的小屋子，地方倒也干净，可是到了晚上，你就知道和那里的蚊子相比，这种干净几乎没有太大的意义。海边蚊子都是黑色的，身体又长又大，至少是我们老家蚊子的两倍，蜇了人之后，蜇的地方又红又肿。它们还都不怕死，一般的蚊子你动一动身体，它就飞走了，那里的蚊子你不要指望这一点，它钉上你的身体，就没想离开，它就拼命地吸血直到你把它打死，嗜血饥渴到不顾性命的地步，你能奈它何？我们每天早上走的时候点燃蚊香，回来时蚊子都被熏死了，但是一开门，它们就又成群结队地如同听到集合号一样涌了进来，我们只得再次点上蚊香，同时把门关上，因为空间只有 15 平方米左右，关上门后，室内的温度很快就上升了，比室外温度通常要高个 4—5 度，于是蚊子被熏死了，人也被闷得快喘不过气来。在这样的情况下，刚躺下就无比希望天快亮，因为天亮了就可以出去了，白天没有蚊子，也不需要闷在这个如罐子一般的小屋里。但是漫漫长夜总要度过，那怎么办呢？于是我们睡一会儿就起来用冷水擦身子，睡一会儿就起来到外面转一会儿，这样才能把漫漫长夜打发掉。

## 割　草

当那一个个丁头府改换成砖瓦房之后，小土窑也似乎完成了它的历史使命，一个接一个地倒闭了，于是那些荒草也就很少有人要了，这个时候父亲和乡亲们主要是割一些芦苇和茅草。20 世纪八九十年代，农村里有很多人靠养鸡、养鸭致富，他们盖鸡棚和鸭棚需要大量的芦苇秆编成帘子，而连接芦苇秆的绳子则用茅草编成，所以又需要茅草，芦苇和茅草需求量很大。割草到了 90 年代后就变成了以割芦苇、茅草为主了。霜降之后，便是草民们动刀的时节，这个季节也正是芦苇开花的时候，一根根芦苇顶着那白色的芦花在江风中舞动着，这是一种最为朴实的花，它是芦苇由青春而衰老的标志。也许它根本不能算是花，因为它没有桃花、藤萝那样的大红大紫，没有桂花那样的香气浓郁，更没有牡丹那样的雍容华贵，但它是实用的，水煮浓汁可以治霍乱、鱼蟹中毒，烧灰吹鼻可以止鼻血，另外用它做的枕芯，既轻又暖和。

那成千上万株头顶苍白芦花的芦苇，和像我父亲一样的那些沿海生民何其相似。他们填海垦壤，吹海风沐炎阳，把生命写成一根脆弱而又韧性的芦苇立于沿海大地，成为拦阻海潮最坚强的一道大坝。芦苇生生不息，落地生根之后，它便不断繁衍它的子孙，看着这排列得密密麻麻的芦苇，我想到那水下的芦苇根部，来年的生命已在悄悄萌发，在这地母水父的哺育之下，来年的夏天，那如绿玉般的芦苇定会窈窕而又悠扬地在水波中跳舞。但这种闲情逸致也只有像我这样无用的文人才会有，我的乡亲们对芦苇不会有太多美好的感受，因为他们要在寒冬腊月从水下收割这些芦苇。

割芦苇最怕的是割鱼塘里的芦苇，因为需要下到很深的鱼塘去割。以往在条沟里割芦苇也会碰到沟里有水的情况，但那水只不过齐小腿深。鱼塘水最深处达 2 米多，当然芦苇一般生长于鱼塘的浅水处，但是浅水处也有一米多深，基本齐到一个成年人的腰部，这就给割芦苇带来极大的难处，所以父亲和他的工友们都要准备一身下水裤。下水裤是皮制的，下半身是封闭的长裤状，不漏水，腰部皮的高度要比普通裤的高度高一些，一般会达到人的胸部，上半身有两个背带连接腰部。腰部因为比较宽松，不利于工作，所以也会用一根绳子束住。一件下水裤重量有十几斤，穿上去比较累赘，但这也是没办法的事，大冬天的，不采取这种措施，割芦苇可就割不了了。穿着这样的衣服下水后，下半身自然不会弄湿，但是割芦苇的痛苦并不能完全解决，因为最终还是靠手去割芦苇，在滴水成冰的冬天，把手伸进河水里，是一种什么滋味？而且在水中一泡就是一整天，所以我们可以看到这些割芦苇的人们手上基本都长满了老茧、冻疮，满手都是又红又肿，还有很多裂口子，口子上都已经结了痂，指头上正常还都缠着胶布，胶布原来的白色往往也变成了泥色。白天任何时候，摸到他们的手都是冰冷的，而且是又粗又糙的，摸上去就像一片老树皮，没有丝毫皮肤的鲜活感，但是这样的一双手干起活来，无论是陆地上还是在水下都十分灵活、迅速。一片芦苇，两个人合作，一人在水里割，一人在岸上接，很快大片芦苇就会被放倒。

水中割芦苇其实还是有些困难的，首先是行走不如在平地上方便，水的浮力让人有一种失重感，手里的镰刀不容易抓稳，伸进水里也不容易找准位置，找准位置也不太容易着力。水里的淤泥让人站都站不稳，而且水底的地理形势高低不平，如果一个不注意，一个趔趄，就有可能摔倒，即使不摔倒，身子失去重心，水漫进下水裤里，那就要重新上岸换衣服，也是个麻烦事，因为一来二去半天工夫可就耽搁了。出来打工的人都把时间看得很紧，他们不怕苦，怕的是苦不来钱。另外，割下来的芦苇留在水下的芦苇根也是个很危险的东西，割过的芦苇根坚硬而尖利。如果不注意会戳破下水裤，戳破了，就会漏水，晚上回去还要补，一处两处还可以，多了，下水裤可就报废了。水中的人割完一把芦苇后还需用绳子扎好，然后岸上的人用绳子拽上岸去。这个过程想要不沾水几乎是不可能的，所以割一天芦苇下来，人们身上基本湿透的也是正常情况。在水里干割芦苇活的大多数是男的，女的主要是在岸上做做较轻的拉芦苇、码芦苇的活儿。到了晚上，这些劳累一天的人们就会大碗喝着廉价而烈性的酒，御寒祛病。寒冬腊月，海边的夜晚湿气大、寒气重自是不须说的。由于长年累月的高强度劳动，他们很多人都患有腰肌劳损、风湿病等，没有酒的话，有时会疼得彻夜难眠。对于养尊处优的城里人而言，这种生活犹如炼狱，但对于父亲和他的工友们而言，能赚到钱再苦也是天堂。这就是他们的生活，但他们从不会怨天尤人；这就是他们的生命，但他们信命却从不认命。在草棚里那昏暗的马灯光下，他们扯着闲话，算着一天做下来的几十块钱，然后满足地躺在茅草铺成的地铺上。

草棚里面，人们用割下的茅草和农场里的稻草铺在地上，厚厚的一层又一层，周边用芦苇捆收边，一般铺有多长，芦苇就截成多长，这就相当于我们的床沿。为了防止芦苇捆移动，人们还在芦苇捆里面插入小的树棒，钉入泥土，起到固定的作用，树棒长度并不长，藏在芦苇捆内，人们坐在芦苇捆上时也不会硌着屁股。各人铺上自带的被褥，一个通铺就有了。这样的一个通铺就是每天晚上割草的农民们安憩的小窝。虫子是没有的，老鼠当然是不会少的，低矮但并不潮湿，狭小但倒也温暖。睡在里面感受确实是不太一样的，这种地铺会让你和大地几乎是零距离的接触，昨日身下还是一片草地，还是那广阔的滩涂中的一个小点点，现在却成了你的睡榻，这难道不是一件很奇妙的事情吗？睡在里面，听着外面呼呼的风声，以及风吹着草棚哗哗的声音，你会真切地感受到身处大自然如同襁褓中婴儿般的柔弱和温馨。父亲和他的工友们酣然入眠，睡在大地的怀抱里了。

## 开　闸

我的家乡在沿海的一个村庄，而这个"沿海"是一个非常宽泛的说法，因为真正海边的位置是在不断变化的，比如说在北宋年间，范仲淹在西溪（今属东台）盐仓担任盐监时，为阻挡海潮，发动通、泰、楚、海4万多民工兴修海堤，堤长181里，这就是著名的范公堤，其位置大致和现在204国道的一部分重叠。当年确定这个位置时，范仲淹从当地农民喂猪时桶沿漂浮的稻糠而产生灵感，让老百姓撒喂猪的稻糠于海滩，等退潮后根据弯弯曲曲的糠线确定堤坝的地址，所以在北宋年间范公堤堤下就是海边。那个位置在我们老家西边五六十里路的地方，也就是说北宋年间，我们老家那地儿还是在海里，但是到了清代，海边已经向东推了 120 里。那时候大海已经反过来离我老家有五六十里远了。为了防止海水上涨淹了农田，从古到今，官府、政府都要兴修水利工程。范仲淹时代是修堤坝，现代除了修堤坝，还要修建闸口来控制水位的升降，所以不仅是沿着那 112 公里海岸线有很多大闸，沿着海水上溯也随处可以看到大大小小的闸口，这一道道闸站就像一条条捆龙索，把海水这条孽龙牢牢捆住。最壮观自然是靠近海边的这道闸啦！20 世纪 90 年代后，割芦苇的地点基本集中在四岔河一带的海丰农场，四岔河的大闸叫四卯酉闸，因为 1917 年大丰公司建立后，进行了科学规划，先后筑成一条海堤，开挖了东西走向的一卯酉、二卯酉、三卯酉、四卯酉、五卯酉 5 条干河。四岔河的主干河道就是四卯酉，四卯酉河上的闸当然叫四卯酉闸。四卯酉闸分为老闸和新闸，老闸以前也是靠近海边的，随着大陆架变成农田，海岸线不断东移，老闸逐渐起不到放闸泄洪的作用了，于是新闸就应运而生了，但是过不了几年，现在的新闸又会变成老闸。

新闸上平时基本没人，那里的环境也不太适合人居住。一方面人比较少，那里没有配套的生活设施，临近大海，如果出现海啸或者海水倒灌都是很危险的事。常听人说放闸时很热闹，放闸泄洪也不是常有的事，一般也只有在汛期才会看到。我和父亲有幸看到了一次这个壮观的场景。放闸时一定要通知闸附近水道不能泊船下锚，否则汹涌的波涛会把它们送到爪哇国去的。开闸放水时，水流奔涌恰如万马奔腾，军队厮杀，让天地变色。那声音惊天动地，如虎啸龙吟，如战鼓擂响，如天雷轰鸣。我们常说百川东入海，这个时候就是百川入海之时，那些从千里之外的雪峰高原、江河湖海汇聚而来的水流经过漫长的旅行，大概对这一天早已迫不及待了吧，恰如庄子在《秋水》中写到的那个即将见识汪洋大海的河伯一样。它们争先恐后地、沿着不同的闸道纵身投入大海。也许正是这瞬间快乐情绪的爆发吧，所以即使你离得很远，也会有水雾溅到你身上，那不正是百川高兴的泪水吗！

那一滴滴晶莹的眼泪正如我的乡亲们，他们生就贫穷，但不甘于贫穷。在市场经济还不发达的 20 世纪，他们为了改变家庭的窘迫，为了让妻儿老小过上更好的日子，不顾一年忙碌的疲惫，打着背包、拎着镰刀穿着打着补丁的衣服到农场打工割草。正像这水流一样，不辞劳苦、千里汇集、奔涌入海。

## 尾　声

还记得那些个寒冷的冬夜，清冷的月光如水般泼洒在那旷野之上，几个低矮的草棚趴在盐碱地上，一盏马灯挂在草棚前突起的那根木头上，远看去几点似有似无的火光在漆黑的夜空中飘动着，显得是那么脆弱而顽强，是微不足道却又重要的存在，正如那些割草营生的人们。我和父亲在荒野里走着，我们很少说话，父亲嘴边香烟头的火光就是我行进的方向。我们深一脚浅一脚地走着，我以为那样的日子会是永远，谁知这条路一共只有短暂的 32 年。突然我眼前一黑，我摔倒了，我哭了，我的哭声在旷野里显得很响亮却也很微弱，我抹开眼泪又爬了起来。父亲，您听到了吗？看到了吗？

2020 年 5 月 5 日

# 花儿不谢

　　那朵花，灿烂地开在你的床前，如同火一般，点燃一个冬天的寒冷，但那是一个寒冷的冬天吗？似乎并不是。

　　那其实是一个烈日炎炎的夏日，我站在你床前，看着你满身的管子，浑身如陷入无底的寒窟。你的被剃净黑发的头颅棱角毕现，面庞依然是那么俊朗，但那双会说话的眼睑却紧闭着，当时你的女朋友，还在为你翻转着身体，你的母亲为你揉搓着手指、脚丫，空气是那么静寂，只有监护仪"咕噜、咕噜"地发出单调而又寂寞的声音。

　　你的父亲，我们曾经的老师，腰越发弓了，我们一起到外面的走廊抽烟，那时的人民医院还没有扩建，陪伴的患者家属，来来往往从我们身边经过，王老师的一声叹息在空气里打了几个旋才降落。随着他打开话闸，老师那由于熬夜和疲劳而发黄的面孔在青色的烟雾中若隐若现，那么熟悉又那么陌生。

　　那天你接到你女朋友的电话，因为你未来丈母娘感冒了，你驱着你的摩托车风驰电掣于乡里到县城的路上。那夜月色是不是喝醉了酒，全然不顾人们还需要它的光线的照引，就是在它打盹的时间里，一些悲剧也许就发生了。当你在隐约的光线中看到一排骑自行车的人影时，一切都已经晚了，你像一只断线的风筝瞬间从摩托车上升起，然后又迅速坠下。还记得我们上学值日时搭着粥桶，并肩奔跑并调侃说这是相对速度，突然"牛顿定律"猛地把那个粥桶往下一拽，幸好那次粥桶里是空的，但这次"牛顿定律"再也没有给你幸运的机会，它把你从车上拽了下来然后死

133

命按在了地上。

"唉，太晚了，从他摔下到送到人民医院，已经耽搁了好几个小时，警察从他身上的发票摸到线索，打电话到乡政府，才有人来处理的。唉……"王老师吐了一口浓浓的烟雾，叹息着。

你从此被命运按在轮椅上和一块名叫无声的世界里。一位唱着"一条大河波浪宽……"的富有磁性的男中音，从此陷入了无声的世界里。月光，那个我们曾经无比钟情的月亮，那个我们在校园操场用奔跑来歌唱的月亮，从那以后在我的眼中蒙上了一层灰色，而你的月亮则从此彻底沉沦。

再次和你相遇是半年之后了，听说你从上海治病回来，我抑制不住内心的激动，赶紧打电话到你家，是师娘接的电话，我说让王琦接电话，然后，我就听到电话被挂了。那是晚上十一点多吧，我以为太晚了，你已经休息了，第二天，我从学校赶到你家时，才知道我错了。我带来了一盆花，放在你的床头，但这花对你而言似乎没有太大意义，因为彼时你的人仍然躺在床上，神志很模糊，你的头颅已经去除了纱布，但是留下的伤疤依然触目惊心，犹如在精美的瓷器上留下的深深划痕，又像冷酷的造化在岩壁上的刀削斧刻。你大部分时间仍然处于昏睡状态，看到我时你正处于少有的半清醒状态，师娘把我领到你的床前说："王琦，你看谁来了？"你缓缓地转过头看着，眼睛中说不清是什么神色。我赶紧自我介绍："我是陈继军，你的同学、同桌，你的好朋友，我们前几天还在你宿舍里喝过酒，和丁石一起，你那天还问我几个小学同学的事，你还记得吗？"床头的那朵红花映射在你的眼眸中，一抹红色，你似乎点了点头，又似乎不像，师娘拿起床头柜上纸和笔塞到他手里说："你记得的话，可以写！"然后师娘对我们说了你前几天把自己经手的账目写下的事。我们用满怀期待的眼神看着你，然后看到你那熟悉的字迹在白纸上缓缓呈现。

我亲眼见证了你是如何把一手和我差不多的狗爬式字体写成和你人一样帅气、俊秀的正楷。我上高中时收到的第一封信便是你的，内容竟然是叮嘱我练字，只可惜我至今仍然没有多大长进，谁让你不站起来骂我两句呢？我任性地而执着地等着这一天。你在信中竟然向我道歉说自己不懂事，一直惹我生气，说你知道我的好，我已经忘记我在信中是如何回复的，我也许会厚颜地收下，也许会假惺惺地说两句，但30年后的今天，我还是为我的浅薄而感到惭愧，真正那个不懂事的人其实是我，是我打着好朋友的旗号在懵懂的年代里做着幼稚可笑的事，而你却是一直真正地维护着我，并忍受着我对你的无端指责，是的，是我欠你的。你在纸上清晰地写陈继……然后留下一根弯曲的横线，睡着了。

你终于还是记得我的！

再次看到你的时候已经是10多年之后了，这10多年，我像一个风筝一样飘得越来越远，可是无数次梦中我仍被一根线攥在虚空之中。终于有一天，我们再次相见，那次在你家的巧合应该是冥冥之中的安排，师娘说你们一年中只有几天会在老家，而我自然也是这样，我们竟然就相遇了。一如10多年前的那个夏天，我送你的花竟然还在，还是那样灿烂，因为它是塑料的，在和时间的较量中它仍然骄傲地灿放着，一如我们之间的友谊。你仍然躺在床上，我激动地叫着你的名字，并向你伸出手，然而你却异常警惕地把手放在胸前阻挡着。

"我是陈继军，你不认识我了，我长胖了……"我并没有像上次那样很费劲地介绍自己，因为你竟然很快认出了我，10多年了，你依然在最短时间内认出了我，你用手比画着自己，我知道你在说你也长变样了。时光是把刀，没有谁能逃得了，10多年了我不知道在你的思绪中多少次出现我的影子，是否也和我一样，拼命地不去想，因为一想，心里就如刀割般疼。

现在我心中又多了一层疼，来自离开时你攥着我手不放的力道，是啊！这一别也许又是一个10年，也许，也许就是永远！

2021年7月31日完稿，发表于2021年7月上《青年文学家》

# 绿色青春

疫情肆虐之下，人们都过上"固步自封"的日子，我自然也不例外，每日凭窗远观是必做的功课。虽然人们都宅在家，但是并不妨碍春天跌跌撞撞地迎面而来，即使相隔如此之远，那满满的绿意还是直冲你的眼帘，其愉悦，远甚于吃了一顿营养早餐，也不亚于轻尝浅呷一杯明前的清茶。春风和煦，这个时候正是踏青的最佳时节，可是我现在只能远看那位身穿绿色霓裳的清秀女子孤独地在那儿，而不能一亲芳泽，确是一种遗憾。这个时候我特别地想念儿时故乡那一望无际、漫田遍野的绿色。

30 多年前的乡村，当时是怎样的一个情景呢？房子都是草房子，公路都是土路。家家都养猪、羊，还有牛。我们这些孩子们很小的时候就得帮家里干活儿，挎着篮子到田野里去割羊草、猪草。羊草只要是草就行，什么趴地草、小蓬草、牛筋草都可以，猪草要比羊草讲究些，像阿拉伯婆婆纳、刺野、枯麻菜、车前子这些才可以。田间沟头长满了这些知名不知名的草。我们对它们谁是羊草谁是猪草更是烂熟于心，甚至还掌握它们的特殊功用，比如说，手被刀割破了怎么办？揪一把刺野，敲成刺野泥整个儿地涂在伤口的周围，没几个时辰伤口就止血愈合了。可以说这些草是我们儿时最熟识的伙伴。我们还在河沟里挖洞做锅灶，以草为菜，以泥为饭，玩得不亦乐乎。我们整天疯玩到父母满村里叫骂："死哪去了，玩得不想吃饭了，成仙了你。"我们爬树，在河里游泳，在麦田里捉迷藏，我们……那时没有电脑、没有手机，一个村里连电视也没有几台，然而，我们拥有的是整个的田野。

那时天是那么蓝，水是那么绿。我们的童年是美丽的，我们的童年是宁静的，我们的童年是纯净的。

再美丽的童年也会有结束的一天，无忧无虑的日子如那门前的流水一般无声而又真切地流着。

放下挑猪草的篮子，背起了书包，我们哼着那时候的流行歌曲（国歌）走进了学堂。放学之后，依然相约到田野里疯玩，书包被扔到了一边。我们在草地里打滚，光着屁股到河里去游泳，一个个如混江龙一般，把小河搅得浪花四溅、水波翻滚。一群群鸭子被我们吓得在水里四处逃窜，发出"嘎嘎"的叫声，"哈哈"则是我们响彻天宇的笑声。

玩累了，我们躺在河岸上看夕阳。乡村的夕阳真美啊！守着一个又一个夕阳西下，我们痴痴地看着那西边橙黄的如同蛋黄一样的圆球。

"那最西边会是什么样儿的呢？"我们中一个叫华子的问道。

"不知道，要不你去看看，到时告诉我们。"

"哈哈……"我们一声大笑。

华子抓起一把泥土洒向了我们。

华子是我们中成绩最不好的，也是被老师骂得最多的。三年初中之后，我上了高中，华子和另一位叫祥子的去了很遥远的地方当兵。华子家里只有他一个孩子，他去当兵的那年除夕，我到他家去，两位老人枯坐在堂屋里抽着闷烟。我问华子的消息，他们摇着头对我说："还是读书好，不要离家这么远，摸不着够不到的，唉……"

我陪着他们说了会儿话，安慰他们说："没事，就是3年的时间，很快地，读书将来也要离家，一样的，早晚不同而已。"

谁也没有想到，过年之后不久，我在学校里竟然收到一封从西藏寄来的信。撕开信封，一张照片掉了出来，一位帅气却黝黑的军人照片模糊了我的双眼。

"那太阳下面的地方很美，白色的，我看到了。我面前的这条江叫雅鲁藏布江，我所在地方叫墨脱，全国唯一一座没有通公路的县城，一年中只有两次可以下山，其余时间不是被洪水冲垮了道路就是被大雪封住了山。我对面就是印度士兵……"我记得他身上的军装是绿色的，那种神圣的绿。我还记得他在信里的最后一句话：

"这里除了白色就是白色，我想念家乡的绿。"

3年的军旅生涯，我们无法想象他是怎样在那样一个雪域高原、苦寒之地支撑下来的，但是最终凭借农村孩子吃苦耐劳的精神入了党，后来转业分配到县城的百货公司，也转了居民户口，再后来自己打拼成了一个小老板，他的父母也扬眉吐气了。

而我也上了大学，再后来做了教师，从乡下中学辗转到县城中学，再后来跑到江南的一座城市里教书，安家落户。诚如我当年对华子的父母说的，我跑得比那帮小伙伴们谁都远，比谁时间都长。

今天我在一座繁华的都市十几层的楼房里敲击文字，回忆着这段青春往事。我的眼前仿佛又涌现故乡那无边无际的绿，那种绿是我们这一代农村孩子的初心，是我们的血液，是我们的根，是我们的魂。

2019年12月27日完稿，发表于2020年08期《参花》

# 鞋匠老宋

　　老宋是一位修鞋匠，现在算是小镇上仅存的两位修鞋匠之一了，大概也算得上小镇上最老的修鞋匠之一了吧。

　　老宋的修鞋铺在小镇上属于比较显眼的。和一般修鞋匠在露天下设摊不同，老宋的修鞋铺可是一个大的别墅，当然是别墅最边的一间，鞋铺的门正对着小镇的中心大道。和街两侧林立的商铺一样，老宋的修鞋铺也是有招牌的，不过这招牌稍有些特殊，它既不是用镀金镀镍的铁皮制成的金属字，也不是用灯箱、霓虹灯、LED制作而成的发光字，而是在修建这所别墅时，在房子的墙壁高处横向用瓷砖拼凑而成的几个大字。也许是囿于材料的限制，也许是那位贴砖师傅书法水平很一般，总之那几个字写得确实不怎么样，直头直脑的，风格算是放大的甲骨文吧。那内容却很有个性，叫"老宋专修各色××皮鞋"。××牌皮鞋应该是曾经一款很出名的皮鞋吧，但貌似对当下的年轻人来说很陌生。不要说时下的年轻人就是对于我们这些年逾不惑的中年人而言也不熟悉，但这并不妨碍老宋固执地把它作为自己招牌的核心内容。××皮鞋就××皮鞋吧，反正就是修鞋这档子事，这种想法也是老宋女儿和女婿同样的想法，据说他们也曾经因为这个招牌和老宋协商过，但结果自然是拗不过老宋对那××皮鞋的情结。

　　说到老宋的女儿女婿，老宋还是很感谢他们的，否则以他修皮鞋的那点家底怎么可能在小镇的街面上建这么一幢三上三下的豪华别墅？如果建不了别墅，那么他只能搬到镇后面的乡下了，把原先的宅基地让给有能力建别墅的人。如果真的这样，那么自己又得起早贪黑地拎着家伙什到镇上露天摆摊修鞋，那可是一夜回到解放前啦！就像河西的二瘸子一样的，哪有现在这样舒服，有人来修鞋就修鞋，没人修鞋就看看风景。还有一点很重要，自己的地盘，自己说了算，那些个旧包包、碎皮皮、破鞋鞋以前就像一个个被人嫌弃的乞丐一样，无奈地躲藏于某个阴暗的角落，现在一个个扬眉吐气地、横七竖八地占满着这二十多平方米的空间，一直延伸到这一间房屋前面的水泥场面上。在水泥场和街面的交界处，老宋摆放了四台破旧的修鞋机，它们一字排开，气宇轩昂，睥睨着面前来来往往的行人车流，似乎在宣示着主权。它们又似乎是一群为主人守家护院但衣衫褴褛的家丁，其身后那一群缺胳膊少腿、歪鼻斜眼的包包、鞋鞋们，远看去犹如一支穿越时空突然冒出来的散兵游勇，而老宋就气定神闲地坐在中军帐。虽说是自己的地盘，但也不能完全听随老宋如此任性。和街两边那些清洁干净的店铺相比，老宋家脏乱差实在是让人看不下去，街道办为此多次找了老宋又找了老宋女儿女婿，老宋自是装聋作哑，老宋女儿女婿倒是觉得不好意思，但是和老宋软话、硬话说了一大堆都被挡回。说到底，这块宅基地可是老宋的，理论上有钱的女儿、女婿也只能算是外来人。这么一来二去，街道办也懒得管了，反正他又没有妨碍到邻居，虽说有碍市容，不过修鞋这种手艺本就是邋遢的行当，再说了，修鞋的手艺人镇上可不多了，真一个都没有，也不方便。

虽说老宋门前包包、鞋鞋们撑起一片繁荣，但来修鞋的人似乎并不多。至少老宋在给我修包的近一个小时里一个顾客都没有。老宋一边给我修鞋一边说，某某的一个包要好几万。老宋难以置信地质问：

"几万，一两黄金才多少钱，她那个包应该全是用黄金做成的呢！"

我说："几万不算是贵的，还有几十万、百万、千万的呢？

不是黄金做的，就是普通的皮，不过有的是限量版的……"

不过似乎老宋并没有听明白我的话，所以也没有接话茬，老宋的耳朵不太好，眼神也不好，修鞋机的线断了，他在那里摸索了半天也没有穿上针，我想蹲下来帮他忙，他说你别挡着我的光，我只得站起来往后让了一下，看着他低着那只有几根白发的头凑在油乎乎的修鞋机面前，把那根黑塑料线在针孔面前晃来晃去，穿来插去，就是捅不进针孔。似乎是担心线不够长，老宋抬起头，把那线从鞋机上面的几个孔内又拽了一下，线长了几厘米，他把那线头对着光线仔细看了一下，又低下头来寻找针孔穿线了，这样几次总算穿上了。我把手里的皮夹递给他，他看了一眼我那鼓囊囊的皮夹说：

"你把里面的钱拿出来，贵重的物品也好好保管，嗳！"老宋说每句话喜欢用一个"嗳"字来加强语气。

我笑着说："里面没钱，都是卡！"

"那也拿出来，我这里比较乱，掉下来可就找不到了，再说有东西也不好修理！嗳！"老宋坚持道。

我把钱夹收拾清爽递给他，拉链头坏了，在苏州一直拖着没换，这次回老家和母亲去镇上有事经过老宋门前，正好让他修一下。老宋手里开始换拉链，嘴里开始摆起龙门阵了。首先就刚才钱包的贵重物品要保管好的话题进行延伸，某某人从银行取了钱出来，遇到地上有一沓钱，这时有一人拉着他，问他要封口费，最后自然是货真价实的封口费换成虚假的一沓草纸。诸如此类的钓鱼类骗钱的案例说了好几个，有别人的也有他自己的，有亲身经历的也有道听途说的。虽是老掉牙的案例，不过老宋是好心，我们也姑且听之。

老宋的话匣子里必不可少的一个内容是他9岁时经历的生死劫。

"1949年国家刚解放，那时候条件真是差啊！没吃没穿的，我姆妈没得办法，给我吃了皮糠，吃得我在河滩上几个小时拉不下粑粑，寒风阵阵，阎王老爷就在我旁边准备带我走啊！嗳！邻居家仅有一点香油，姆妈问人家借了给我喝，我才活过来，才有了今天的我，否则哪还有我在这里修鞋，骨头都烂得不知在哪里了。嗳！那像现在的人条件好啊！一个包都几万，现在用坏了，都不修了，直接就扔了，嗳！"这段老皇历我已经听了不知多少遍了，但是每一次听了以后总还是有一种毛骨悚然的恐惧，不吃是死，吃了也会吃，死亡近在咫尺，这就是贫穷的代价，也是我们先辈们曾经经历过的生活常态。想必老宋也是如此，这才使得那个梦魇般的时刻被他作为复读机般向每个来修鞋的人重复讲述，这其中包含更多的是后怕的庆幸和庆幸的后怕。

因为家里还有些事，母亲有些着急，催老宋快点，老宋辩解道：

"着急不来的，你吃饭也得一口一口地吃呢。你们从远处来我这里修鞋，是看得起我这个老头子，我要对得起你，得把你这活做好，你看这拉链，你得向内扳，再往下压了拉，遇到拉不过的，得缓一缓，往回倒一下，顺着齿拉。好多人不明白这个道理，往外扳，向上提，遇到拉不过的用力扯，拉链能不坏吗？这个窍门其他修鞋的不会告诉你的。你不要着急，我再帮你加点油。"老宋边说边不慌不忙地从旁边的一个小瓶子里，沾了一些机油沿着拉链齿"嗞啦"一声滑过，然后反复地把拉链拉了几遍，直至非常顺溜才交给我。

接着修母亲的小包。老宋继续拉他的家常：

"上次有一个镇南的小伙子在我这里修鞋，他说他上初中时在我这里修鞋的，现在他在国外工作，国外啊，你说这……老板，你在哪儿发财啊！"

"我不是老板，我是一个穷教师，以前也在这里上初中，也在你这里修过鞋，也在这个镇上做过老师，现在在苏州……"我回答道。

"苏州啊！是个好地方啊！我几十年前就去过苏州，那儿有虎丘塔、白寺塔、寒山寺，还有阊门，我们老祖先就是从阊门下来的……"

"是的，我们祖先也是洪武年间到这里的。"我附和道。

"苏州好啊！嗳，上有天堂，下有苏杭，镇上医院里有个叫宋××的你认识么？"

"我认识，他也在苏州，他是你侄子，对吗？"我和他侄子有一面之缘，老宋没有接我的话，他在专心挑一个适合母亲小包的拉链，他在那个铁盒子里翻了又翻，最后找了一个金黄的有一个皇冠的拉链，和妈妈的黄色小皮包挺配的。就这样两个包修好，已经远超半个小时了，最后付钱，12 块钱，我扫视了一下四周，没有微信和支付宝的小牌牌，便递给他 50 块钱，并笑着问他：

"怎么没有挂个微信、支付宝？"老宋没有回应，他大概又没有听见，不过，即使听了，他可能也不懂微信和支付宝是个什么玩意儿。他反复把我给他的 50 元对着光照了又照，我知道他是担心收到假钱，便说："你放心，我的钱不会有假。"他说："都要看，我的钱你也要看。"

我们出了修鞋铺，老宋先是关照把东西带走，然后用他那洪亮的声音为我们送行："恭喜你发财啊！一路平安……"那洪亮的声音混在正午的阳光里，那样炽热。

上了车，母亲抱怨道："这个老头子话太多，两个拉链花了快 1 个小时，在苏州 10 分钟就修好了。他眼神不太好，又拉呱，生意难怪不太好。"我笑笑没说话。

我驱着车奔驰在乡村田间的水泥路上，20 多年前，这条路是我上学的必经路，那时只是一条乡间小道，连沙子路都不是，到了下雨天，坑坑洼洼，又是水又是泥的，让我吃尽了苦头。一个星期日的黄昏，我那双塑料凉鞋终于在这片泥泞地中彻底罢工，一只鞋的鞋帮断了，一只鞋的鞋带断了，我赤着脚拎着一双鞋走到一家鞋铺，那个修鞋匠，在昏黄的灯光下为我一点点地修补那已经不成形的凉鞋，用着浑厚、洪亮的嗓音，用着带"嗳"的语音和我唠嗑，那股温暖至今难以忘怀。

2019 年 9 月 24 日

# 第三辑 天籁什锦

　　作家的笔应该是一支可以呼风唤雨的神笔。不是夸张，也无须夸张，必须是这样的。对自然的描写、思索是一个作家最基本的素质，截取那些最有神意的天籁之音，做成一道最丰富生动的什锦，不进烤箱，山川河流自成；不加料，清风明月自调。来了！

# 江南河

在我房子的边上有一段京杭大运河，它最初叫江南河。我打开窗户就可以看到它，每天晚上散步也会看到它。我和它着实是有缘分的。

还记得十多年前，我第一次来苏州，那是一个下午，天空灰蒙蒙的，我来到这个小镇的一所学校应聘。从学校出来，心情有点沉重。10多年前浒关老镇拆迁还没有开始，人气不错，可那些筑终究无法掩住年代的沧桑。我从苏北一路南行所看到的令人称羡的经济发达的景象，甚至不久前看到苏州城的喧闹都仿佛在瞬间变成美丽的泡影。在浒新路的一个公交站台上，我看着那道路上飞舞的尘土，觉得自己似乎是一脚踩进了某个被尘封的江南角落。

出了学校大门，我沿着浏沽泾西行，那时的我还不知道这条河叫浏沽泾，那只是一条普通得不能再普通，散发着气味的臭水沟而已。一里路不到，我的面前出现了一条喧闹的河流，河面上船来船往，马达轰鸣着，时不时传来短暂而响亮的鸣笛声，有时还会有如长龙般的船队驶过。我的心突然有种悸动的感觉，河面水气蒸腾，在那个下午，把江南的韵味瞬间烘托。沿河的是一条用极有年代感的条石铺成的高低不平的道路。一路延展开来，像一条汉服的腰带，泛着黄色，带有褶皱，歪歪扭扭地束在运河的腰际。很快我从一位散步的大爷那里知道了这条河流的名称，竟然是大名鼎鼎的京杭大运河。这就是我和这条河的初次相逢，是那样猝不及防，是那样扰乱心肠。

　　说到京杭大运河自然绕不开隋炀帝杨广。"炀"是杨广的庙号，据古代《谥法》说："好内远礼曰炀，去礼远众曰炀，逆天虐民曰炀，好大殆政曰炀，薄情寡义曰炀，离德荒国曰炀。"就是说远离人民、不尊重礼法、好大喜功、薄情寡义、无德、治国不力，谓之曰"炀"。其实杨广起初的庙号是"明"，由其孙越王杨侗追谥，农民军领袖窦建德追谥杨广为"闵皇帝"，后来李渊逼迫傀儡杨侑禅让，建立唐朝，追谥杨广为炀皇帝。李灭隋建唐，对于末代皇帝杨广自然不会给他好的谥号，隋朝灭在杨广手上，他当然也称不上"明"。杨广的一生一方面就像他所开挖的大运河一样浩浩荡荡，波涛汹涌：他文治武功、雄才大略，一时无二。任晋王期间，率军南下消灭南陈，结束从西晋之后220年的乱世，使中华大地重新归于大一统；即位后，开创影响深远、堪称封建统治基石的科举制度，甚至他的诗还被唐太宗李世民称赞为"文辞奥博"并谱成曲，让乐官唱和；修隋朝大运河更是功在千秋万代。这样的皇帝你说他一无是处，说他昏庸，真的毫无说服力。但是另一方面本应繁荣的隋王朝却因为他北征吐谷浑，三征高句丽，穷兵黩武以致最后土崩瓦解。他为实现自己的政治理想，而置万民于水火，急功近利最后身亡国灭。这种罪在当代、功在千秋的历史特例令人扼腕长叹而又拊膺深思。这一切也像这滚滚流淌的运河水一样，既能惠泽万民，也能化身洪水猛兽，是功是过只待后人评说吧！

　　我在沿河的一间小商店买了一瓶矿泉水，一边喝着一边在门前找了张小竹椅坐下，平视着这条非同凡响的大运河。运河的两岸都是密密麻麻的民居，对岸民居有江南水乡粉墙黛瓦的特色，算得上整齐；而我所在的这一侧，民居稍显芜杂，其中有一些和我背后的房子很相似，颇有特色，屋梁、立柱都是以木质为主，屋正面为开放式，一排排刷着红漆的门板，慵懒地排在屋前。这些房子看上去有些年代了，里面很杂乱，几个老人坐在里面闲聊着，一条狗趴在门槛边，伸着舌头，把头和身体摆成一条直线。

暗红色的门漆、斑驳的痕迹，描写着午后的宁静，也隐晦着经年的故事。我看着这近在咫尺的运河，听着那水浪拍击河岸发出的啪啪的声音，竟然有种久别重逢的感觉。是的，那一瞬间我想起了我家门前的那条小河，说它小，当然是和眼前的京杭大运河相比，无论从其规模还是历史、名气而言，它都无法和这世界上最长的人工河相比，但是它自有它无可比拟的地方，比如说，它直通黄海，和运河在内陆纵横驰骋相比，与汪洋大海零距离接触，自有别样的豪情。但是自从工作之后，我每次都是匆匆而回，匆匆而去，门前的那条小河早已成为我摩托车把手边时隐时现的一条白线，想到这里我内心有一种怅然若失的感受，那是一种遗忘掉自己极为珍爱的东西而突然想起的恍惚。而在这个下午，运河河面漂浮的雾气朦胧了我的眼，让我仿佛穿梭时空，重新回到嬉水的童年，耳边也仿佛响起了儿时伙伴们玩闹的声音，一种久违的温情从心间缓缓升起。

我站起身，信步在河边徜徉，脚步踩踏在凹凸不平的石板上，任由河风吹拂着面庞，心里的郁闷也随之隐隐飘散。在那一瞬间，我有种置身沈从文的《湘行散记》中的感觉。虽说那宽阔和缓的运河水和湘江的险滩林立有些区别，湘江的长河清流和浑浊的大运河也不尽相同，浒墅关两岸的民居自然也不是湘西鲜明风格的吊脚楼，但是这些似乎都阻挡不了我固执地把它当作湘江中的沈从文停留的某一段。也许是那异乡的水雾让我和沈从文当年有着一样的感受，也许是那来来往往的轮船让我联想到沈从文笔下的戴水獭皮帽子的朋友和那些多情的水手了，也许是两岸林立的商店让我想到那些吊脚楼下招揽水手们的烟店、皮匠店、米店、药店，也许那一瞬间我意识到这是一条和湘江一样写满故事的河。我和这条河的缘分就这样悄无声息地到来了。

# 頔塘河

一个冬日的清晨，我就这样闯入了这块古朴、厚重的地界，一座建在岁月上的小镇——震泽。

頔塘河河水从禹迹桥下潺潺流淌，两岸的粉墙黛瓦，小家雅舍，望族台门如同民国时代的电影抽拉片一样逶迤而过，披着经年风霜的墙壁、红门、雕花窗户便在模糊的光影里进进出出，如真似幻。不知那家小楼里传来"咿咿呀呀"的昆剧"白日消磨肠断句，世间只有情难诉……但是相思莫相负，牡丹亭上三生路。"一时间颇有些穿越之感。乘着的小船便在时断时续、销魂断肠的曲调中缓缓前行，船娘来回推拉着船桨，一条似乎和那唱腔一样百转千回的波纹在河水中宛转着，脚下的頔塘水如同那杜丽娘长长的云袖一般伸展向远方。

几里路的游览路线很快就到头了，上岸立于一座普通的桥上，蓦然间发现自己竟然是站在一个很有趣的分界线上：手的一侧是刚才走过依旧保留着"人家尽枕河"风貌的原汁原味的江南古镇，另一侧则是 21 世纪喧闹繁华、商铺林立的震泽小镇。时光就这样毫无征兆地无缝衔接在我的眼前。

我回看頔塘河，恍惚间，那里突然出现了另一方天地，如同仙师布置的结界一般：那里有一条船，船上有两个人，一个戴着眼镜教师模样的人，手里拿着一只蚕茧，嘴里在说着什么，而边上秀气的女学生，在娴熟地操作一台经过改装过的缫丝机，他们神情是那么专注。两岸挤满了当地的蚕农们，他们正在为蚕病减产而束手无策，虽然那香火旺盛的蚕娘娘，给了他们精神的安慰，但没有好转的蚕宝宝们让他们渐渐动摇了自己的信仰，而河中的先生让他们看到了希望。

郑辟疆、费达生，一对为蚕丝而生的师生，也是一对因蚕丝而结缘的情侣。震泽是他们的第一故乡，浒墅关是他们的第二故乡；教育、蚕丝是他们的事业，更是他们的第二生命。他们选择了蚕丝，让蚕丝五彩成霓；蚕丝选择他们，让他们历劫成神。这些都是上天对震泽的眷顾。一座养蚕产丝的小镇，一定是配得上这种造化的神奇。

这世上有无数感天动地的爱情，可有谁比得上蚕对丝的执着和爱恋。前世种下的因果，这一生用那一片片的绿桑把它们从体内唤醒，吐丝结茧让他们降临人间。丝用身体在红尘中为蚕蛹结一方宁静的天地，缝合蚕这一生的痛。默默注视着、安抚着、弥合着。不久之后蛹化飞蛾，轮回而去，而丝则长留人间，它承载蚕短暂生命所有的精魄，所有对时光的诠释，所有对人间的留恋。那长长的细丝宛若蚕的泪，滴滴清泪化成三千蚕丝，所有的不舍，所有的蓝图，所有的话语都留予世人去描绘。郑辟疆就是这样的一只蚕，而比他小22岁的费达生则是那蚕结成的洁白而圣洁的丝。

我看着和脚下的桥遥遥相对的禹迹桥，桥边那如同定天河神珍铁般陪伴在一侧的慈云塔，想象自己可以神魂穿透千年风云。"问世间情为何物"，那慈云塔上守候日出日落望夫的孙尚香，思念积成千千泪，流淌成那漾漾的頔塘河，流入古江南河，归长江入西蜀。敲打在夫君、儿郎的梦里枕边。这份痴心想必只有用蚕的精魄方能呵护、安慰，只有大禹堪称伟力的神迹才能守护、陪伴吧。那逃难于此的宋徽宗的女儿——慈云公主，每日在晨钟暮鼓中为身陷囹圄的父兄祈祷，吴越胜景在眼前，家仇国恨浮心间，那一针一线的痛苦绣成绚烂的宋锦。从郑、费朴实无华的真情，到孙尚香的苦恋，再到慈云公主的家国伤情，江南的千年风韵化成绣娘手中的根根银丝，把人世间的爱恨情仇织成那绝美的绫罗绸缎，织成华夏民族圣洁的图腾。当我用手抚摸着那薄如蝉翼，轻似云雾，润犹浅露，滑若凝脂的织锦，心里却生出脚踩满是小凹凼青石板的沧桑和沉重感。这种感觉似乎不太调和，但于我却是无比真实。

　　于这集吴越精华于一地的古镇，我们终将只是过客。无限留恋之际，我再次徘徊在小镇两岸，在仁安里一户正在箍桶的老人店铺前流连。老人面色红润、秃顶，正在全神贯注地打磨着手里的一个提水的桶。小屋里堆满了很多成品，另有两位老人在一边抽着烟闲聊着，而河边正有一位大娘在頔塘河里洗着衣服。一圈圈的波纹从老人的手心向四周扩展。我脚下传来的那种沧桑感突然变成一种温暖，从涌泉经丹田奔百会，那一瞬间，我似乎懂得这座古镇悠悠岁月里真正的底蕴。

发表于 2023 年 03 期《散文选刊》

頔塘河、禹迹桥、慈云塔

# 复兴河

对于我而言，爱上一条河流，不是它的清澈如许，也不是它的弯曲如斯，甚至不是它如母亲般哺育我们，而是它的故事。每一条河流都是有故事的，爱上一条河流则从听到它的故事开始。

我现在的家是在被称为人间天堂的苏州。环绕苏州的是一湖一河，湖是太湖，河是世界上最长的人工河——京杭大运河。这一河一湖就像苏州的两条大动脉，把那白色的血液输入苏州城里成千上万条静脉——小河，使得这座老城在两千多年里焕发勃勃生机。

京杭大运河就在我所住的小区边上，每天我枕着大运河的涛声入眠，在船的鸣笛声里我会进入甜蜜的梦乡。这条大运河是隋炀帝开掘，造福老百姓近千年，是一条名副其实的黄金水道。每当我看着这条滔滔的河流便会产生一个奇怪的想法：

"陆游说'三万里河东入海'，那么所有的河流最终都要向东流是吗？"

如果那样的话，那么它也会流经我们老家门口吧，我喃喃自语，随即我又自我否认：

"那可不一定，入海口有好多呢！"

城市上空的月亮静静地看着我自问自答，我发现我和它今夜都是那么孤独。今夜是十五，然而本该满轮光辉的月亮却被地球给挡住了，人们都在兴高采烈地观看这难得的景观，而我却莫名地和明月产生共鸣："有谁了解月亮此刻的悲伤，如我一样。"

是的，在这个地球遮住月球的时刻，我莫名地想起了很久没有回去的故乡，想起了老家门前的那几条河流。和苏州这两条大湖大河相比，我们老家的那几条河实在是微不足道，但在我的心目中它们是我童年时最好的玩伴。那时候母亲洗衣、淘米都要到门口的那条名叫复兴河的河边去，我则在边上用手泼水玩耍，有时候竟然还会有几条小鱼来亲我的手，它们一定是把我的手当成美食了吧！母亲说这条河和我们村子的名字一样，听说一直能流到东海去呢！这条叫复兴河的河流在我粗识了一些字之后，有时会有一种莫名的激动，因为我知道这"复兴"一词的含义很美好："重新兴旺发达"，"重新"是不是意味着我的祖先居住的地方曾经很繁荣兴盛？那么，它是一个怎样的情景呢？怎么就没有人提到过呢？再环顾自己的乡亲，都是再普通不过的老百姓。渐渐长大了，那曾经很有意蕴的名字竟改成了土里土气的"胡灶"。不过这告诉了一个我不得不接受的事实，我的祖先和这里的万千黎庶一样都是烧盐灶的，没有任何我所想象的显赫过去。当然也有我不理解的地方，比如我姓陈，并不姓胡，这是为什么呢？

"我们的老家不在这里，是在老复殷村。"父亲说。

复殷村也是我们这个乡镇的，只不过距离我们村有十几二十里路，在马路河西。马路河是 1952 年冬天，大丰县委县政府组织 13000 多名民工开挖的一条南北走向、规模较大的河流。

"噢，原来我的祖先是移民。"虽然这个移民的距离并不太远，但是作为移民有一个共同的心理，他们是冲着过上幸福美好的生活而移民的，用"复兴"一词，自是包含重新振兴之意，这里也有一个"复"字，也许起名者表示不忘根本，与复殷村是同体连枝的意思。在一瞬间，我所有的疑惑都得到了解答，但是又似乎都没有得到解答。

我们附近还有一个更神奇的河名叫血泰河，据说在清朝时挖这条河的时候，挖到了陶土层，这些陶土在水中浸泡，呈现出血红色，一开始人们很慌张，以为是挖到了什么邪物，后来才明白其中的原因。这些河流伴随着我们的村庄几百年了，以前村子里种水稻，所以田间有很多条沟沟渠渠，但是后来由于改种棉花，这些沟渠逐渐地就消失了，甚至有一段时间人们还把农药的残渣倒到河里，致使河里水质迅速变差，一些动物的尸体有时也会在河中发现。一条另类的血泰河让人心痛ami又出现了。

还有更神奇的传说来自一条名叫"斗龙港"的河流。说从前有一户人家养了一头牛，这头牛非常健硕，是远近闻名的牛王。但是有一段时间，主人发现每天清晨牛身上都是水和泥，甚至还有伤痕，就觉得奇怪，后来就悄悄地观察，结果发现这头牛竟然是到附近的恶龙滩和一头蛟龙打架。这时双方正斗得不可开交，蛟龙利用空中的优势，不断从半空中袭击老牛；而牛则有双角的威力，只要和蛟龙一接触，它就猛地用角刺向蛟龙。双方各有优劣，谁也无法打败对方。一时间，恶龙滩方圆几十里狂风阵阵，雷声轰鸣。蛟龙尖利而急促的鸣叫，牛深沉而响亮的怒吼，交织在一起，撼人心魄，动人心魂。这时东方就要露出鱼腹白，牛卖了个破绽，退出了恶龙滩，蛟龙赶紧钻到水里去了，牛像往常一样回到了牛棚。主人决定助牛一臂之力，就请铁匠打了两把又长又锋利的镰刀，绑在牛的角上，结果再次交锋时，蛟龙被牛打败了，逃走了，逃的时候疼痛难忍，身体不断打旋，于是就有了今天的斗龙港九曲十八弯的地貌，斗龙港之名也就由此而来。我们老家酒厂有"斗龙"系列酒，我的那些乡亲们正是喝着那廉价的烈酒，在沿海之滨战天斗地，在盐碱地上建设出自己美丽的家园。斗龙就是他们心中最伟大的图腾。

月亮终于从地球的阴影中挣脱，观看月食的人们发出遗憾感叹声，而我则有一种解脱的庆幸。月色清辉重新洒在那充满生机的运河上，很快新的一天又开始了，城市的第一缕阳光将照在我的窗前，我在异地的"复兴"也开始了。

# 浙西大峡谷

大概没有哪里的水能够像浙西大峡谷那样留给我如此复杂而深刻的情感体验，而这一切缘于我曾经戴过的那副金丝眼镜。

去浙西大峡谷之前，我到网上查了很多关于浙西大峡谷的信息，包括有哪些著名的景点，要注意什么等，也做了充分的准备，带了干粮、水果、衣服、相机等。导游通知第一个项目是漂流，发给每人一个塑料袋，让大家把相机、手机等重要的东西放到里面去，以防被水淋湿了。

到了漂流的地点，我们看到前面的几个木筏已经在河中间"开战"了，有的游客自带水枪，打得热火朝天，还有那些没带工具的游客，用手抄水也玩得不亦乐乎。我们这一船人看到这情景都有点跃跃欲试了。上了木筏坐好，船工撑篙出发，一边撑筏一边对我们说，待会前面有一个大的浪头，大家注意安全。船工说了这么一句，也没有具体吩咐我们怎么注意安全，我们听了心里有点嘀咕，但是因为不太清楚到底会是什么情况，所以虽有点忐忑，但又不知该要做什么来预防，渐渐地也就忘了这事。

突然那船工说，坐稳了。说时迟，那时快，只见一个浪头劈面而来。我们根本来不及有丝毫的思想准备，只见眼前白茫茫的一片，浪头自上而下压过来。我和一位同事正好坐在第一排，成了阻击浪花的人体盾牌，而且我们还由于条件反射猛然都站了起来，用手去遮挡兜头而来的巨大水花。不幸的是我除了受到了对面浪花的扑击以外，还感受到了旁边的那个高个同事身体和手臂的力量。因为我们同时站起来，身体发生了碰撞，然后我就觉得眼前更模糊，我意识到眼镜掉了，赶紧手忙脚乱地俯下身去捡，果然看到我的眼镜掉在竹筏上，我急忙伸手去捡，那眼镜却在水波的作用下，和我捉迷藏似的弯弯扭扭，转了几个方向，然后迅速地随着水波向河底直坠。我大叫："我眼镜掉了，我眼镜掉了……"可是大家都在惊呼，根本没有人理会我。过了那个急滩，大家才知道我眼镜撞掉了，可是众人还沉浸在兴奋中，也没有人关心我，反而被人嘲弄了一番。我说能否回头让我下去找，那个船工很平静地说："去了，你也找不到了，水那么深，它在水中会飘的。"他又加了一句："每年这里面掉下去的东西无数，不要说眼镜，相机、手机还有好多呢！"听了这话，我无比沮丧地瘫坐在那张已经满是水的凳子上了，我回过头异常无助地看着刚才经过的地方，水面一片平静，就像什么事也没发生过一样，其余人继续在水面上打闹着。

这时候有人说："你待会儿上岸，找景点的人看看有没有办法。"听了这话，我仿佛抓到一根救命稻草，向那人点头致谢。我再也对那打水仗什么的提不起任何的兴致，只是希望木筏快些到岸。我的此次旅游行程几乎是从这一刻开始像我的眼睛笼上雾气一样变得沉闷而抑郁，等我终于上了岸后，好不容易找到旅游景点的人询问，结果和那个船工说的话几乎完全一致，我找到眼镜的希望彻底化为泡影。我拖着沉重的脚步跟随着大部队行进着，其间也有几个要好的同事询问并安慰。他们建议我晚上到旅社时，出去买一副。我摇了摇头，因为我有一只眼睛是散光，仓促间未必能够配到合适的眼镜。

第二天才是本次浙西大峡谷的正式行程。然而，我的眼镜掉了，从某种程度上说我的旅程等于画上了句号，之前所作的一些准备这时都似乎成了一种讽刺。浙西大峡谷的景色其实是真美的，但是当我今天写这篇文章，想要找出当时拍的照片时，却发现搜遍电脑也找不到当时的任何一张照片，这才意识到那次糟糕的心情让我失去了拍照的欲望，这就让我失去了重温那次美景的机会。

现在回忆起来，还记得沿着一条崎岖的山道登山的过程，一路上经过一个晃悠悠的吊桥，途中似乎听人说有娃娃鱼，然而并没有见到。最令人兴奋的莫过于看到有人在走钢丝表演，那钢丝是架在两座山谷之间的。山顶有几座寺院，照常香火兴旺。除此以外，满眼的青绿山色，虽然在我的眼睛里是模糊的，但是无疑那些绿得满溢的山川对于久居城市里的人而言是一杯上佳的宁神静气的香茗。还有就是一路上伴随我们的潺潺流水，虽然现在的很多旅游景区充斥着铜臭味，但是这里的水还是给人一种小桥流水的温馨以及缠缠绵绵的情味。

多年过去了，我还是很想念我的那副眼镜，觉得很是沮丧。然而现在想来眼镜掉了，对于一个度数不太高的人而言，其实只不过是暂时的不适应而已，事实上我3天后回来时，我的眼睛在没有眼镜的情况下已经看东西很清楚了。但是可惜的是我把那失去的眼镜一直扣在心上，从浙西大峡谷带回家，从那时一直带到今天，致使当时面对那么美丽的景色都没有很好地投入心情去欣赏，甚至今天回想起来，那一次的旅行除了那双眼镜掉落外再无其他的感受，这岂不是辜负了浙西那美丽的风景。

是啊！人生中随时随地都会碰上不如意的事情，但这并不可怕，可怕的是自己心里的那道坎。我当时过不了的坎就是："如果当时我不站起来，该多好；如果我当时坐在后面该多好；如果我先把眼镜收起来该多好。"这些"如果"无疑是自己给自己念的魔咒。念的越多，心里的魔越是纠缠不息。其实当时花个几十块钱买副眼镜也是可以的，可是说到底还是心里的结解不开，觉得应该配个和原来一样的才好。很多时候一定要追求一个完美，这种执着就变成了执念。退一步海阔天空，缓一步柳暗花明，适时的变通才是智者之为。那么多青山绿水本可成为最好的治疗沮丧的良药，可惜的是我用这种执念把美景化成一种反衬，成了柳宗元式的万水千山总是痛了，确实是大错特错了。

　　不出意外的话，我的那副金边眼镜应该还静静地躺在浙西大峡谷的水下，其实那是多美好的一件事啊！因为它帮我每时每刻欣赏着那清澈至极、浓郁至极的泉水和山川。

# 一花一世界

"一花一世界，一叶一菩提。"花的生命是短暂的，花的色彩是姹紫嫣红的，花的世界该怎样的呢？风吹花，花不语；雨打花，花不言。花的世界很大，大到装得下人的爱恨情仇、怨嗔痴求。

## 富贵竹

开学来到办公室，案头富贵竹的叶子已经有一些枯黄了。近一个月的时间没有人打理，再葱绿的绿植也是支撑不住的。感慨之余，赶紧做补救措施，换水是首要的，然后是把每一枝富贵竹抽出来，用剪刀斜着剪去根部已经发黄发黑的部分，再就是把一些已经枯黄的叶子从枝干上剥去。经过这样一番打理之后，发现原先一大捧的富贵竹现在已经缩小成可怜的一小把，原先郁郁葱葱，精神抖擞，直立于水瓶之中如同出操的军人一般，而现在却只剩下几片可怜的半黄半绿的叶子，病恹恹地毫无生机地倚在瓶壁上。

这束富贵竹大约是两个多月前花了10块钱从超市买来的。缘由则是看着办公室的一位同事在案头上养着一盆富贵竹，翠绿欲滴地惹人喜爱，于是心痒难耐，也去买了一束学着养养。最近由于房子装修，家里买了一些绿植，逐渐地也就对养花产生了兴趣。是啊！身居花了上百万购买的钢筋笼子之中，想着头顶上还有几十户人家，离蓝天还有若干层楼板，脚下也有几十户人家，离大地也还有若干道钢筋混凝土，就觉得很是憋闷。再拿这些和乡村的独门独院、头顶蓝天、脚踩大地相比，那种城里人的优越感顿时荡然无存，所以在家里养上些绿植也是一种心理补偿吧！每天到家欣赏着一盆盆绿植，感受着大自然的气息，那种洋溢着盎然生机的绿就是治疗城市寂寞的灵丹妙药啊！我想在案头上摆上这么一盆富贵竹，工作之余，不时欣赏抚触，那定然是一种享受吧。

花当然是难养的，这一点常识我还是懂的。向那位同事讨教了一番，她说了许多技巧，我抓住了关键词是"换水"，具体而言就是一周换一次，这期间如果发现水少了，一定要添加。这一点我也懂，当然也是可以做到的，于是就严格按照那位同事的要求去做。这样过了一周左右，我发现有几根富贵竹根部竟然长出小小的根须，那一根根小须仿佛是富贵竹这个小孩头上的垂髫，是那样的可爱，于是我天天很自得地欣赏案头上的这盆绿。

富贵竹植株细长，尤其是它的叶片，披针形，似竹叶，叶上有蜡质层，摸上去光滑、清凉，有一种油油的感觉，如玻璃般平整，似碧玉般凉润，又像绸缎一般柔滑。如果你凑上去嗅一嗅的话，似乎有淡淡的清香在轻吻你的脸颊，那种感觉如同你在田间劳作，身边的麦苗、青草气味氤氲在周围一般。你在刹那间会有种异样的感受，仿佛你已是一位农夫，身处一望无际的田野之中，万籁俱寂、身心俱融。

富贵竹上部有分枝，枝干结节状，直立，株态玲珑，看上去就像一株株浓缩版的小竹子。这一枝枝小竹子插在案头的花瓶之中，让我每日如处竹林，瞻仰竹子挺立的风姿，感受其傲人的节操，诗意文章便不禁从胸中升腾。

然而这种快乐并没有维持多长时间，有一天我突然发现，富贵竹的叶子开始打蔫了，发黄了，又过了几天，情况更糟了，于是只能求助于那位女同事。女同事除帮助我剪根、剪叶外，还用了"秘方"——在水中加了一些铁片。这样富贵竹经过了最初几天僵持，终于止住了继续颓丧的态势，其中一片叶子甚至开始转青了。我不由感慨，这养花真是一门学问啦。我的爱花看来只不过是叶公好龙而已。爱花更重要的是要懂花，只有懂才能够真正地爱。不过，我明白这个道理看来还不晚，至少我案头的这株富贵竹并没有因为我的浅陋而完全枯萎。

不久后就是放寒假，同事反复叮嘱我，寒假期间，要么把花带回去，要么得记得过来换水，我满口答应。然而，一个寒假，我来了一两趟办公室，正好是晚上，也就忘了我对案头上的富贵竹应尽的责任。开学后，我案头上的富贵竹再次奄奄一息了。我看着那垂垂老矣的富贵竹，想到在一个多月之前。它还如一个亭亭玉立的仙子一样，俏立在案头，伴我度过工作的分分秒秒，也激发了我无数的灵感，而我在享受这一切的时候，却忘记了这世上任何一种得到都是需要付出的。富贵竹对我的要求其实并不高，它要的是我的懂得和陪伴，可惜的是，我并没有懂得更没有陪伴。这时，同事拿了两株新的富贵竹给我，劝我把那几株已经衰败了的富贵竹扔掉，我摇了摇头。我想我现在才是真正地懂得：倾心呵护，不离不弃，才是养花的真谛。作为一位教师，我也瞬间悟得，这其实也是教育的真谛啊！

不离不弃，伴随成长，静候花开。

## 凤仙花

凤仙花是一种极普通的花，普通得人们常常把它误以为是草。

一般的花儿叶子很宽大，很肥厚，但凤仙花的叶子却是又尖又窄，呈卵状披针形，有倒刺，茎很长，达30至80厘米，而这正是草的常有特征。当然如果有机会看到它们开花，你定然可以分辨啦。而且你知道吗，它的花很有特点，像一只头足尾翅都向上翘的生机盎然的凤凰，这也是凤仙花得名的由来，所以它的花朵虽不富丽华贵，却也风姿清丽，落落大方。试想一下，在它开花的时候，那一簇簇凤仙花争相开放，就像一只只小凤凰突然降临到你家的房前屋后，一阵风吹来，那些个小凤凰们便在空中腾跃纵舞。那该是一幅多美的画面啊！

　　凤仙花的作用还有很多呢！先谈包指甲，这是通俗的说法，用现在的词叫染指甲，就和我们今天很多女孩子用指甲油涂指甲一样，不过凤仙花更高级，因为用凤仙花染红指甲之后那颜色一时半会儿是洗不掉的，而且没有任何的异味，真是纯天然的呢！怎么包呢？把凤仙花捣碎了和明矾混合成泥状，再用一种叫垦麻的植物叶子将这种混合的泥包裹住手指，一般情况下，一个晚上也就差不多了，但要想手指甲红一些的，也可以多包几个晚上。在民间，自古以来人们就使用凤仙花花瓣染指甲，据说唐朝歌女李玉英善弹琵琶，她喜欢用凤仙花瓣把长长的指甲染得红艳艳。弹奏时，她怀抱琵琶半遮面，用鲜红色的长指甲轻轻拨弦，琵琶发出如山涧流水般的优美音律，被时人誉为"落花流水"。另外用凤仙花混合醋在大伏天泡脚，可以去除脚气、灰指甲。它还是一种极有价值的中草药，在《本草纲目》《采药书》等多本药书中都提到它的功效：祛风，活血，消肿，止痛。

　　然而这样的一种宝花，对人却几乎无所求，它没有兰花那样娇气，也无须像牡丹、芍药、海棠那样定时浇水、施肥，精心照料，更无须因为它们的水土不服、多光少阳而心急如焚。它们具有和蒲公英很相似的特征。成熟的凤仙花果只要受到一点点外力，便会炸开，凤仙花的孩子们就会一个个争先恐后地溜了出来，在它们母亲四周安营扎寨、汲取养分、成家立业、自力更生，这一点和我们人类是何其相似啊！

　　农家的孩子结婚之后，便有一个很重要的仪式叫"分家"。这是一种表示孩子独立生活、撑门立户的传统而庄严的仪式，这一天，家里会请村里的长者、干部以及一些至亲的亲戚来作证。请大家吃一顿饭，然后在大家的见证下分给孩子一些钱、房子、土地、生产生活器具等，贫穷的人家还会分割些债务。分家之后，孩子和父母之间就各过各的生活了。毋庸置疑，分家是农家人成长阶段中最重要的一道分水岭。那些原本无所事事的年轻人被套上生活的枷锁后，渐渐地变得忙碌—成熟—憔悴，以及多年之后的衰老，一个个完成了从孩童到青年到男人的蜕变。在这样的传统氛围下，孩子一年半载就能够独当一面了。当然孩子们的新家离父母不会太远，父母不放心也会经常去照料照料，一个村落慢慢就这样形成了，这是不是和凤仙花有点相似呢？

　　凤仙花是一种在乡村蓬勃生长的花，农村广阔的土地给了它们成长的空间。它们并不以花取悦人，也不需要去取悦于别人，但是它们有用，能帮助人。它们具有极其旺盛的生命力，不娇气、不金贵，落地生根、迎风而长。这一切多么像他们的主人，那些在这片广阔土地上生活的农民啊！我爱你，蓬勃生长在乡村的凤仙花！

## 油菜花

　　前几天在高新区五中听课，这是一所邻近运河的美丽学校。评课时，一位老师的话引起了我的注意。他说："我就不多说了，大家一定还要欣赏学校门前的油菜花呢！"后来离开时果然看到，因为学校周边拆迁，有很多空地，这些空地便有好多油菜长了出来，现在都开花了，在这繁华的都市中看到这乡下的油菜花很有一种熟稔的感受，而那一簇簇油菜花在冰冷的钢筋丛中显得格外独特，烂漫、自然。

　　是啊！油菜花确实是美丽的。

　　人们对油菜花美的强烈感受来自它们铺天盖地的盛开。诚然是这样，一株油菜花或者一小撮油菜花是不显眼的，甚至价值也不大，所以油菜花的美首先是它群体的美。这是一种怎样的美呢？

人们对于大海、草原、天空都有一种与生俱来的崇敬感。这是为什么呢？这是因为它们所展现出的一种带有神性的浩瀚和纯粹，往往会令人震撼不已。在农村，铺天盖地的油菜花往往可以给你带来同样的感受。油菜花的生长是不择地的，那些田间种植的，一片片、一丛丛固然是长势喜人，可是那些家前屋后、沟头垄上到处都有的油菜花，一簇簇、一株株也不甘示弱，共同点缀着乡间的风景。你抬头、低头、左顾、右盼看到的一定都是油菜花，这不就和那大海、草原、天空是一样的吗？

一次清明时节回老家，开了一夜车，凌晨才到达老家地界，然而却因为一条主干道修路而彻底地迷路了，原因是现在这个时节正是田间油菜花盛开的季节。大片大片的油菜花开着，天地间就只剩下了那独有的菜花黄和弥漫着的青涩、浓烈的香味。后来在几位凌晨起早的农人指引下，我们终于突出重围，回到家。这时候天已经麻麻亮，在黎明丝丝光亮之下，却清清楚楚看得到老屋也已经被那一丛丛的油菜花所簇拥。

中午时分我在洗车子，抬起头是满眼的菜花，那种金黄一股脑儿都涌入我的眼帘。即使闭上眼，那种耀眼的金黄也是长时间停驻在眼帘边不肯离去。试着猛吸一口气，便仿佛把这些黄的精灵都吸入肺里。低下头一看，咦，那些油菜花都跑到车窗里了，真是奇妙之极啊。什么叫如影随形，大概和这个情景差不多吧，无论你接受不接受，反正它跟定你了。当然这种彻天彻地的美有谁舍得不接受呢？

一株油菜花确也没什么出奇之处，甚至可以忽略不计。这一点是那些花儿们可以炫耀的："你这还叫花？就四个小瓣，我一个花瓣都比你大，你的色彩更是太单一，你就不能改变改变，像我们一样五颜六色多好啊！像我们这样才有人喜欢、有人赞赏呢！再看看你，这也叫开花？"

可是当成千上万株的油菜花高踮着脚，并展开美丽的翼翅时，所有的花儿都会闭上自己的嘴和自以为是的眼神。油菜花的这个特性像它们的主人，那些生活在广大农村的农民们，他们个体如尘埃一样平凡而藐小，而它的群体力量则是强大的，强大到任谁都不敢轻视。

这时，我看到儿子和几个孩子打闹，折了油菜花互相在扔对方，我赶忙喝止，旁边油菜花的主人说：

"不要紧，让他们玩吧，他们能折多少油菜花，多着呢。"

听着对方宽容的话语，我不由感慨万千，油菜花是属于平民的花，它远没有那些牡丹、玫瑰娇气，断就断了，折就折了，并不会影响它最终的结籽，就算是影响了也没有关系，你能把一亩田的油菜花都折了，不能吧，那不就行了吗！这种宽容，这种大度是那些开得再漂亮、再娇艳的花也无法比拟的。

油菜花是花，但又不是我们通常意义上的花。因为油菜花本来就不是用来观赏的而是实用的。对于很多用于观赏的花儿而言，开花之时是它们生命中最重要的时刻，因为这是它们获取交口相赞和实现价值的关键时候，但是对于油菜花却不是这样的，油菜最重要的阶段是结出它的种子，因为它的种子可以榨油，而花对于农人而言意义并不大，所以结出饱满的种子才是油菜花最重要的使命，也才是它生命中最重要的时刻。

既然谈到花，有人就要说花香了，我摘了一朵油菜花，放在鼻子下面，香气似有似无，是一种冷冽而又清爽的味道。这种香气当然是无法和那些霸道地占领你鼻腔的浓郁花香相媲美，但别有一番风味。更重要的是油菜有一种香气是任何花所无法比拟的，那就是榨成油的油香。那种香啊！只要闻过的人没有不喜欢的，那是一种俗世的香，是一种充溢着家庭温馨的香。看着油菜花，仿佛想到几个月后收获的喜悦，仿佛看到了从油坊里榨出的那浓如凝脂般的菜油，仿佛想到了母亲在厨房里忙前忙后的身影，仿佛看到了儿女在饭桌上狼吞虎咽的动人情景。而这些是姹紫嫣红、幽香扑鼻的鲜花所无法给予的，所以我还是更喜欢这若有若无的油菜花香，因为它的丰厚、它的实在、它的美好。

那天我开着汽车回城的时候，在驶进花海之后，两侧的油菜花向我不断招手致意，一个个拍在我车窗前向我问好。它们是如此热情，是怕我这个游子在他乡孤独寂寞吗？还是让我把它的热情带给城市里的那些同伴？油菜花儿们啊，你们的心意，我懂。我和你们的那些在城市寸土块地中侥幸生长的伙伴是一样一样的啊！我们执着地寻找泥土；我们执着地保留从乡村带来的真诚、勤奋、善良、奉献；执着地在那个繁华的都市寻找自己的梦想。

## 柳絮飘飞

运河跑道两侧长着一些柳树，跑步时发现有很多的絮状物在空中飞舞。两个孩子很兴奋，用嘴吹着那些单个的如白毛般的柳絮，儿子甚至跳起来抓向空中那团状的柳絮。这正是暮春三月之时，柳花飞舞在江南的空气中，引发我无尽的思绪。

柳是一种非常易成活的植物。俗语说得好："有心栽花花不活，无心插柳柳成荫。"随手折一根柳枝插入土壤，就可以长成一棵婀娜的柳树。小的时候家乡的柳树特别多，尤其是那河边，到处可见如弯腰浣纱的古代女子一样的垂枝绿柳。对于柳的神奇膜拜缘自一种说法：河蚌每天吸入河边的柳枝上滴下的露水，时间长了，肚子里就有了珍珠。多年之后，当我了解到珍珠形成的原理后，我仍然难以忘怀当年听了别人胡诌后，难以置信而又跃跃欲试的心理。我对柳有新的美好认知是我在很多诗歌里都遇到了熟悉的柳之后："杨柳岸，晓风残月""渭城朝雨浥轻尘，客舍青青柳色新""庭院深深深几许，杨柳堆烟，帘幕无重数"，我发现柳在诗歌里几乎是无处不在。送别诗里有，思乡诗里有，田园诗里有，就连边塞诗里也有"羌笛何须怨杨柳"。婉约词里伤春怀人，柳一定是必不可少的一道佐料；豪放派也不弃柳，"凉生岸柳催残暑。耿斜河，疏星残月，断云微度"（张元干《贺新郎·送胡邦衡谪新州》）。柳在古老诗歌王国里孕育成为一颗最为璀璨夺目的星星。柳树枝头的露水可以让河蚌产珍珠，自是无稽之谈，但是古诗词中的柳的意象在我的心中种下一颗颗诗歌的珍珠，却是确乎无疑的。柳是美的，柳所蕴含的文韵更是动人的。

我的思绪收回到眼前，笑着问两个孩子："你们既然这么喜爱这个东西，有谁告诉这是什么？"

儿子毕竟大一些，说道："我们前面学过的'杨花落尽子规啼''枝上柳绵吹又少'中的'杨花'和'柳绵'就是这个，它就是柳树开的花。"

女儿笑了："柳树还开花，嘻……哈……"

"那你对柳树熟悉吗？介绍介绍给我们听听。"我继续追问儿子。

儿子一时语塞。我笑道："我给你们科普科普。"

"杨柳是中国的原生树种，距今 4000 多年，古代工具简陋，伐取粗大树干非常困难，而伐取两寸来粗的树枝则比较方便。因此，先民所用木材主要是两寸来粗的枝干。柳树则成了人们最常取的木材之一，而且人们还发现柳的再生能力很强，柳树伐过枝干后，茬口处能够萌生新枝条，而且新枝通直，更利于使用。因此人们砍伐柳树的时候，就在一定高度截去树冠，保留树干，以待日后再用，这就是'留树'，后来就变成了柳树。"

"啊，这里还有谐音的原因呢！"儿子笑着说。

我看着那在空气中游荡的柳絮，继续陷入沉思。

时过境迁，现在砍伐工具越来越现代化，越来越机械化，再粗大的树木几分钟也可以让它倒下，这种情况下生长相对比较缓慢的柳树就慢慢淡出了人们使用的范围。再加上一些河流在乡村里渐渐变少甚而至于完全干涸，那么岸上的杨柳自然也就"皮之不存，毛将焉附。"这次回到故乡我留心找那从前随处可见的杨柳，却遗憾地发现在乡村的土壤里已经很少看到它们的身影了。

乡村如此，城里自不待言，城里的树木以观赏树木为主，现在新建的小区、公共场所如雨后春笋，种植树木也是一个重要的工程，很多名贵的树木被购买并移植，有的甚至还是远渡重洋而来，毋庸置疑，一株株价值不菲，但很奇怪的是最便宜的又有着婆娑姿态的柳树却难入园艺家们的法眼。每当到春暮之时，看着空中飘舞的柳花，心中有种特别难以言明的感受。柳花啊！你们在空中久久徘徊，不愿离去，其实就是想找一个地方落脚，我知道，你们落在地上，只要有土壤、有充足的水分就会很快地生根发芽，就会很快地抽枝生叶。

我看了运河两岸有很多自然生长的柳树，随后觉得释然。我们太小看了这柳树生命力了，即使乡村到处是水泥马路，城里都是高楼大厦，但是也不会阻挡柳树的落脚生根。你看空中这漫天的柳花就是明证，它们只要有那么一小块零碎的土壤就可以栖身，就可以繁衍家园，就可以激发诗人的情思。

## 彼岸花

有一种很神奇的花，它的名字叫彼岸花，这种花很神奇，据说可以起死回生。这到底是怎样的一种花呢？彼岸花，传说中自愿投入地狱的花朵，被众魔遣回，但仍徘徊于黄泉路上，众魔不忍，遂同意让她开在此路上，给离开人界的魂们一个指引与安慰。从此以后，彼岸花就成为只开在冥界三途河边、忘川彼岸的接引之花。彼岸花如血一样绚烂鲜红，铺满通向地狱的路，且有花无叶，有叶无花，是冥界唯一的花。

彼岸花香传说有魔力，能唤起死者生前的记忆。在黄泉路上大批大批地开着这花，远远看上去就像是血所铺成的地毯，又因其红得似火而被喻为"火照之路"，也是这长长黄泉路上唯一的风景与色彩。当灵魂渡过忘川，便忘却生前的种种，曾经的一切都留在了彼岸，往生者就沿着这花的指引通向幽冥之狱。

当然这只是传说。这种花学名红花石蒜，是石蒜的一种。原产于中国长江流域，分布在长江中下游及西南部分地区，被称作"无义草""龙爪花"。很普通的一种花，那么为什么会赋予如此神奇的力量呢？在民间，春分前后三天称春彼岸，秋分前后三天叫秋彼岸。彼岸花开在秋彼岸期间，非常准时，所以才叫彼岸花。更主要的原因应该是基于人对过往的无比痛惜、怀念。时间是一条单行道，过去的无论是好的还是不好的，都不会再回头。造化之神唯一赐予人类逆流而上的船是回忆，而这艘船随着时光的流逝则会变得越来越残缺不全的，而且这条船的载体只是我们的灵魂而非肉体。所以人们希望有一艘更完整的船能够让我们无论何时何地，无论今生今世还是往生往世、来生来世都拥有在时光河流任意穿行的权利，这在现实中当然是不可能实现的，但是在文学家的创作中还是可以的，于是便有了这艘船——彼岸花。

前不久回老家，由于老家多处地方在修路修桥，一些主干道都不通了，所以只得从一些乡间小道穿行，却意外地发现竟然有很多路都是20多年前，甚至更早些时候走的一些老路，这些路有些是当年上学时骑自行车经过的路，有些是更小的时候到外婆家玩时走的路，甚至还有一条是我只走过一次的路，那是我还很小很小的时候，坐着母亲的车到一个住得很远的亲戚家做客时经过的。当我开着汽车从这些小路中穿行时，那些年代很久、记忆很模糊的往事便如放电影一般清晰地在脑海中一一闪现。我仿佛感到在我的车子上就有那种神奇的彼岸花，它牵引着我的车头，从那些能够激起我回忆的道路上行驶，让那些沉淀于我心底的童稚懵懂、青涩迷惘、少年豪迈；贫穷寒冷、荒芜偏僻、鸡鸣犬吠等往昔岁月，那个下午在心中发酵澎湃。

那一家在路边的小店已经变成了一座超市，多年之前上学时，一场大雨之中，我在这家小店的屋檐下躲过雨；那一座桥下曾经有一个修车铺，我有一次车胎气不足了，借他的气筒打过气；还有砌着红砖墙的那户人家，据说有一个非常美丽的女儿，一个学长和她好像还有点故事，但我从那里经过，似乎从未看到过那传说中的女孩。还有……

太多太多过去的回忆，停留在这些小路上，我的到来，就好像是输入了登录密码，这信息便立马被解密，如美丽的雪花般纷纷飘入我的心中，如涓涓流水一般潺潺激荡于我心中。这个下午对我而言是充满着惊喜的，但其实也是丰富而又沉重的。回忆过去是一种美好而伤感的心理过程。是啊，想想那个青春少年，充满着无限美好的时光已经离自己而去，现在无论你是志得意满还是踌躇满志，都是无法再回到过去，更何况现实中我们有太多的不如意、不称心、不顺畅，这一切更是让我们唏嘘不已。

这正如我们的梦境，我们的很多梦境都是以美好开头，以痛苦醒来结束。在梦里，我们其实就是手持彼岸花，寻找记忆中最美好的东西，然而生活中酸甜苦辣的配比永远是均衡的，所以笑到最后，哭到最后都不会存在，正如我们对彼岸花的渴望，寄托的是一种奢望：彼岸花能够给自己圆一个最纯最真的梦，把最美的东西穿越时空隧道交给自己。其实过去一定已经过去，彼岸花即使存在，它最多也只能让你把那酸甜苦辣再尝一遍，它改变不了人的生命轨迹更改变不了历史的轨迹，所以该是怎样还是怎样。它不会任你筛选记忆，既然如此，那么就不要妄想永久拥有经你精心加工后的美好。爱过的、恨过的，都会结束，扔到时间的河流里，随风而去，多好。

彼岸花开开彼岸，彼岸在哪里？彼岸在初心的方向，彼岸花召唤着我们回视初心，回望这一生走过的路，恨也罢、怨也罢，不再带走，在喝了孟婆的水之后，便了无牵挂。彼岸花确实是一种善解人意的好花。然而在这样的一个时刻给予往生者如此充沛的记忆，似乎并无多大意义，短暂的大彻大悟之后，便是喝了孟婆水将一切归零。所以啊，彼岸花应该时刻开在我们的心上，那样我们就能时刻回望初心，回望走过的路。那如火的色彩，神奇的香气可以让我们避免被声色犬马蔽塞了目鼻。那艳红如血的彼岸花，充盈的香气可以时刻给我们以提醒：我们一直走的路是否已经偏离最初的方向；我们年少的誓言是否已被湮没；我们当初怀揣的那颗心，是否已被岁月的风沙磨蚀。

彼岸花开开彼岸，彼岸是我们当初手指的方向，彼岸花提示我们不要忘记。沿着有花无叶、有叶无花、注定孤独千年的花之精灵一直前行，便会到达彼岸。是啊，前行本就是孤独的，走得越远，便越是孤独。先是身体的孤独再是心灵的孤独，正如那彼岸花一样，花的喜悦叶不知，叶的痛苦花不晓。所以，前行吧，你越孤独说明你离彼岸越近，你孤独难受时就想想你脚下还有一种花叫彼岸花，它的花和叶今生今世、永生永世不会相见。

写于 2020 年 1 月，发表于 2020 年第 6 期《奔流》

# 葵 花

农村现在应该已经没有人种葵花了吧？

我从纸袋里抓了一细把葵花籽嗑着，脑子里开起了小差，我的眼前仿佛又出现了那树立于道路两侧笔直粗壮的葵花秆。众所周知，向日葵是有着追寻太阳的特性的，但可惜我从来没有关心过这个问题，童年的我并不是一个好学的孩子，满脑子的十万个为什么那么高大上的事几乎和我无缘，我可能更擅长于破坏。正常的情况下，我手里一定会拎着一个木棍，至于干什么，那就随心所欲吧，旁边的花花草草，树干树枝，地面随风飞舞的塑料袋，这些都会是我瞄准的对象。

那天下午，家里来了一个不速之客，是村里的一个老大爷，屋子里的气氛似乎有些尴尬。

"那些葵花饼子都被砍掉了！"大爷心疼地说。

我的心咯噔一下，脑袋里一片空白。父亲抽着烟阴沉着脸，没有说话。

两个人都没有看着我，我幼小的心里却知道这事似乎与我有关！

大爷看着我父亲，目光有些游离。

我手里拎着一根小棒子，"啪啪"地敲着家里的泥地面。脑海里那一个个飞舞的葵花饼用极其阳光灿烂的面孔朝向空中，然后又无辜地重重地摔向地面，一阵阵灰尘次第扬起。

大爷从我这里没有得到答案，然后自言自语地说："不过，你个小孩子，怎么能把那么高的葵花秆砍掉呢。对，那是刀砍的，应该是个大人，×的×！"

老人骂了句脏话，然后向我父亲打了招呼："搞错了，搞错了，这个孩子很老实的，我知道！"

父亲从头到尾没有说过一句话，一场近在眼前的灾难就这样消泯于无形，那几棵葵花陨落的战场，就在我家门口大路朝东不远，在我上学必经的路上，那以后每次经过我都会闭着眼狂奔而过。可即使这样，我也总有一种锋利的刀掠过葵花秆脖颈时的快感，那种如六月里凉水过身的爽快，让我对自己的暴虐产生了一种强烈的怀疑和憎恨。

我把一颗葵花籽的尖端放到牙齿中间，然后用牙齿轻轻咬动，葵花籽壳顿时裂开，这个裂开不是整个地爆开，而只是葵花籽尖头端裂开，是一种恰到好处的裂开，这个时候再用舌头尖抵开葵花籽尖端的裂口，利用舌头的唾液的黏性把那个美味的葵花籽仁黏出来，用牙齿轻轻地磨碎，这是最美妙的时刻。这种美妙感受，我曾经有很多年无法触及。我含着葵花籽时，甚至会感受到一股浓烈的血腥味，也不对，是浓烈的绿腥味，然后，我的脑子会一遍遍播放画面，到最后，场景越来越逼真，但也越来越模糊，我越来越怀疑那些葵花秆是不是我砍的。直到数十年后的一天，我才想通了，有没有砍，其实并不重要，是我自己困住了自己。儿时的懦弱在当时救了我，但似乎也毁了我。

经过刚才一番苦苦探寻，终于获得了美味的葵花籽仁，这种享用当然是幸福的，虽然葵花籽仁非常细小，细小得掉到地上，你可能都没办法找得到，但这并不妨碍它的甘、香、脆，这固然有葵花籽仁本身的特点，但我一直认为在嘴里嚼动，充分调动嘴、舌、齿这些器官，让它们进行默契地、高效地配合，最终完成享用的过程应当也是重要原因之一。我已无法记得是什么时候重获葵花籽对我的原谅，感受它的香脆，但那种感受真的很美妙。

那条道路两侧长着无数的向日葵，我家乡的那种土壤叫沙土，这种土很松，没有什么黏性，好像也没有什么肥力，可以算得上贫瘠了，但是很奇怪，这种土适合种花生、向日葵。那些向日葵曾经伴随我上学的一路，我的学校在家的东面，所以我每次上学、放学行进的方向都是和向日葵朝向太阳的方向是一致的。那斑斓的色彩特别像家里被子上的图案，那毛茸茸的葵花籽密集着，变幻着各种瑰丽的图案。它们憨憨的大脑袋，特别像家里养的狗的脑袋，让人忍不住有种想拍打的冲动，但因为花香的原因，正常它的周围又会飞着一些蜜蜂。那个下午，一个小男孩在想和一棵葵花亲密接触时，被蜜蜂给更亲密地接触了，极度的疼痛让他挥起了刀。我在某一个不眠的夜晚，突然把所有事情连了起来，可那已经是很多年之后了。也就是从那天我开始用口腔接受葵花籽喷香的洗礼，但可惜不是邻家大爷那年冬天送给我爱吃的葵花籽了！

农村现在到底有没有人种葵花了呢？

# 彩虹之门

彩虹其实并非什么稀有的气象，但也并不常见。现在回想起来，能看见彩虹的次数也是屈指可数的，所以遇到一次彩虹，难免会欣喜万分。而这一次更为难得的是我是坐在家中透过窗户看到它的——一条横跨于运河之上的彩虹。儿子小学时用彩虹造句，"彩虹像一座桥，还像一个量角器"，都很形象，很有想象力，但是我还觉得彩虹更像一扇门，像一扇在我面前打开的门——"彩虹之门"。

记得那天手机微信上有网友说在园区看到彩虹的消息，当时还在想，我能不能幸运地看到它呢！结果很快在窗户前面就横亘了一条彩带。起初还是隐隐约约的，很快地就清晰地横跨于天空中。因为刚下过雨，所以天空还是那种灰灰的、青白相间的颜色，天空中的云朵似乎都被风吹散了，只有极少数几处聚集成片。这与小区一侧马路上急驰而过的车辆非常相似，疫情期间距离就是安全，难不成天庭也有疫情，神仙们驾云也有安全距离？我不禁为自己这个有趣的想象而哑然失笑。

这是一个清晨，但是因为正下着小雨，天色有些昏暗，有些人把车灯都打开了，灯光和空中的雨水相遇便发出和彩虹非常相似的七彩颜色，当然这种色带不会像彩虹那样不受干扰地异常完整，它是散而碎的，这里一道，那里一片。于是便见天穹彩虹高挂，地面上也是七彩纷呈，然而天上有天上的恢宏，人间自有人间的温馨。疫情之下，人们更加珍惜来之不易的上班时间，下过雨后本来有点清冷的世界现在热闹了很多。这种热闹充满了人间的烟火气，写满了奋斗的字眼，让人热血沸腾。

我便在这既安静又热闹的氛围中享受着大自然的恩赐。一个个人奔向自己的目的地，这是清晨上班际，可不能迟到，上天许在可怜这些为生活而奔波的人间小虫儿吧，所以雨并没有变大，就这样不紧不慢地飘着，车流基本通畅着，彩虹也清晰而顽强地挂在天际，如一扇生活的大门，迎接那些为生活计、为家庭计、为生命计的人们的到来。

在那一瞬间，我有种错觉，我觉得我也正开着车子穿过窗户凌空飞翔驶向那扇大门，然后我会看到那扇七彩大门之后那神奇的世界。我多想看看我们为之而努力而奔命的未来到底是怎样的，我想看看那在冥冥之中支配我们的世界到底是一个怎样的所在。无数个日子里，我们深陷于生活的漩涡中，被七情六欲所困扰之时，我们张目对天，只看到一片幻彩的云霞和虚无的苍天。我们无法知道想要的答案，而现在面对这道彩虹，我却有一种最接近真相、最接近生命真谛的错觉。虽然那扇大门在遥不可及的天空中，但是我觉得它今天离我是如此之近，近得让我有理由相信今天会是发生奇迹的一天，近得让我有种热泪盈眶的感觉，因为一种近乎神迹的出现会让我有一种膜拜的冲动，会让我有一种对生命归来去兮感知的满足。"赤橙黄绿青蓝紫，谁持彩虹当空舞？"是啊，这时一定是有一个仙人手持这根彩带在空中挥舞，为疲倦的人们挥去心中的阴霾、尘垢，为迷途的人们开启回家之门。生活是上天为人类修炼设置的修罗场，生命是上天和我们共同完成使命的轨迹。彩虹之门从来就存在，一直都存在，只不过我们在纷乱的尘世中被迷雾遮住了双眼，只不过我们的执念让我们无法开启它罢了。

人生从来不易，所以我们才会无比希望自己能够拥有快乐。然而正如那天上的彩虹一样，越美的东西越是难得，彩虹的形成需要空气中有大量的雨滴，需要有阳光，还需要有阳光照射的角度，这三者缺一不可。快乐也是这样，要有快乐的事情，像那大量的雨滴，要有快乐的氛围像那阳光，要有快乐的心态像那阳光照射的角度，另外还要有痛苦的经历，就像那之前的一场雨。所以说啊，快乐来之不易，我们当倍加珍惜，然而快乐又极其短暂，所以我们应该想办法把它留住，让它更长久一些。这个可能有些难，是需要人们共同描绘的美丽图景，也是人类需要共同创造的辉煌图腾。

我的同事曾经给我看过一个图片，那是一道双彩虹，这真是一件非常令人意外和惊喜的事情，一道彩虹已经很是难得，双彩虹同时出现，那简直等同于海市蜃楼一样的难得了，甚至

一道双彩虹

比海市蜃楼更难得。同事告诉我那是她在一个乡下雨后看到的景象，她说那儿非常空旷，就几间房子，空气很清新。我不是气象专家，所以有点妄测，环境看来是其中的一个主要原因，我们城市的天空充满了阴霾，想要满足彩虹出现的诸多条件本已是难得，更何况是两道呢？想到这里有些释然，又有些惘然。美丽的东西看来也是挑地、挑人的，这正如我们想要幸运和欢乐一样，幸运和欢乐又何尝不在挑我们呢？

我们如果不具备承受苦难的心理素质，又怎么有资格享受欢乐的甘露？我们如果没有一双探摸阳光的双手，又怎能在风雨中迎来艳阳的到来？我们如果没有善于发现生活美好的一双眼眸，又怎么会在黑夜中看到黎明的曙光？

2017 年 12 月 18 日完稿，发表于 2021 年 06 上《青年文学家》

# 迷路的小野蜂

这是关于一只小蜜蜂的故事。

前几天，我在房间里写文章，突然，耳边听到嗡嗡的声音。我一开始以为是窗外的苍蝇或者是蜜蜂的声音，因为刚进入春天嘛，户外正是百花盛开的时节，有苍蝇、蜜蜂也是一件很自然的事，所以我继续在电脑上码字。然而耳边的这股声音不仅没有远去，而且越来越急、越来越响、越来越歇斯底里。那声音仿佛是一个被围困的人发出急切求救的信号，仿佛是一个陷于绝境之中的人发出绝望的哀号。我觉得有些奇怪，于是扭过头去看是怎么一回事，结果吓得从椅子上站了起来，竟然是一只小蜜蜂从窗户开的那一侧钻了进来，为了便于空气流通，我把窗户打开了一部分，但是窗纱没有及时地拉上，这就给屋子和外面留下一个通道。这个通道并不大，甚至是很狭窄，但是这只小蜜蜂竟然就鬼使神差地从这个狭窄的通道钻了进来。

蜜蜂是会蜇人的，这种动物虽然很小，但实在不是可以亲近之物，更何况这个小蜜蜂现在很明显处于一种近于疯狂的状态，这种情况更是要敬而远之了。所以，我当时所做的动作就是当即推开椅子，往后连续退了几步，确保与小蜜蜂处于一个安全距离。这个距离也使得我能够安心地观察这位打扰我写作的不速之客：这是一只个头中等的野蜂，并不是那种驯养采蜜的小蜜蜂，这种蜜蜂性格暴躁，往往更具有攻击性，想到这里，我又往后退了一小步。那只野蜂目前处于极度狂躁的状态之中。它在窗户玻璃附近不断地寻找出路，不断地往前撞击，但均无功而返，因为它的面前是一个巨大的玻璃幕墙。玻璃是透明的，所以外面的阳光可以不受阻挡地照射进来，而动物是有趋光性的，这就给这只野蜂造成一种错觉，出路就在面前，于是它就反复地、不断地向前撞，结果就是在我的面前出现令人异常心疼的一幕。

"砰砰"耳边不断传来野蜂的身体和钢化玻璃之间的撞击声。

"嗡嗡"耳边不断传来野蜂的痛苦的呻吟和不解的鸣叫。

我拿了一本书挡着脸，然后，迅速地过去把窗户又推开一点，通道大了一些，但是野蜂似乎并没有意识到这个变化，而是继续它的既定方针，向着有光的地方冲击，当然结果仍然是以失败而告终。我心想，这只野蜂看来是个麻烦，因为它一旦进了屋内，那么给家里的小孩带来的威胁将会大大增加，想到这里，我把房门关了起来，然后自己站在门的里侧，一边在想着放走它的办法。这时，我发现这只蜂和刚才相比有了些许的变化，在经历刚刚闯入屋内的紧张、恐慌、焦灼之后，野蜂很明显已经逐渐平稳了自己的情绪，这一点从它发出的声音可以判断，因为那声音不再是像刚才那样尖利而急促，而且我还发现这只野蜂似乎已经意识到它面前的这个透明物是有问题的，所以它开始沿着玻璃慢慢地探索、前行，有一段时间它已经快要摸到那个通道了，但是也许多次的失败让它对前方的路途失去了继续寻找的信心，所以它又折回来，继续以同样的方法贴着玻璃边飞边探索，这一次则是真的越爬越远了，一段时间甚至已经到窗户另一侧的边沿了。如果再继续往前飞，那就意味着它就会离开玻璃墙的光带而进入房间里面的空间了，也就会离那通道更远了。但是还好，那玻璃窗户所透射出来的光亮对于它来说是安全和保障，是自由的方向，所以它又再次折回去了。这次它又变换了方式，它悬浮在空中，向后退了一小段距离，向前方审视着，然后又平行移动了一小段距离继续向前审视着，这样来回往复多次，其中在通道对面停留了较长一段时间，然后选择了几个方位，飞过去，这次是飞而不是冲，遇到玻璃马上折回头，其中有一次离通道只差一毫米，但是可惜还是碰到了玻璃，但是它没有放弃。从我的角度可以感觉它对靠近通道的位置明显碰撞的次数要频繁得多。最后，它终于探到了那个通道，"嗡"地冲过通道。

站在门边的我轻吁一口气，因为我终于可以坐椅子上继续码我的字了。当我坐在椅子上向外看时，很有意思地看到那只逃出生天的野蜂竟然没有赶紧逃离，而是在玻璃的外侧仔细审视这堵墙，并"嗡嗡"地靠近玻璃，然后才离开。

这是一只迷路的小野蜂，最后成功地脱险，我想它靠的是对光明的执着追求，自始至终它都没有离开太阳照射的光带。因为它知道，有光的地方，才是最安全的地方，才是它通向自由的方向。还有就是不断地摸索，不断地观察，不怕失败，不怕走错。再有一点就是在探索过程中逐渐形成一个强大而自信的自我，在经历一开始的恐惧、惊慌之后，小野蜂迅速地调整自己，不再盲目，不再冲动更不再焦躁不安，最后成功脱险。

多么值得我们学习的一只野蜂啊！我们在人生道路中经常会迷路，就像那只小野蜂一样，迷恋一间房屋的繁华和安逸，却险些陷入万劫不复之地。这时怎么办呢？守着光明，一定不能忘记心中存有的良知，那就是抵御黑暗的光明之火。记住你来的方向，不忘初心，前方是未知的，但逝去的很多东西是值得反省和可供参考的，在反省和参考中自会有来路，它就是我们回家的路。调整心态，拒绝恐慌，摒弃绝望。迷路之时最大的敌人不是路的未知而是自我的迷失，战胜自我，成熟而强大的自我才会在迷途之中重返归路。

所以，如果有一天我们迷路了，首先要问熟悉路的人，然后再想想这只小野蜂；如果有一天，我们的人生失去方向了，对未来失去信心了，也不妨想想这只小野蜂。命运为我们打开的那扇窗户就在我们面前，它就是我们的亲人、朋友。只要嗅到风的味道，感到风的凉意，有光明的方向就意味着自由。

2020 年 1 月 23 日

# 芦　苇

## 一

芦苇这种植物在城市里是不大看得到的，但是偶尔在有些公园的水面，或者是偏僻的河面上还是可以看到的。我的家乡是沿海的一座小村庄，那里的芦苇自然是有的，但因为现在乡村里的条田沟都已经被平整为责任田了，所以从前那密匝匝的生长于水沟的芦苇自然也就消失了，只剩下大河两侧还是芦苇的势力范围，但即使是这些地盘也正在被庄稼人不断蚕食。庄稼人对于责任田的扩张有时会达到一种寸土必争的程度，哪怕是背旯旮儿的地方也不会放过，长芦苇的河边自然也不例外。有一种农药叫"一扫光"，喷洒这种药水以后，任何生命力顽强的草都要俯首称臣，芦苇自然也不例外。连续几年打这种药水以后，芦苇也就基本从这块地盘上销声匿迹，如果还有生命的迹象，庄稼人会用筑路的铁镐把它的根挖出来，放在太阳下曝晒，然后带回去烧火，从而确保芦苇彻底让位给庄稼。所以即使在大河两侧的芦苇也已经长得不成气候了，这儿一小撮，那儿一小块，三三两两的芦苇多是长在三不管地带，或者是水边、水中央。这些地方无法利用或者没有太大的利用价值，芦苇才得以苟延残喘。

然而在30多前的乡村，芦苇可不是这样的。

那时的芦苇，它生命的经纬和村庄是紧密联系的。春天来了，苏轼有诗曰："竹外桃花三两枝，春江水暖鸭先知。蒌蒿满地芦芽短，正是河豚欲上时。"除了那在河面上试水的鸭子以外，岸边的芦芽也早已醒来。芦芽自然就是那芦苇的嫩芽，那芦芽偷偷地从土里钻出来，穿着一身绿色的上衣，那上衣还是旧式的大襟。虽然这时还正是寒气弥漫，但是芦芽已经有些迫不及待了，它们伸出那一根根露出大地的天线，展开、探测着春的信号，也许是这确凿无疑的信号给了它生长的动力和信心。于是它从那河畔的湿土中把那如探春钻头一样的叶舌，一点点、一寸寸地钻入春的虚空中。它无比贪婪地吮吸着春风，就这样渐渐地、慢慢地在和煦的春风中扯开它的大襟，敞开它的怀抱，同时它的身杆在拼命地拔高。当我们观柳芽，吹柳絮，赏春花时，那芦苇已是如少女初长成。于是一群叽叽喳喳的穿着一身淡绿色短袖、浅黄色纱裙的小丫头们，在那河畔、在那风中你推我搡地嬉弄成一团。鸭子们也来凑热闹，它们主要的嬉戏地儿自然是在那芦苇根，那里既凉爽，又有小鱼小虾可以啄食，是天然的食场。它们在芦苇根部游来游去，不安分起来，你啄我，我啄你，自然也让那些芦苇遭殃，不过这对于芦苇而言自不会放在心上，因为一天天地芦苇的队伍壮大起来，尤其到了盛夏，河边、沟畔到处都是芦苇的部众，哪里还在乎这么一点点呢。

　　芦苇们长得既婀娜又豪横。生长期的芦苇是柔韧的，风一吹，从远处看去，犹如波浪一般，一浪又一浪；又如舞者一样，长袖逶迤。盛夏季节乡村里只要有水的地方就有芦苇，只要有芦苇就不会只有一根，一定是一大片，在没有外力干预的情况下，芦苇在五月的盛夏肆意地生长，甚至在它的势力范围内，鸢尾、香蒲、水葱、千屈菜等都只得退避三舍。那时每隔100米的距离就会有一条水沟。这些水沟正常时节蓄满了水，那是一个靠天吃饭的年代，而老天隔三岔五地不是旱年就是涝年，这时候这些水沟就相当于一个调节水量的水箱。水沟里长满了芦苇，这些芦苇是庄稼地这块木版画中最流畅的那一笔。它们和那一块一块田地夹杂而生，从空中俯瞰就如同那花布中水波似的条纹。风一吹，那些芦苇便妖娆地扭动着腰肢，跳起了肚皮舞、踢踏舞。那时候芦苇真是长得很热闹，一如那时喧闹的村庄。

这时一阵阵悠扬的芦笛声从芦苇丛中传了过来，那是打粽叶的人们，忙里偷闲地用芦苇叶吹奏着这尖利而嘹亮的乡村神曲。乡间会吹芦笛的人处处皆是，妇孺老人，摘下一片芦苇叶，衔在嘴边就能发出呜啦呜啦的简单而带节奏的乐音。稍复杂的，选取一小段芦苇秆，用小刀掏几个小洞，那就可以吹出"都来咪"的悠扬小调。一片简单的芦苇叶竟然能够在农家人的嘴里吹奏出一首首流畅而逼真的歌曲，这究竟是吹奏人的灵巧还是芦苇叶的神奇，抑或两者兼而有之吧。在初夏的热风中，河边沟头此起彼伏的芦笛声，在乡亲们忙碌的空闲里插科打诨，颇有一番乡野促狭的情调。

说到打粽叶，是的，芦苇为我的乡亲们做出的第一个贡献就是粽叶，那些相对阔大的芦苇叶会被人们从芦苇上摘下来，经过暴晒、泡水制成用来包粽子的粽叶。端午节前后，乡里的妇女们就会坐在一个大桶前，大桶里是已经浸泡了几个小时的粽叶，她们从水里掏起几片芦苇叶交替叠好并圈成蛋筒状，然后一只手托着，另一只手往里面装满糯米、红豆等食材，再在外套上扎上一根红绳并牢牢绕成几圈，一个端午节的传统美食——粽子就制成了。普通的芦苇叶经过这一系列的处理后，就成了粽子的外套，和那些食材一起在铁锅里熬制，在沸水中翻滚，最后成功地把热量传递给内里的食材，使它们涅槃重生，完成从生米到熟食，从一团散沙到抱团成整体的变化。在这个变化中，芦苇叶作为最佳的外部屏障，不仅它自己未被高温伤及分毫，而且把自己体内青冽的清香转移到食材上，这个过程是不是很神奇？

芦苇加惠于农村人还远不止这些！

冬日来临了，那一丛丛芦苇经历了一夏的拔节，也已经进入生命的末期，它们先是顶端开花，人们称之为芦花。芦花似乎不能算花，因为从人们正常对花的感知上来看，它并不具备花的正常外表特征，如色艳、味香、形美等，但它确实又是芦苇开的花。那一束束苍白色的芦花在秋风中飘舞着，特别容易让人联想到那些长年艰苦劳作的农村妇女们，她们那过早染上白霜的蓬松的头发，她们那劳作时时而弯着腰、时而站直身子的姿态真的就是一株株柔韧的芦苇。如同漫天柳絮让人立刻想到阳春三月一样，河两侧一望无际的苍白的芦花也会让人意识到秋日已至，一年将罄，萧然之心油然而生。

"蒹葭苍苍，白露为霜。所谓伊人，在水一方。"凄婉迷茫的蒹葭千百年来从《诗经》中缓缓走来，以其特有的审美意象给了诸多文学作品以一种独特的审美内涵。"苦竹林边芦苇丛，停舟一望思无穷。"那一蓬蓬灰白色的芦花在秋风中招摇确会让人心生酸楚；那褪去青玉般外衣换就一身枯黄夹杂古锈的外套，也会让人百味杂陈；那瘦骨嶙峋而又顽强地立在水中的形象，更是让人陡生无尽感慨。然而，如果剔除了诗人的这种多愁善感外，那么蒹葭（芦苇）这种水生植物在其苍老之际确是它涅槃重生实现人生华丽转身的时候。这一点，我的那些乡亲们最为熟悉。首先是那些让人生发萧瑟之情的苍苍芦花，会给人们带来温暖，农村人把它采摘下来，晒干，做成枕头芯，每天晚上，人们会枕着那软软的诗意入睡，至于那吟唱千年的伊人会否在乡亲们疲倦的梦中姗姗而来就不得而知了。

随着芦花的接连灿放，芦苇那原先碧绿如玉的身杆也逐渐变黄，在这体色变化的过程中，芦秆逐渐变硬。当然就一根芦苇而言，它的硬度是很有限的，甚至是脆弱的，你使劲地用手一捏就可以将它捏断，你如果用两手去掰它，那它更是不堪一折，但是如果有一捆芦苇放在你面前，你的感受就完全不一样了。你那捏碎一根、掰折一根的力气在这一捆芦苇面前是如此微不足道，你再不会像之前那样藐视这小小的芦苇。这就是芦苇的特性，它的个体也许是弱小的，但是它的群体力量却是无比强大的。这是不是芦苇喜欢聚族而居、扎堆而生的原因呢？那就不得而知了。不过对于农家人而言，这个特性使得芦苇成为他们生活中最好的助手之一。无数根芦苇在农人们的巧手之下会编成芦苇帘，芦苇帘是晒场的重要工具。另外在盖房子的时候，芦苇帘子也是房梁上重要的挡光材料，在很多时候它还充当了篱笆的作用，所以芦苇在人类历史中曾经长期伴随着人们的生活。不仅是作为一种风景的存在，而且是作为一种重要的生产资料存在的。

当你走进我的故乡里任何一户人家，你会看到从晒场上收回的一捆捆芦苇帘子正幸福安详地倚在墙角。它们已经忘记了是什么时候从河边来到这户家庭的了，它们只记得，在无数个烈日暴晒、暴雨淋洗下，它们幸福而充实地活着。

## 二

每年的霜降之后，故乡的村庄便会有一阵短暂的骚动。很多户人家都会在不久之后出去打工，他们劳作的对象正是那苍苍的蒹葭，和我那些朴实的乡亲们相似，蒹葭在我的故乡有一个很朴实的名字叫"柴"，他们要去做的工作正是去割柴。成熟之后的柴质地坚硬，再加上其细长、直挺的特征，使得柴成为农家人生活中的好帮手。人们用它编成帘子，当然单单是这种小规模的使用，还不足以使柴帘子成为一种商品。20 世纪八九十年代一些养鸡、养鸭大户的出现，使得柴帘子得以被大规模地作为藩篱使用，它才成为一种商品进入市场，进而在沿海城市形成一条割、贩、编、卖一体化的产业链，我的乡亲们完成的正是这道产业链最初的一步"割"，而完成第二道程序"贩"的行当在当时有一个很豪横的称呼，叫"草头王"，而我父亲就是一名"草头王"，村子里的乡亲们正是跟着他一起到沿海的农场去割柴的。

在霜降之后的某一日清晨，河边的芦苇在水雾中摇曳之时，数十名乡亲在我父亲母亲的带领下带上行李、工具，叫上几辆拖拉机集体出动。秋风吹拂着乡亲们紫红色的脸庞、白黑相间的头发。他们脸上兴奋而激动的神情在那些打了补丁的衣裤，或是孩子穿剩的校服、牛仔服的衬托下显得格外醒目。几个平时能说会道的大叔们大声地侃着山、吹着牛，那些不知从哪里得来的小道消息被他们如获至宝地贩卖着，时不时地从那"突突"的马达吼叫中传出，逶迤在那拖拉机青烟掠过的马路，抛向那渐行渐远的乡村。

沉寂的农场在这样的日子里便开始有一些小的喧嚣，犹如那平静的池塘突然投进了一些鱼苗，泛起短暂而激烈的水花。首先是几位有经验的工人挖锅灶并用芦苇、茅草、乌桕草和塑料纸、毛竹、铁丝开始打工棚。到了傍晚，草棚搭好了，棚里面的大通铺也已用干燥的茅草垫好。第一缕炊烟开始从那锅灶上飘起，飘在滩涂的上空，渐渐和西天绚丽的云彩融为一体，无法分辨了。夜幕降临，空旷的滩涂之上，有几个小黑点，那是我的乡亲们暂时栖身的草棚，更是一个个蛹，里面包裹的是乡亲们对美好生活的希冀和奋斗。辛苦一天的乡亲们在那劣质廉价白酒的作用下鼾声大作，他们的身下就是那厚实的大地，他们一辈子辛勤劳作的大地——给他们希望、让他们痛苦；给他们骄傲，让他们自卑；给他们未来，让他们流连的大地。大地是他们的母亲，他们是大地最为卑微也是最为疼爱的孩子们，现在他们疲劳的脊背紧贴着黄土地，似乎正在睡梦中汲取着黄土地的力量。地面上铺着的茅草散发着阵阵的清香，在寒冷的空气里氤氲着，抵御着户外嘶吼着的海风，让这些生民们如同襁褓中婴儿一般安恬而温馨。

"砍柴啦！"粗犷而嘶哑的喉咙发出的声音惊醒了海风中的滩涂，也惊醒了沉睡中的芦苇们。海风中成长，海水中浸泡的海柴壳更硬，根更黑，秆稍弯，它们在一排排条田沟里，大河两岸，鱼塘里，肆意地疯长，远看去，一望无际，如剑戟，如旗幡，如军阵。一阵风吹来，它们挤挤挨挨、推推搡搡、摇摇摆摆，"川原秋色静，芦苇晚风鸣"，它们在这方天空下热闹、自由而又寂寞地生活着。水是芦苇的生命之源，芦苇从那苦涩的海水中不断地汲取写满坚强的养分把自己从一位懵懂稚童、青涩少年炼成历尽沧桑、鬓发花白的耄耋老者。不过和人类的垂老之际只能走向死亡不同，芦苇是可以通过收割进入千家万户而获得它的人生第二春。但是在这荒僻的滩涂里，它们的命运更多的是自生自灭或是烈火焚身，这对于芦苇更多的是一种无奈，它们的价值没有人来挖掘，空攒着一身力气又能怎么样，只能化成青烟袅袅。现在我的乡亲们全副武装来到它们的身边，正如那丰收季节收割庄稼一样，它们的身体不知该发出多么兴奋的欢呼声呢！于是同样攒着一身力气为改变贫穷命运的我的乡亲们和那些渴望实现人生价值的芦苇在这天高地阔的海边相逢，随着一声声"咝咝……啪啪……"的声音，那一束束的芦苇被从海水中收割、捆扎、运走，然后再经过一双双勤劳的双手的抽删、码齐，最后沿着那条直通黄海的大河逆流而上，开赴新的人生征程。而我的父老乡亲们在辛苦了数月的割柴之后，将会带着几千元回到家中和妻儿老小一起过上快乐的新年。来年的春耕、孩子的学费、未来的梦想，又增添了一份厚实的基础。

### 三

这些都是很多年之前的往事了。当我坐在江南的一座繁华的都市里回忆这些过往时，我已是一位年近半百用记忆来抗击衰老的中年人了。芦苇的气味在这座城市里隐隐约约、若有若无，这种气味也只有像我这样从小和芦苇厮混的人才会有感觉，那种感觉就像你自己的体味，你自己再熟悉不过，但是别人却茫然不知，迷惑不解。我不知那些和我一样如芦苇般的人们是不是曾经和我有一样的感受，那就是当我们每天用高档的沐浴露冲洗自己的身体，躺在床上惬意地休息时，突然有一种不认识自己的感觉，甚至有一种自己正在消失的感受。因为在散发着清香的气味中蒸腾着也是我们体内越来越少的盐碱，那种和贫瘠相伴相生的成分已经成为一种莫名的过去。这让我自己有种不安甚至恐惧的感觉。也许是我们自己在下意识中把它进行屏蔽，这种屏蔽让我们在属性上越来越像一个都市人。这种脱胎换骨是我们曾经所渴望的吗？我的思索让我陷入了一种无妄的死循环。

直到有一天，我看到一丛别样的芦苇。那是一丛长在六层楼房房顶上的芦苇，芦苇的成长条件需要水，这一点地球人都知道，楼顶上自然是没有水的，如果有水那也只能是下雨时降到楼顶上的那一丝丝残留的水分，然而那水是暂时性的，楼顶上都涂有防水材料，都是钢筋混凝土的结构，这样的地面条件，这丛芦苇是怎样生存下来呢？而且是寒来暑往、春去秋来，生生不息。

高楼上的一丛芦苇

奇特的是那一幢楼就那一个位置上长有芦苇，周围的楼盘中，新的楼盘自然是不会有，像这样有了些年代的楼盘也未见过如此的一丛芦苇。如此看来，这一丛芦苇就恰如那黄山的迎客松一样，天造地设一般地出现这繁华都市的一隅。

设想那一丛芦苇的艰险历程：那儿首先应该是一个半吊子瓦匠的杰作，因为不出所料的话，那里应该是比周围要稍低洼些。按照建筑外墙要求，那里自然应该是平的，并略向外倾斜，这样才便于流水。现在这个小缺憾给那后来的一丛芦苇的诞生创造了可能。然后是土的问题，这是个小问题，我们现在空气里不缺少尘土，如果这里有了水，自然就会像吸铁石一样地把空气的尘埃吸附并累积成泥土。剩下的就是自然的造化了，那些芦苇种子是从哪里来的呢？最大的可能自然是和崖壁上的树一样，来自某只贪嘴而又大意的小鸟的嘴里，这只小鸟从某条河流觅得作为食物的芦苇的种子，却在楼房的上空掉了下来，这种事在小鸟的记忆里也是短暂的，它不会记得，也不需要记得，但是造化的神奇恰恰就在于这些细节的排列组合上，在诸种巧合的作用下，芦苇的种子在一幢楼房的顶上不可思议地落脚生根了。

这一丛芦苇刷新了我对芦苇的认知。我印象中的芦苇应该生长在大河里，生长在那种水量极其充沛的地方，比如说沙家浜，比如我们老家的几万亩鱼塘。现在看来芦苇远比我想象的要坚强得多。对，还有我认为芦苇是柔弱的，本来嘛，手一掰就折了的一种草本植物，但是事实证明，我的认知太过于肤浅，我们能折断地只能是少量芦苇的躯体，但这对于它的种群而言是不值一提的，对于它的生命形式而言更是微不足道。现在看来芦苇只要有了水和土，哪怕是极少量的，它也会迸发出强劲的生命力。就像楼顶上的那丛苇的第一颗种子，它竟然可以在水泥地上繁衍生存，硬生生地拉起一支队伍来，而且生命力蓬勃旺盛，你能说它柔弱吗？当然不能！法国思想家帕斯卡尔有句名言：人只不过是一根苇草，是自然界最脆弱的东西，但也是一根能思想的苇草。这句话强调了苇草的脆弱，但苇草远不是我们想象的那样脆弱，这长在楼顶上的一丛芦苇就豪横地证明这一点。

这丛芦苇就长在我前面的一幢楼楼顶，正对着我的卧室，我每天起床时第一眼便可以看到它们，这让我想起融入我血液中的芦苇的种子，我在这个土壤肥沃、多雨的江南都市里便时时听着体内那芦苇拔节的声音。那种声音更像一种呼唤和呐喊，它在呼唤着乡村中那沟渠里苟延残喘的同类们，它在为那渐渐远去芦苇的魂魄而呐喊。其实并不止这一丛芦苇，我后来在城市的一处高耸的弃用的闸站上，在一个已经成为遗迹的水塔上，甚至在高铁轨道旁的水泥墩上都看到过这样一小丛正蓬勃而生的芦苇家族。它们在风中飒爽着，如同绿色的火焰，点燃了路人的眼眸。

2021 年 6 月 25 日完稿，发表于 2021 年 07 期《奔流》

# 鹦鹉之死

我养的一只鹦鹉死了，在这个疫情肆虐的冬季。

我是不是应该向它远走的灵魂表示我的哀悼？这是一只普通的雌虎皮鹦鹉，黑白相间的虎皮纹，腹部羽毛是天蓝色的。体形矮而略胖，鼻子的蜡层为深褐色。

我仍然记得，每周我们来到这幢房子的时候，总是先到阳台上看望这位为我们守家的小美女，自然也总会添加一下水和食物。两年多的时间证明，只要这两样不缺少，它的生命力是强大的。哪怕是去年的那个寒冬，它也总是从不间断、唱响清晨第一曲。母亲有时嫌它吵，我说那是一个生命的语言，我们听不懂，但可以感受。它的鸣叫，是一种活着的仪式感，值得尊重。何况屋子这么大，应该可以盛得下鹦鹉的鸣叫。当然，母亲听不懂我在说什么，正如我也听不懂鹦鹉在鸣叫什么。是呼唤，是讴歌，是抗议，还是其他？

这样的一只鹦鹉却死了！和它一起来到我家的另一只鹦鹉可以证明它的坚强。它们是一起来的，可是这对姐妹来到那三层的鸟别墅之后，就尝到了"在宝马车上哭"的痛苦，原来的业主，那只雄的鹦鹉不解风情，不懂得怜香惜玉，它根本不想享齐人之福，那只一同来的小雌鸟在两天后就被它啄死了。那一瞬间，我脆弱的心备受伤害。养鸟养花人的心灵有时很脆弱，之前我养鱼，鱼不断地死，养花，花不断地枯。养得我心惊肉跳，养得我怀疑家里的环境，怀疑自己的人生，甚至怀疑自己的运程，我在我所豢养的生命不断消失中把自己养成了形而上。后来好不容易选择好养的绿萝和鹦鹉鱼，才把这两个爱好继续下去，闲情雅致却已转成大彻大悟。

我收拾完小雌鸟的尸体后，很担忧地看着这位小姐姐，我仿佛看到了几天后她的香消玉殒，而那只如雄霸天一样的鹦鹉这时似乎温驯了许多，终于有了绅士风度，凑到小姐姐面前，用嘴想去梳理对方的羽毛，而这位小姐姐自然是对这位暴君退避三舍。也许一只同类的离开让这只雄鹦鹉收敛心性。我现在对自己买两只雌鹦鹉来陪这只雄鹦鹉的作死行为表示极度懊悔，"好心也是会害死鸟的"。不过一只已经驾鹤西去，我希望剩下的两只能够彼此珍惜。不指望它们琴瑟和谐，举案齐眉，白头偕老，总得夫唱妇随也好！唐明皇和杨贵妃不也有"在天愿为比翼鸟，在地愿为连理枝"的誓言吗？在接下去的几天里，一切似乎正朝着我想像的方向发展。小两口和和睦睦、没有争斗，虽有小的斗嘴，但奋力搏杀、你死我活的局面几乎没有。我在为小雌鸟的离开愧疚之余，多了一丝庆幸。可惜现实最终还是狠狠地扇了我一耳光。谁想操控命运，命运会给他狠狠一巴掌；谁妄想牺牲别人的幸福，命运会让他来为自己祭祀。

几天后，又一只鸟死了，我笃定地以为是那只柔弱的小姐姐，结果，发现死者的嘴角蜡质是蓝色的，竟是那只雄鹦鹉，是那只威风的主宰别人生死的原房客。它在这只笼子里已经待了两年多的时间，也熬死了两只鹦鹉，它有足够强壮的体质和坚强的生命，现在却落得暴死的下场，我百思不得其解。我只能再次唯心地理解这也是一种天道循环，这场三角大战，竟然是这位温柔的小姐姐躺赢了！

我突然有种欲哭无泪的感觉，原本想让那只鸟笼里热闹一些，原本希望这只雄鹦鹉享受齐人之福，甚至添丁进口，可结果是白折腾了一回，失去两条鲜活的生命，作为鸟的购买者我有不可推卸的责任。幸好，剩下的小姐姐并没有计较我的罪孽，依然在每个清晨黄昏用它那清脆的喉咙为我吟唱，即使我们离开了这个家，它孤独地守在空荡荡的窗户前也从不懈怠。

家里养了两年多时间的鹦鹉死了。

这个消息是早晨母亲打电话告诉我的，电流里传来长长的叹息，"养了两年多的鸟，冻死了！"一只价值25元的虎皮鹦鹉，加上两年多的喂养成本，也就几百块钱，我突然有点踟蹰，我是不是应该对这只鹦鹉的死，表示我的哀悼？在这突如其来的疫情之下，人尚且活得艰难，况且一只鸟，一只价值25元的鹦鹉，死就死了吧，矫情什么！

那日妻子拖着病躯从医院回到这幢房子，城市里正是病毒开始全面侵袭的时候，我们一家分成三处，彼此只能靠电话联系。其实有可能那时候鸟已经死了，因为之前我们已经有两周不来这所房子了，妻子如果不是怕传染给家人，也不会住在那儿。我们一家在一地鸡毛之时，大家都一致地把鸟给忘了，生命终究还是有高低贵贱之分的，在我们忙碌之时，鸟成了牺牲品。

这是一只价值25元的虎皮鹦鹉，是我从市场上买回来的，它只是一个商品，我无须为它的生命负责，可是我真的无须负责吗？

2022年12月30日

# 摇摇晃晃的桑葚

　　我不知道当年我家的那户邻居是用怎样的眼光看我的，一个放了学就直奔他家桑树上吃桑葚的熊孩子。那个时代的"熊"和今天的"熊"的标准稍有不同，不是指玩手游和不爱学习。我们的"熊"就是手里不离棍棒，成天爬树戏水，掏鸟窝捉鱼虾，撵鸡追狗。

　　还有一点要说明的是我小的时候，也就是 20 世纪 80 年代初，物质虽然匮乏，但还不至于吃都吃不饱。我想这也许是这户人家能够容忍我把他家桑树当作饭碗的原因吧！

　　那是两棵长势极其茂盛的桑树，有两三米高吧，爬上树，就可以俯视邻居家丁头府（农村里当时一种矮小的丁字建筑）的全景。邻居家有两位老人常在家，他们进进出出的情景，我自然也是一览无余，当然这对我而言并没有那枝头上的桑葚让我更感兴趣。那一个个浓缩版的小纺锤在招着小手引诱我肚子里的一条条馋虫，不过奇怪的是，我在树上的时候，那位老奶奶就一直在树下面做活计，但从来没有和我说过一句话。

　　我就盘坐在他们头顶的树枝上尽情地享受那夏日的盛宴。我如果要说那是我这辈子吃过的最美味的东西，现在的人一定会不以为意，甚至嗤之以鼻，然而这改变不了那红黑色的桑葚 30 余年来一直牢牢占据我舌尖味蕾至高点的事实。我不排除这里更多是一种心理作用。在那个没有杂七杂八零食的年代里，我们的味蕾还是很朴素的，没有现在这么娇气，更没有现在这么矫情，它们是那么容易满足，它们还没学会见异思迁动不动就迷失在百味之中，而是钟情于那最初最原始的味道。这对于我而言，就是至今我用鼻子嗅一嗅，伸一伸舌头，在这个季节，我仍然仿佛可以闻到那桑叶青洌的气味和感受到饱满如玛瑙的润泽。

就这样，时光回溯到 30 多年前，一个斜挎着书包的熊孩子，回到家后书包一扔就直奔邻居家，有时甚至是不回家，直接就到了那棵桑树下，扔下书包，两腿一夹树干，两手搂住树干向上攀缘，"呼呼"声中，肚皮贴着沟壑纵横的老树皮一路蹭上去，几秒钟的工夫，就上了树。树枝偏下方结的桑葚都已经被吃掉了，便只能往枝头上去找。幸好桑树的柔韧性极强，加上十几岁的我身轻如燕，所以即使是那细小的枝头上的桑葚，大部分我也是可以摘取到的。于是我便一只手抓住根较粗的树枝，这是重要的支撑，然后伸出一只脚沿着桑葚的方向向前小心翼翼地试探，最后把手尽力向枝头的桑葚伸去。这个动作从安全的角度看，是极危险的，在手向远处的枝头伸的时候，抓着树枝的手会滑；手伸得过远，重点偏移，脚下会滑；运气不好，脚下的树枝会断……这数种情况任意出现一种，我都会摔下去。如果摔下去，两三米的高度，相当于今天从二楼跳下去，骨折肯定是避免不了的，而且那个桑树下面还有一个更深的水沟，水倒是没有的，不过这样一来摔下的高度又会加了几十厘米。幸运的是这几种情况我一次都没有碰到。但是有一个细节还是多年之后我才想起来的，那就是，不知什么时候在桑树下面堆起了一个草堆，而有了草堆之后，老奶奶便不常在门口出现了。没有主人的盯视，我更是可以肆无忌惮地坐在桑树上饱餐一顿了。

桑葚有几种颜色，绿色是没熟的，白色是有病的，这两种都是不能吃的，只有红黑色的是熟透了的，才是我眼中的美食。每当我摘了一颗桑葚放到嘴里，轻轻一嚼，那汁液便从桑葚肉里喷薄而出，进入我的口腔，在对口腔进行迅速地渲染之后便走咽喉、过食道、下肠胃。瞬间那种甜滋滋、凉酥酥、软绵绵的感受传遍全身每个角落。幼时的我便如一只猴子似的在那两棵桑树上攀上爬下，吃得嘴角都是紫色的桑葚汁，吃得衣服上都成了桑葚汁的水墨画，吃到暮霭满天，才知道太阳已经下山。不知什么时候红黑色的桑葚越来越少了，极少数的在那最高的枝头上，便抬起头看那桑葚，也抬头看着天，温和的阳光透过碧绿的桑叶在这一方空间里洒下醉人的光晕，正如那满装桑葚的肚里，酝酿一个青涩而丰满的梦。摘是不现实的，不摘又不甘心，于是便站在树上猛烈地摇晃，天真地想那熟透了的桑葚能够正好掉到嘴里，实际上是这些调皮的精灵要么待在枝头无比享受我给它们荡的秋千，但就是不下来；要么是掉到草堆里、水坑里，羊圈里，让我无处可寻；要么是摔得粉身碎骨，以一种别样的悲壮结束生命的征程。总之这最后的桑葚以一种促狭的形式回应我那最后的渴望，而我只得带着无比遗憾的心情，拎起书包在暮色中回家。已经忘记了何时吃到的最后一颗桑葚，总而言之，突然有一天发现快放假了，真正炎热的季节到来了，而桑葚却已经被季节远远地抛到后面了。

一颗颗桑葚摇摇摆摆的是它的人生，也摇摇晃晃着我的记忆。就如不知什么时候那最后一颗桑葚被我吃到肚里一样，我也不知道什么时候那两棵桑树在我的记忆里越走越远。等我想起的时候，那两棵桑树早已经化泥成土了，邻家的老房子翻了盖、盖了翻，两位老人走了一位，那位老太太还在，偶尔看到她佝偻着腰走在门口的大路上，而我这时则已成为一名中年人，一名开始用回忆往事来抗拒衰老的中

桑葚

年人。

而这个时候，我已经知道，我家曾经是和邻居家有着纠结很深的矛盾的，我看着门口大路上伛偻而行的老人，想起了那个草堆，突然有一种泪崩的冲动。

2021 年 7 月 30 日完稿，发表于"学习强国"苏州学习平台

# 第四辑　锦瑟华年

　　"追忆逝水华年"什么时候都不会是那么轻松、愉快的事，甚至所谓的诗意浪漫只是纸面上文学化的装饰罢了。"庄生晓梦迷蝴蝶"，人生如梦，一生一死，一眠一醒，李商隐把困扰了他一生的纠结，在最后简单化了，然而这就释然了吗？放不下的，还是放不下；放下的，也未必是真正放下！

# 刚好遇见你

悠扬的钢琴声响起，听着儿子像模像样地一边弹着钢琴，一边唱着李玉刚的这首《刚好遇见你》，"我们哭了，我们笑着，我们抬头望天空，星星还亮着几颗……"突然也和儿子一样有了一种成就感。

儿子略带沙哑的嗓音继续唱着："因为我刚好遇见你，留下足迹才美丽，风吹花落泪如雨，因为不想分离，因为刚好遇见你，留下十年的期许。"这首歌音乐很悦耳，歌词也很有意蕴。"前世五百次的回眸，换来今生的擦肩而过。"缘分这东西是一个很神奇的所在。一个新生命降临到我们的生活中，一日日地，这个生命如一棵小树苗一样茁壮成长，从一开始弱不禁风，到能够在风雨中挺立；从一开始冒出柔嫩芽梢到后来变成如烟的绿色，再到枝干在风沙的打磨下，结成一层层黑色的痂。这个过程中你见证了一个生命成长的过程，目睹生命蜕变的奇迹，你不得不佩服造化的伟力。然而在这个过程中很多父母也许会和我一样有一些很痴很傻的想法：这个生命怎么就到了我的身边呢？我们前世有过什么样的关系呢？

孩子，正如歌中的歌名一样，这辈子能够在红尘中和你相遇，就是个神奇的缘分。当年你出生后，你奶奶指着你身上的胎记笑着说："你看这孩子一定是被打着来的，你看这里有一块青斑，你是不是嫌我们家穷啊！所以不肯来。"虽然只是一句笑谈，我当时听了后却一直放在心上，是啊！我和妻子一个是教师一个是医生，都只能拿一点微薄工资。既无法像那些商界巨贾一样让你呼风唤雨，也无法像那些达官显贵，让你在人生的道路上一路畅通，但是我们还是会尽自己所能让你过得不委屈。虽然我并不相信前世今生之说，但是我从不敢轻视生命的存在，你这样一个生命的到来，一定是上天交付给我们的一个重要使命，所以我不敢放松，也不能懈怠。

缘分是一个很神奇的东西，你说它有，它看不见、摸不着；你说它没有，它却又在我们生活、生命中无处不在。就像我和你一样，上辈子会不会我们早就约定的呢？我先到人世间打好前站，你跟着来继续我们的缘分。我们共同来创造生命的奇迹，我们共同来完成人世间那些难竟却又不得不做的使命呢。

周国平曾说过"孩子只是一个灵魂寄居在你们家"，是啊！在长达几十年的生命进程中，我们都是彼此的一个过客而已，所以我们就应该学会珍惜、懂得珍惜。如何珍惜呢？作为一个独立的灵魂，我们是两个平等的个体，我无比渴望你成长为一个能够和我进行灵魂对话的个体，能够成为一个独立的、成熟的个体。为此，我们为你做好适当的引导、适时的提醒、必要的教育。作为万灵之长的人类生命，你自然也要学会锻造一个自信、热情、善良、勤奋的自我，世间的优秀品质有很多，你任意取出其中的一二使它成为你的气质，便可以终身受用。世上的坏的东西更多，懒惰、贪婪、自私、狭隘等，任意一种你如果不小心沾上也会后患无穷，所以勿以善小而不为，勿以恶小而为之。只有这样你才是懂得珍惜上苍赐予你生命的机缘。

从"寄居"这个词来看，我们好像是一个房东和租客的关系，但是其实并非如此。作为灵魂你是独立的，这是毋庸置疑的，但是作为生命，我们之间已经密不可分，我们之间的关系不仅是今生存在，而且是永生永世存在，这和房客、租客的随时可以解除的关系是不同的。我们的身上应该有着各自相同又有所区别的使命，那就是我们对彼此，我们对我们亲人的责任和使命，这些都是和我们的生命打包而来，不可推卸也无法推卸。说使命看起来有点沉重，可如果一个家庭每个人都有一种责任感，那么就会成为一种动力，成为一种合力，就不会觉得沉重，而会变得轻松。我们两个人在我们的家庭还有一个身份，那就是我们都是男人，男人只是一个性别的称呼，我们更要做两个男子汉，两个有担当的男子汉，做这个家庭的两个响当当的能够顶风雨、抗寒露的男子汉，这才不负我们今生的相遇。

正如你现在弹奏这首《刚好遇见你》时的情景：你的成功便是我的成功，我的快乐便是你的快乐。我们不仅要共同合奏《刚好遇见你》的钢琴曲，让它悠扬响起于我们的家里，更要合奏此生此世的"刚好遇见你"，让它铿锵响起在我们的生命里。

（注：儿子弹奏的《刚好遇见你》参加第十三届中国优秀艺术特长生才艺大赛获得江苏赛区二等奖。）

2018 年 5 月 17 日完稿，发表于 2020 年第 7 期《参花》

儿子参加比赛弹奏《梁祝》

# 两只蝴蝶

我想我是不是老了，最近，看书时会湿润了眼眶，听歌时也会酸涌心头，而今天则是在高大宽敞的礼堂里听着你在弹奏《梁祝》，我一边激动地拍着视频，一边听着那低沉而缓慢的琴声从琴箱里袅袅升起，突然脸颊上感受到凉意，两行泪水竟然没有任何征兆地偷偷滑落。

你用指尖讲述着那段凄美的爱情故事，琴声渐趋平缓，音符蹦跳着梁山伯和祝英台的故事。聪明美丽的祝英台女扮男装他乡求学，得遇英俊潇洒的梁山伯。两人寒窗共处，读诗书、诉衷肠，一朵纯洁无瑕的莲花悄然开放。台上琴声如清溪潺潺，"叮叮咚咚"如泉落涧中，听来如香茗在齿，花香扑鼻，和风拂面。看着你胳膊轻扬，身体轻俯，有模有样地身心投入地弹奏。我的思绪划入记忆的那片小湖，从小时候到现在，你学的项目不多也不少，有画画、有唱歌、有跆拳道，但最后总是因为这样那样的原因无疾而终，现在一直坚持的钢琴，也命运多舛，老师换了3个，时间横跨三四年，最后咬牙斥巨资买了钢琴，请了钢琴家教老师，才算把这硕果仅存的种子给种下，浇水培育，今天终于看到一株细苗慢慢探出头来，一切终像那平缓的琴声一样趋于正常化。

台上那琴声渐渐上扬到高音区，祝英台回家之后得知被许给马文才伤心欲绝。这时梁山伯上门求亲，得知所谓的九妹正是昔日的同桌祝英台，喜未及上眉头，就被告知祝英台已被许配给别人，接着梁山伯从祝家被赶出。梁祝的悲剧是千百年来门第制度对爱情摧残的又一次翻版，追求幸福是要付出代价的，这次梁山伯、祝英台付出的是生命的代价。台上琴声渐趋缓慢、凝涩，如同在风中拼命挣扎的小树最后被狂风吹折，那超高音的"1a"之后便戛然而止，转入低沉的哀告。声音呜咽如泣如诉，似那风在峡谷中悲吼，如那雨丝从空中飘落。

艺术是高雅而美的，然而有谁知道，那悠扬悦耳的琴声的前身其实只是一次次单调重复、断断续续地敲击，在成调之前它几乎不会给人以丝毫美的享受。对于听的人而言恰如听一个口吃而胆怯的人在喏嚅低语，对于弹的人，那些美妙的音乐在他的头脑里就是一些"刀、来、发"的组合。他在紧张寻找着手势、琴键、大脑之间的契合点，但往往是顾一难顾二、顾二难顾三，这个时候最应该响应的耳朵反而是暂时闲置。他和听众一样地享受这琴声，得是上百次甚至更多次的弹奏之后的事了。那个时候他已经把最初的那些音符忘记得差不多了，形成一种条件性反射，指尖接触到琴键之后，便会不由自主地伸向各个琴键，那悠扬的琴声便会如不竭的泉水一般流淌而出，就是你现在这个状态。你正和听众一齐在欣赏这清扬的琴声，感受这旋律里流淌着的诗意和灵感。

其实你并不是一个有艺术天赋的孩子，做事也谈不上有多耐心，其他孩子有的缺点，你基本上都不少。每天几十分钟的时间被束缚在琴凳上，你一定也是怨声载道吧？只不过敢怒不敢言。我又何尝不是一样呢？每次我陪你练琴看你有时连简单的音符都不会认，弹的音调更是如打地鼠一样"笃笃"没有任何的美感，心里也是五内俱焚，可是也只能按捺住性子。所幸是那不断被焊接的琴声拯救了我们那焦躁不安的情绪，在你不断地敲击中，美的旋律如夏日里的凉风、冬日里暖阳，在冷暖中调节你我的情绪，荡漾在屋内，你用手终于征服了那黑白琴键，抚平了我们的内心。

梁山伯回去后不久就抑郁而终，临死前让家人把他葬于祝英台出嫁必经的路上。那一天天空晴朗，阳光明媚，马文才兴高采烈、得意扬扬地迎娶祝英台，然而在靠近梁山伯墓前时，轿子却难以前行。当祝英台得知前方就是梁山伯的墓地时，她笑了，她重新把扔在一边的凤冠戴好，把霞帔理好，下轿奔向梁山伯墓前，瞬间天空乌云密布，狂风大作，梁山伯的墓突然裂开，祝英台投向石墓。梁山伯笑了，他敞开了胸怀，拥抱那属于他的新娘。很快石墓合上。过了一会儿，清风吹散了乌云，太阳重新绽开了笑颜，两只蝴蝶从墓里比翼飞出。琴声这时变得很轻柔、很缓慢、很悠扬。那两只爱的蝴蝶正从那石头缝里艰难地挤出来，两翼上还沾着些许雨水和泥土，那两双翅膀还很柔弱，风和阳光都呵护着它们。你用你的双手控制着琴声，仿佛怕惊着了那可爱的生灵。渐渐地，琴声"叮咚叮咚"沿着音阶缓缓爬升，如同珠落玉盘，如同碎玉灌瓶，如同风铃乱摇，如同鸟鸣枝头，又如同空山回响。它们奋力地挥动着翅膀，琴声左手回应右手，形成回声，仿佛那对蝴蝶在风和阳光中嬉戏、呼应，它们以生命为代价换取比翼徜徉这个世界，这个时候是该无忧无虑地享受了。琴声在你手指交错、长按、短触、点击中散发于大厅之中，我们则沉浸这美的意境之中，那两只蝴蝶从琴音中款款飞出，绕于房梁之上。

　　梁祝化成的蝴蝶该是无法认出马文才和那些轿夫吧，因为那是梁祝的世界，而现在只是两只蝴蝶的世界，蝴蝶的身躯太小，无法装得下那么多是是非非，它们眼中只有另一只蝴蝶。就像我此时的心情，孩子，我在泪光中已经无法分辨那坐在琴凳上的是你还是我，还是一只正展翅轻松飞舞的彩蝶！

　　　2019 年 12 月 3 日完稿，发表于 2020 年第 7 期《参花》

　　（注：儿子参加 2020 星光熠熠少年杯系列才艺大赛暨 2020 中央电视台网春节联欢晚会选拔赛，荣获二等奖。）

# 又到明月中秋时

"明月几时有，把酒问青天。"苏大学士的心情我在很多年前也曾有过，但我的对中秋节的渴望和思念亲人毫无关系，我关心中秋节的原因只有一个字：吃；一件事：吃小雄鸡。

吃小雄鸡是我对中秋节唯一的期待。每年中秋节前家里都会养一些小鸡，等到了中秋节这一天，父亲便拿了一个小棒子撵着小鸡们到处跑，在这场生死赛跑中最后总会有几只倒霉的小雄鸡成为过节的主菜。毛豆烧小雄鸡，那味道确实是鲜美极了，至今想起仍是齿颊留香。那滑嫩嫩的鸡肉，香喷喷的鸡汤，如宝石点缀的绿色毛豆，构成我儿时对中秋所有美好的回忆。至于那倒映在鸡汤中的圆月，早就被一颗颗绿色的小毛豆挤到一边儿去了。

中秋节每年都要过，但吃小雄鸡烧毛豆的快乐自然不会一直有。天空中那轮月亮，是在一个晚上彻底地引起了我的注意。那一年中秋节，本来不准备回家的我，在最后时刻还是决定回趟家。虽然班主任已经说了："由于月考临近，没有特殊原因不要请假。"但我还是在班主任桌上扔了一张请假条，并用几个反问句作为自己回去的理由。在回家的路上，星月之下，寒气袭怀，这时的我还是有些犹豫的，除却违背老师的命令会带来呵斥不谈，回家也就待了几个小时，第二天凌晨就要骑车赶十几里路返回学校。这么一算，这次回家确实有点不太值得。我一个人骑着自行车在乡间小道疾行着，时间不算太晚，路边三三两两有人走过，天空中的明月高悬，犹如一位神仙拎着一个巨大的灯笼。我的心情那时应该还是很愉快的，久在樊笼中，复得还自由。然而就在快到家的时候，我那自行车的链条突然掉了，我们今天有句俗语叫"掉链子"是指在关键时候突然不给力，当时就是这样的情况。世界仿佛一下子停滞了下来，我喉间哼唱的歌曲还盘旋在嗓间，最后只能夭折于那狭缝之中。感谢那夜的月光，给了我光明，我竟然在较短的时间内把那链条和链盘给连上了。我再次跨上自行车，抬头看着天空，我第一次意识，中秋是因为天空中这轮明月才有意义的，而这轮明月的意义又是什么呢？

当推开门的刹那，我看到在昏暗的灯光下，母亲一个人孤独地坐在一张小凳子上剥棉花桃。屋外明月高照，屋内光线却是异常黯淡。耳边里听到邻居正在热闹地吃着团圆饭，而我家却是异常冷清。那时，父亲因为做生意的原因在离家较远的地方没有回来，如果我不回来，那一年的中秋，我们家就是三口人分在三地，那该是一件多么令人伤感的事啊！那一瞬间，我庆幸我几个小时之前做出的决定。母亲看到我之后，有些吃惊，赶紧站起为我烧饭。我说我吃了，几个小时之前，我是在学校食堂吃完饭后突然做出回来的决定。"但愿人长久，千里共婵娟。"那一夜的月亮格外皎洁，照在我的床头，也照在母亲和远方父亲的脸上，那时没有视频通话，但并不妨碍我们一家人在明月的清辉下共同享受这中秋节团圆的快乐。

岁月晃晃悠悠又过了16年。那个中秋，让我刻骨铭心，因为我、母亲、妻子3个人是在老家县人民医院里度过的。前一天，我们的第一个孩子，还没有来到人世就从妻子腹中走了。那是一个怎样的中秋节啊！外面鞭炮声不断，家家户户在庆祝团圆，而我们却脸上挂满泪痕，心里在流着血。一个月之前，父亲突发疾病，再加上庸医误诊，撒手西去，本以为这个孩子的到来会让我们悲伤能够减轻些许，没想到的竟然是雪上加霜，屋漏偏逢连夜雨，船漏又遇打头风。经历生离死别的我们犹如那秋风中的落叶，在命运的风中，飘起又落下，就是在这样的一种状态中我们迎来中秋节。那天晚上，月亮也是格外亮，我能真切地感受苏轼吟诵"不应有恨，何事长向别时圆"的心情。有时候月亮确实不太讨喜，这个时候它难道不应该黯淡一些，配合一下离散之人的心情吗？可事实上是加上城市的灯火，地面上是纤毫毕现，妻子流产前彻夜痛苦地呻吟，脸色被窗外的明月衬托得格外苍白，墙角边的寒蝉凄切，那一夜寒霜涂满了窗户的玻璃。

月光女神送给我们的礼物

痛苦也罢，快乐也好，日子不会有任何感觉，转眼又是8年过去。中秋节前的一天，女儿就已经迫不及待地来到人世，在救护车上，我和妻子有些懊丧说没想到会这么快破羊水。那位医生安慰我们说了一句话，至今让我难以忘怀："孩子着急出来过中秋节的哇。"那句话，使我们当时紧张到几乎窒息的心情平息了不少。于是那一年的中秋节，我们家又多了一个小美女——一个月光女神提前送给我们的礼物。9年的时间，今天我们一家又迎来一个中秋节，昔时伤心早已烟消云散，当年的分离在我们的努力下变成了大的团圆，未来的好日子还将会接踵而至。

又到明月中秋时！在时光的河流中，我们的角色在不断变换，当年咬着月饼、吃着毛豆烧小鸡的我已成为两个孩子的父亲，月亮像一个在岁月面前处变不惊的禅师一样，俯瞰着众生，用那水银泻地的月光无声地抚慰众生的灵魂。美好的团圆是多么难得啊！只有那些正在经历分别和曾经经历过分别的人们才知道。团圆之美，美在今日的团圆，是对昔时分别的补偿，是他日的不可再回头的记忆，也是对我们活着价值的最好检验。而我们要做的就是把今日的团圆刻在心中，把今日的分离，变成来日的美好团圆。

2017 年中秋节夜

# 面对青春谁能不醉

2019年4月19日，一个对别人而言没有太大意义的日子，对我却很重要，因为这一天我在苏州和27年前教我的高中语文老师相遇。在相城装饰豪华的豪爵五星级酒店里，我们一帮年逾不惑的万老师的学生，依然一如当年的青涩少年一样忸怩不安。时光荏苒，我仿佛回到27年前的一天。

一位穿着橘黄色超短夹克衫，烫一头短发的女老师站在讲台前，用略带沙哑的嗓音说："我的名字是万花丛中一点红，你们猜是什么？"这么简单的问题，我们当年愣是谁也没有猜出来，她名叫万红梅。

是不是每个写作者少年时都曾经有过习作当作范文朗读的高光时刻，是不是这些美好回忆都是他们走上文学道路最强劲的动力？别人我不知道，但我确是如此。那篇可以载入我个人史册的文章，应该是写得不错的，虽然现在除了那时的浑身燥热外再无特别记忆了。那次的作文评讲也对我的创作热情有很大的激发，还记得万老师当时也搞了一个小作文本，我把那个本子当作自己创作的天地，写了好几篇小说。我甚至想"大展宏图"写一个系列小说，总题叫《狂人癫记》，这题目一看就是受鲁迅《狂人日记》的影响。是否我们当年的那些文学爱好者都有一个《狂人日记》的梦，恰如今天的孩子心中都有一个《斗罗大陆》。有趣的是，万老师看完之后竟做了详细的批注，还对其中的一些不足之处提出了异议。更为有趣的是，我对这些异议逐条地进行反驳，那几本作文本很可惜没有被保留下来，否则我今天可以面红耳赤而又自信满满地翻阅那些青春手记。那是我青春期最柔软、最敏感、最深情的回忆。文字爱好者差不多都曾经面临和我当年一样的问题：那就是大脑里如江海奔腾般的思绪、想象和自身稚嫩如孩提般的文字之间存在巨大的鸿沟。这之间的距离是需要用阅读的积累、阅历的提升来弥补的。前者肆意汪洋，后者裹足前行，后者无法驾驭前者，生拉硬拽必然会产生巨大的落差。问题是有的时候写作者自己未必清楚这个问题，他们大多沉浸于自己的预设感受而无法自拔。我当时正是如此，所以我拼命地在纸上表述着我创作初衷，而万老师则不厌其烦地给以回答和指导，最后万老师批注了一句我至今铭记于心的话："作为读者，我没能够看懂，那就说明你的表述是有问题的。"这也是我后来一再叮嘱学生们写作要注意的读者原则。万老师当年对我的肯定和关注，也是我后来对于写作无论在什么情况下都热情不减的原因，虽然说也没有成为什么家，但是对于写作的爱好，也让自己的人生多了一些自信，多了一些成功，也多了一些希望。那场也应载入我个人史册的交流无疾而终，其产生的发酵作用在数十年之后喷薄而出，我用我的公众号"暖窗看"发表《乡里书痴》系列，很有回味青春的意味。部分内容收入到现在这本书，也算是为这段写作的情缘画上一个句号。

　　然而这样一位优秀的语文老师竟然不是学中文的，用万老师的原话说是职业选择了她。我还记得下课后，在她的备课笔记的第一页上看到她写的一句"人不能改变职业，但可以改变自己"的座右铭。后来我们才知道，万老师是苏州大学俄语系毕业，学的是俄语，专业也不是师范，那为什么到我们这所农村高中做老师呢？老师没说，但是满腔的委屈我们完全可以感受得到。教俄语的来教中文，所学非所用，本来可以留城的，现在只得在乡镇做一个普通的老师，换谁能不难过呢？但是万老师跟我们说起来也只是轻描淡写，有些无奈，但还是非常乐于接受。她说："我上学时语文最不好，大学里也没怎么学中文，所以我就是以高中的水平来教你们。"然而不知为什么，她却是教我的所有语文老师中我觉得最像语文老师的一位，也最让我难忘的一位。至今仍记得她的衣着打扮，她个子并不高，衣着大方得体，人显得干净利落而且很有精神，声音在尖利中略带有一点沙哑，但仍不失为柔婉，也有一种独特的感染力。还记得每节语文早读课，我们在读语文，她在读俄语的情景，我们也经常让她说俄语，她说了，我们笑了，因为听不懂，她也笑了，因为看到我们笑了。

快乐的日子总是很短暂，有些时候，我们在不经意间挥霍的有可能就是永远。高一很快过去了，我们升入高二的时候换了一个胖胖的语文老师，她似乎还教高一，有时候会在校园里看到她，其实真想凑上去说两句话，但是却也像今天我的很多学生一样，偷偷地瞟上一眼，然后头一低逃也似的走开了，等到走出很远时才敢再回头看她的背影。记得有一次，她到我们班找她的一位亲戚，大家都涌出来向她打招呼，她笑着回应着，还是那副可爱活泼的样儿，还是那副大姐姐的模样。其时我们已经知道她快要调走了，听说是到一个外贸机构，具体也不是很清楚，应该是回到她俄语的老本行，我们听了真替她高兴。

我们一个个敬万老师的酒，我由衷地向万老师表达我的感恩之心："万老师，你是我走上文学道路的精神导师……"2019年4月19日，一个对别人而言没有太大意义的一天，对我却很重要，因为那天我醉得不省人事，是啊，面对青春谁能不醉？第二天微信里有万老师发给我们的一段话：

"相聚的时光总嫌短暂。和同学们的交流中，已经模糊的记忆变得明晰，同学们一直还惦记着我，我深感荣幸。真的非常感谢。我现在在苏州科技大学教学，从教你们语文改到大学日语，跨度有点大。为了生存，得自己拼命充电。跟你们掏心掏肺的时光是我一生中最美好的时候，没有之一，感谢你们的陪伴。"

2019年4月19日深夜

（2020年12月散文获得青年文学家杂志社组织的"首届青年文学家文学大奖赛"散文组特别奖）

# 摆摊记

很多从贫穷走过来的人都有一份记忆是关于摆摊的，都有一份情结是关于练摊的，我自然也不例外。不过我的练摊记忆并没有丝毫成功的喜悦。

我的第一次摆摊只能算是一个笑话。那是我很小的时候，有一次，我把家里的小人书全部拿出来，模仿街上的书摊，在家门口把一根根绳子钉在墙上，然后把这些书依次挂起来，想租给别人看来赚钱。而要说的是，我家是在农村，村子里识字的也没有几个人，所以从市场效益来讲，这个书摊是不会有顾客的，几个小时后，在父亲的呵责下，我讪讪地收了摊。

20多年后，我已是县城实验中学的一名教师了，但是在很长一段时间里，经济仍然很窘迫，那时我所租房子的后面到了夜晚就热闹起来。那里有一个夜市，只要你在地面上摆一方长布，在布上摆上所卖的物品，然后蹲在那里就可以做老板了。所卖的商品琳琅满目，摊主也是各式各样的人物，各种职业、各种年龄的都有。每天我在书房里码字时，耳边便充斥着小贩们的叫卖声和买卖双方的讨价还价声，而我则在这世俗的喧嚣中码着烟火的文字。

一天我突发奇想：我可以把家里那一大摞旧书拿出来卖。当我把想法说给母亲听时，立即遭到母亲的否定。"你一个实验中学的老师去摆摊，就不怕别人笑话？再说能卖多少钱？"我一想也有道理，以两元一本的市场价估算一下我那些旧书，总价值不会超过400元，于是便只得作罢。

隔了没几天，我下班回到家，母亲兴奋而神秘地指着房间里一个大的黑塑料袋问我："你猜，这是什么？"

我愣了一下："衣服，这么多？"

母亲奇怪地问："你怎么知道的？杨兰告诉你的？"

"你这么大的包，一看就知道了，杨兰？你上她那儿拿内衣了？你要摆摊？"

杨兰是我的姨姐，做内衣批发生意，母亲提到她，那肯定是到她那儿批了内衣准备摆摊卖了。

虽然没有意料之中的给我惊喜，母亲脸上还是闪烁着激动的神情，她接着说："杨兰一分钱没收，她让我先卖，卖多少再说，卖不了还给她！我明天准备先到附近乡下去兜一圈，看看生意怎么样？"

她顿了一下又说："我想了想还是不在咱这后面摆摊为好，这里认识你的人挺多，说起来……难为情！"

我听了觉得有些黯然，而立之年，虽有一份教师的职业，却一直为贫困所逐，现在还让母亲为自己如此抛头露面。我心里叹了一口气说："好吧！你注意安全，能卖更好，卖不掉也无所谓，早点回来！"

第二天下班回来，发现母亲已经在烧饭，那辆半旧的自行车斜倚在门外，满是泥泞。那一包内衣还放在房间里，除了表面有些尘土和拉扯的褶皱外，没有多大的变化。母亲听到开门的声音，转头对我说："回来啦！饭马上有。今天开市了，卖了一条踏脚裤，那人真刁，就几块钱的生意，还讨价还价了半天。我明天再转转，看来生意不好做。"

几天后，那些内衣大部分物归原主了。

再次摆摊已是4年之后的事情了，其时的我已经到江南的一个小镇上做老师了，经济上较之前好些，但当时在苏南买了房子，儿子又出生，手头有点紧，我又做起了从童年时一直未遂的老板梦。这次被我看中的商品是玩具，灵感当然是来自于儿子对玩具的痴迷，于是就从小商品市场批发了400多块钱的玩具。见惯了儿子为获取玩具而无所不用其极的手段以及作为家长的我们最后只能屈服的结果，我对卖玩具还是很有信心的。我当时所住的房子边上是个广场，到了晚上就有很多人来锻炼。我便在自己的家门口摆起了小摊，玩具中有一件是"小猴拉车"，装了电池后发出欢快的音乐声，那声音在广场上嘹亮地响着，"小猴"不知疲倦地奔跑着，成功地吸引了几个小孩子，但可惜的是，他们的家长态度很坚决，无论小孩子如何垂涎三尺也是坚决不买。结果摆了几天摊只卖出一只2块钱的小跳蛙。无奈之下，我只得考虑转移阵地。偶然的机会，我发现晚上火车站广场那里的人很多。这一次，我和母亲，甚至还把儿子带去作为玩具模特，还别说，那儿生意真不错，我们刚刚摆了摊，就有几个小孩子和家长围了过来，一个孩子看中一个10块钱的玩具，我们刚交易完，还没等到高兴的时候，就有人说，联防队的人过来了，母亲说："不好，赶紧收摊。"于是我们手忙脚乱地把散落在地上的玩具收上了车，然后开着车跑了，我的练摊记忆到此画上了句号，那400多块钱玩具最后自然都是归我儿子了。

其后，所幸的是，我的勤奋工作和辛苦爬格子，让我的收入不断增加，在这竞争日趋激烈的苏南小镇也终于有了自己的一席之地，母亲跟随我颠沛游离的生活也渐渐安定下来。贫穷至今仍是我梦中和笔下难以挥却的记忆，而这几次摆摊的经历则是我和贫穷缠斗的诸多回合之一，虽然摆摊我失败了，但是母亲的关心、妻子的支撑还是让我全胜而归！每个周末或是节日，镇上的老街又会热闹起来，那些和我一样为了生活而奔波的人们在青石板上摆放他们的商品，也摆放着他们的青春，吆喝着商品也吆喝着对生活的希望。人来人往，热闹喧哗中升腾的是生活的俗气和生命的热度。我使劲地嗅着、嗅着。

2020年10月28日完稿，发表于2020年第11期《海外文摘》

# 搓　背

　　我蹲下身拿着沐浴球沿着儿子的背划拉下来，散发着牛奶香味的泡沫从儿子细嫩的皮肤上滑落，如一幅绘着童真的挂画轻轻展落。

　　我的思绪飞到30多年前，那是一个海滨乡镇的老式澡堂。澡堂里雾气弥漫，雾气中夹杂的是哗哗的水声、隐隐约约的说话声、噼里啪啦的敲背声，还有那厚重的木门沉闷的开关声。在这群人当中有一对父子在无声地搓着澡，那便是30多年前的父亲和我。那时父亲也才40多岁，他在那个临海乡镇的一个农场里包草，我在附近的一个乡镇上高中，周末便骑了自行车到他的草摊改善伙食。

　　父亲带我来洗澡，还是第一次。30多年前的中国农村，洗澡仍然是不可多得的享受。一个乡镇一般只有一个澡堂子，乡下人一般很少到镇上洗澡，就在家里洗澡，家里洗澡的工具还是简陋的木桶、浴帐。现在对于家家户户非常简单的洗澡一事，曾经是作为衡量城里人和乡下人幸福指数的重要标准之一。这对于我们今天看来是不可思议的事，当年却是很严峻的事实，农村人在镇上洗完澡回到家身上又冷了，而镇上的居民则不会有这样的烦恼，所以颇有高人一等的意味。

　　老天阴沉着脸，寒风怒吼着。

　　父亲平时很严肃，脾气也不太好，我从小就对他十分畏惧，父子间的交流也不多。如果在家里他永远的姿势便是盘着两条腿坐在椅子上，旁边的凳子上则放着一瓶酒、一包烟和一碟花生米。他抿一口酒、闭上眼、咂着嘴，然后看着门口大路上来来往往的行人，那是他眼中的风景，自然他也成了行人眼中的风景，包括作为儿子的我。成年人的内心世界对于孩子而言是神秘而隐晦的。对于父亲，我只知道他是人们眼中的能人，做过民兵连长，民事调解主任，后来毅然辞职下海包草，包窑厂。在20世纪七八十年代一户人家一年赚个几千块就不得了的年代里，他每年收入上万，那个年代他有个非常豪横的称呼"万元户"，但这些似乎并不能使父亲快乐。

"来，我帮你搓背。"父亲突然对我说。

我受宠若惊之余又有些诧异，一向被母亲侍候惯了的父亲会擦背？然而很快我的疑虑被打消了。父亲熟练地把毛巾一端贴在手掌心，然后迅速地把毛巾在手掌上来回缠绕，缠绕至一半时把超出手指的那一部分折叠至掌心，再继续缠绕，最后把剩下的小半截毛巾塞进那层叠的毛巾中间，这样一个紧凑的搓澡巾就制作完成。然后他让我趴在澡池的大理石边沿上，在我背上均匀地、轻柔地、有节奏地揉搓。

"爸爸，你怎么会搓背？"

一向沉默寡言的父亲那次像打开了话匣子一样，对我说了很多从来没有对我说过的话。我知道他在部队里是做连长通讯员的，连长特别喜欢他的聪明伶俐，别人当兵是自己反复申请，还要经过村支部讨论研究才能够去的。他当兵却是连长相中他，直接带走的。自然搓澡这个手艺是那个时候学来的。他说当时连队的领导都喜欢让他搓背，还有一个参谋长，那个参谋长有狐臭，也叫他搓背。参谋长心眼很小，第一次见面就为难他，说他给首长敬礼不标准，参谋长有拿他立威的意思，但他是老兵，又是连长的亲信，自然不买账，后来还是连长打圆场两人才没有发生冲突。

"那你给他搓了吗？"

"搓了！"

我一愣，觉得有些意外。

"不过我给他清身时，用的是热水！"

"扑哧……"我笑得坐了起来。

他也笑了，但很快脸又恢复了平静。

"后来呢！"

父亲没有作声，轻拍了我一下，我躺下来，他继续徐疾有致、轻重有度地在我的后背揉搓着。不知什么时候我竟然睡着了。我醒来时，身上盖着一条长毛巾，父亲坐在旁边，像在家里一样盘着腿坐着。水汽蒸腾中，他的面孔变得模糊不清。我坐了起来，浑身的疲乏一扫而空，就像新上了机油的机器一样充满了活力。

"后来呢？"

儿子听我讲述这段往事，也问了我当年同样的问题。我把他的身体扳转过来，继续给他擦泡沫。几平方米的洗浴间里一样是热气弥漫，头顶上浴霸呼呼地往下送着热风。30多年后的今天，到浴室洗澡远近的问题早已不是衡量城乡的标志了，只要花上几千块钱就可以在家里安装一套洗浴设备，享受当年澡堂的待遇了，正如此时的我和儿子。

"那一年本来他可以提排长的，但是泡汤了。"我缓缓地说。

"排长大吗？"

"不算大，但对于一个没有背景的农家孩子来说，足以改变他的命运了，当然大了。"

"噢！"儿子似懂非懂地看着那眼前飘舞的水汽。

30多年前，我和父亲从热气腾腾的澡堂走了出来，外面开始下雪了，雪花不断地被风裹挟着打在我们的脸上，我问道："你后悔吗？"

"后悔？后悔什么？"

"难道不是你的冲动得罪了参谋长，才使你提干的事泡汤的？"我疑惑地问道。

"不是，不是！"父亲个子不高，但走路两臂摆动，速度很快，我要尽全力才跟得上，"我是因为身体原因，太激动了，心率跳动过快，体检没有过。"

"啊？这样！那……那参谋长没有给你穿小鞋？"我惊诧地停了下来，又赶紧跟上父亲的步伐。

"没有，我们后来关系挺好的，我还帮了他一个大忙。快走，雪越下越大了。"

"帮忙？"我更糊涂了。

"你说是爷爷还帮了那个参谋长的忙，这怎么可能，他们不是关系不好吗？"儿子也和当年的我一样感到不可思议。

于是我给他讲起了另一个故事：参谋长和指导员都喜欢上连队里卫生室里的一位女护士，两人由暗斗到明斗，那天两个血气方刚的年轻人一言不合，掏出枪就要搂火，千钧一发之际一旁的你爷爷把两个人枪都下了。你爷爷是老兵，官虽没他们大，但岁数比他们大，当兵的年头也比他们长，这样才避免了一次恶性的事故。事后两人都对你爷爷感激有加。

"大人也像我们小孩子一样，前脚摔跤后脚拥抱，嘻嘻……"儿子觉得很好玩。

我站起身，看着窗外时明时暗的路灯，沿着那灯光一直向远处看去，灯光仿佛和天上的星斗连成一体。那里有一颗应该就是在天堂的父亲。

"父亲，我想你了！你想我吗？"

2021 年 4 月 8 日完稿，发表于《散文选刊》2021 年第 9 期

# 运河边铃声响起

有意也好，无意也罢，抑或是天意也可能，浒关镇的诸多学校竟然几乎都建在运河边，河东有之前建于龙华寺旧址的浒墅关中学，有与文昌阁同名的文昌实验中学校，以及边上的文正实验小学校、惠丰幼儿园，再有老牌小学浒墅关中学、培智学校、浒关中心幼儿园，文达实验中学校。河西有高新区第五中学和文星实验小学，文昌实验小学校新建的世外文贤实验中学。镇上的唯一四星高中吴县中学，老校区就在原先的龙华寺旧址，现在距运河也不远。这样算来，镇上的十几所学校，只有两三所学校离运河稍远。当年坊间流传浒关商业气息过重，运河水南来北往留不住文气，这才有了后来的文昌阁，而这么多学校驻足运河，俯瞰运河碧波粼粼，浪涛滚滚，携手共挽老镇的文韵气质，确是运河边最为耀眼的一道景观。说到学校，自然少不了提到老师这个群体，他们就像是那运河的堤岸，护着那滔滔奔流的莘莘学子。

我们现在的学校原先负责打铃的人是一个姓吴的老师，现在已经退休两年了，一个很可爱的小老头，矮矮的个头，闪亮的脑门，还有一脸和善的微笑。他以前是在学校教务室的，我每次去打印时，总是他热情地主动帮我复印，尤其是那台老爷机，经常卡纸，纸一卡，麻烦就来了，必须把卡进去的纸全部扯出来，然后才能正常复印。这个时候总是吴老师低着他的亮脑门子，一点一点把那些纸张、纸片和纸屑从墨鼓间慢慢地请出来。看着他脑门的汗和手里的墨，我每次总是充满内疚，总想在旁边帮帮忙，可是却总是插不上手，只能干着急。然而无论多少次，从未、从

217

未听他埋怨、责怪过一次。每次总是认真地处理，处理完了之后再帮助我复印。这让一个初至陌生学校的异乡人内心充满了满满的感动，心想，这应该才是江南人的温和和宽厚吧。后来经常到学校复印就和吴老师非常熟稔了，经常聊聊天、说说话。我们谈的很多是孩子上学的事，当然他说的是他孙子，我说的是我儿子，都是幼儿园、都是小班，很多烦恼、面临的问题也相似。不过，现在他该在家接接孙子上学、放学，闲时练练他喜欢的书法，喝喝茶、散散步，过上神仙般的日子，而我还要至少继续奋斗 20 年，才会过上那样的日子。

夕阳把它那金色的光芒毫不吝惜地洒向了运河，我沐浴在这温暖的光辉之中，仿佛回到了年少求学时的青涩岁月。我当年上学时的一些老师们，他们或才华横溢或童心未泯，或热情或冷峻，或睿智或敬业，细细品味，犹如一杯杯香茗，清香绕鼻、味浓意长。这些都是我人生道路上的宝贵财富，也是我前进道路上的动力。

铃声响起，一位清瘦而矍铄的老师，挟着一大沓小本本，健步如飞地走上讲台，这是政治老师王振武，政治这门学科现在在我们这儿是 50 分制，那时是满分制，不过即使这样，我们对这门学科重视程度还是很不够的，但是到了初三王老师班上，这个情况就变了，我们变得认真、专注了。而我则是中考政治的受益者，因为我中考政治考了 96 分，这是全校的最高分，而在初一，我这门功课还没考及格。这是为什么呢？这就得从第一节课说起，王振武老师给我们上的第一节课，便是个人荣誉展现，捧了一大堆发表的文章放在讲台上，然后一本一本地拿出来，那阵势把我们这群乡下孩子彻底给镇住了。我想我也许就是从那一刻开始喜欢上枯燥无味的政治的吧，以至愿意花费大把大把的时间去背诵它，只为获得王老师的一句表扬。虽然他带着浓重方言的普通话让我听起来实在费力，虽然坐在最前面经常得到的是一脸的唾沫星子，但这不妨碍我崇拜他，一位 50 多岁的没有任何颜值的老师。

后来工作后回到母校，王老师快要退休了，学校出于照顾安排他到校图书室，兼职打铃。这本是一个闲职，然而王老师却做得比谁都认真，那一段时间，学校的铃声很准时，而且还有预备铃、吃饭铃、睡觉铃。一开始大家都觉得这铃声很烦，隔一会儿就响、隔一会儿就响，后来习惯后，发现那铃声和上课的节奏、学生作息时间是如此完美地契合。声声铃声响起，仿佛是一位老教师在提醒老师该上课了，该下课了；孩子们该睡觉了，该吃饭了。还有一个变化就是图书室又正常运转起来了，首先学生去可以借到书了，书架上的书没有灰尘了，而且还添置了好多新书。后来图书室搬家，就看到王老师一个人拉了满满一小板车的书，在校园的小道上走着，我赶紧叫了几个学生去帮王老师搬书。学生们回来后，都特别高兴，因为每人手里都拿着一本王老师送的书，书上还有一句赠言，字依是那样刚劲有力、潇洒飘逸。可惜退休后的王老师没多久就驾鹤西去。才华横溢的王老师在小镇上还是著名的三张半"铁嘴"中的一张，他的才气、他的敬业至今使我思慕。

铃声响起，走进来的是一位头顶微秃，满脸笑容，穿着藏青色长衫的小老头儿，从他的样儿看，是来上课的，可是从其他方面看他又不像是来上课的，首先他手里没拿教参、书、作业本什么的，什么都没有，是的，什么都没有，再看他身上的衣服应该是工人常穿的，有人在嘀咕，他是电工，我看见他修学校电闸的。大家正在寻思着，这位可爱的小老头已经开始讲课了，没有任何铺垫，也没有任何上课、起立的形式，这就开始了，很快我们就忘记了对他身份的猜测，因为他肯定是一位老师，而且肯定是一位绝对棒的老师，因为45分钟在大家的笑声中就这样过去了，我们的笑意还停留在脸上，嘴还没合拢上，他已经离开教室了。真好玩！有学生感慨，物理这么好玩，我还不知道呢！一个女生怪叫道。要知道，我们是刚从初二的力学闯过来的。那些力学、浮力、压强可把我们折磨坏了。枯燥的演算，无味的公式，我们已经把物理定性为最无趣的一门学科，可现在来了一位有趣的老师，物理也自然变得有趣起来。现在学的是光学，后来学的是电学，多年之后好多人说最难学的就是电学，我至今无法理解，因为那时觉得最简单的就是电学了，或许是因为沈厚庭老师的缘故吧。对，这个可爱的小老头就是我初三的物理老师沈厚庭，至今还记得他教我们记一个比热的数值539，他用一句不太雅的乡村俚语作谐音教我们记，叫"捂杀舅"，所以25年过去了，是什么比热已经记不清了，但是这个数值倒是记得一清二楚。还有一件事，也得到证实，沈老师确实是学校的电工，是兼职的，这个就牛了，上课时不带书本，各种数据公式随手拈来，下课架起梯子，在危险的电线间从容操作。理论与实践相结合，实践引导理论，理论指导实践，这个比我们后来的这些纯书生不知高明多少了。

沈老师还有个名副其实的绰号，也是路人皆知的绰号，叫"老顽童"，这个绰号众所周知是起源于金庸笔下《射雕英雄传》中的人物周伯通，但我仍然觉得沈老师比周伯通更像老顽童，周伯通的顽是不食人间烟火的，比如和瑛姑的爱情纠葛，周伯通的顽又有玩世不恭的成分在其中，比如骗郭靖背《九阴真经》，和郭靖结拜兄弟。而沈老师却是真的乐天派，天生的豁达、乐观，真的和孩子们打成一派，"没大没小"。我们当时那个班是年级最差的一个班，但从没见过沈老师有过什么怨言，也从没见过他和那些顽皮的学生产生过什么矛盾。这个也是我们这些后生晚辈所无法比拟的，有些事我们眼界太窄，唉，人生难得从容，从容才有难得的人生。

再后来工作了，很有幸和沈老师同事，多次宿舍装电都是沈老师为我这个单身汉拉线装电，提供方便，在我心里留下的温暖，犹如那在黑夜中亮起的灯盏，至今感念于怀。再后来更是邻居，所以就有机会经常在一起喝酒聊天，一次喝酒后，他对我说了一番至今让我想起来都是暖到心肺里的话，他说："你还没有娶老婆，以后要用钱的地方多着呢！把钱攒着点，不要一天到晚，一叫一大批人喝酒，这不都是要花钱的嘛，不方便的话，就到我家去吃。"这一番话当时听了并没有多大的感触，只是感谢一位长者的关心，可是后来经历了结婚没钱到处借钱，买房没钱借钱，父亲生病没钱借钱等事情之后，经历太多人情冷暖、世态炎凉，才知道沈老师那句话是何等的具有先见之明，那是他以其丰富的人生经历给我的警示，可惜年少无知的我继续呼朋唤友、继续胡吃海喝，结果等到千金散尽之后发现到了该花钱的时候却是两手空空。还好一切都已经过去，人生如大浪淘沙，最后淘剩下的往往是这些金玉良言和极少的真知益友。

耳边铃声再度响起，不同于电铃的急促、激越，更不同于音乐铃声花哨、矫揉，而是缓慢而平稳、悠长而空阔，是那种很具有铜质感的手敲铃的声音。

铃声响起，铃声里回忆的 3 位令我敬佩的老前辈都曾经有一个共同的身份——民办教师，这个概念，现在的学生是陌生的，可是像我们这个年龄的人基本都是他们培养出来的，他们每个人机遇也许并不相同，但是他们都有一颗炽热的对教育热爱的心。随着时代的发展，在 20 世纪末，这一名称已经基本消失，但是我们不能也不应忘记，是他们卷起沾满泥泞的裤脚，在共和国教育荒芜的田野里耕耘、播种，培育起一朵朵弱小的花苗，并奠定今日大国制造的坚实基础！

2017 年 2 月 13 日初稿，2022 年 12 月 28 日修改；发表于 2020 年第 09 期上《青年文学家》

# 青春"梗"

车祸的奇特之处在于它把两个一分钟前还是陌生的路人，在一分钟之后迅速纠缠起来，这种纠缠还会由于种种原因进一步羁绊、发酵，最终牢牢地钉在生命中的某一个时间点。

20多年前的一个黄昏，我父亲和我的一位叔叔开着一辆幸福125停在我家门前时，他们不会想到，这辆车子在日后载着我御风而行，为岁月加速的同时也会给我的青春加了很多"麻辣汤"。

这辆车的第一次车祸，是一次没有肇事方的单向车祸。我和一位同事同乘这辆幸福125到县城去看成龙的电影《我是谁》，而我在车后座上竟然睡着了。转弯时，同事一个急刹车，睡梦中的我侧翻，脸先着地，后果相当严重，住了一周的院，近乎破相。同时我的青春多了一个梗："我是谁？"

这场车祸还导致另一个很严重的后果，就是车灯一直无法和前轮保持一条直线，那个20度左右的斜角，是我后面一个车祸的罪魁祸首。那次车祸花费3万多块钱，19年前这个数字相当于我3年的工资。当然我痛苦的只是金钱方面，对方则是身体方面。那天他喝了小酒，和一位工友准备去洗澡，在马路上被我车把给带了一下，摔倒在路牙上，头上只破了点油皮，连小伤都算不上，但诡异的是竟然查出颅内有个血肿，应该是后脑勺着地了。开颅去血，前后一个月，吃尽了苦头。我想如果有可能，打死他也不去洗那个澡。我倒是没有吃太大的苦。和对方家长交涉的是我父亲，侍候患者的是我二叔。让我百思不得其解的是对方的哥哥，初见我时满腔怒火，一个月之后和我父亲竟成了兄弟，叫我父亲大哥，我二叔更是成了那个伤者最喜欢的二哥，大家和乐融融，就差开香堂拜把子了，他们还盛情邀请我们去做客。父亲的交际能力、二叔的诚恳成功地感动了对方。这场没有保险公司，没有交警参与，完全意义上私了的车祸，最后竟然在皆大欢喜的情况下画上完美句号，实在是匪夷所思。乡下人的淳朴、宽容、宽厚、谦让、克己奉人，在这场车祸的处理中展现得淋漓尽致，谜底我算是解开了，但是我这一辈子都不太可能学会。

对方年迈的老母亲只来了一次，后来就回去了，临走时反复叮嘱她的大儿子，不要为难我们。老人家说："如果两个孩子撞了人后逃走呢？你弟弟不就没命了吗？那时你又找谁说理去？"我很遗憾没有见到老人家，面对这直击灵魂的三问，虽然我当时丝毫没有肇事逃逸的想法，也仍然会觉得无地自容，作为教师的我第一次对以德报怨这个词有了零距离的认识。

我再一次对这个词有了同样的感受，已是19年后，巧合的也是一桩车祸，也是一个夜晚，不同的是我的交通工具变成了小轿车。当我听到"哐铛"一声响之后，我知道不好，出车祸了。我停下车，看到车后方一位30岁左右女子，电动车倒在地上，我赶紧过去，和前几次车祸一样我仍然是手足无措，几次车祸看来并没有让我变得处变不惊。那一段路正好没有路灯，两侧树林很茂密，黑影憧憧，后方的电动车流不断往前奔涌，当它们到我们面前时，又会急刹车，然后像遇到礁石一样迅速分流。一位年轻人把那个侧翻的电动车扶起来递给我，我接了过来，那位女车主也站了起来，赶紧过来仔细看她的电动车，嘴里反复念叨，我明天还要上班呢？这可怎么办？这电瓶都摔烂了，好几千块钱呢！我一听好几千块钱，心里咯噔一下："这不会要讹我吧？得报警才安全。"我帮她停好车，然后扶她站到路牙上。眼前的车流一下子顺畅了，很快地面前的马路安静了许多，两侧的行道树安静而又促狭地站立在黑夜里，前面的那条河流的潺潺水声如一首低沉的小夜曲在吟唱，我仿佛又回到19年前的那个夜晚，我搀扶着伤者拦了出租车直奔人民医院的情景，心里面是五味杂陈。

女车主嘴里又在念叨："车坏了，明天上班怎么办？要扣钱的！唉……"我急忙打电话给妻子要了一个修车的电话，好不容易联系上了，那师傅却挺忙，然后就是漫长的等候。事情的处理是在两个警察的见证下，我赔付对方400元，并完成相关结案的程序。而我则在等到那位姗姗来迟的修车师傅后，才开车离开。这样的车祸在城市里一天可以发生无数起，我在开车回家的路上，除了后悔自己开车太着急，以后这一段路少走以外，心里也并无太大波澜，毕竟就400块钱。这时妻子从医院打来电话问我情况，我说没什么事，妻子又数落我一通。我打开车窗放进一阵寒气，吸一口入肺里，头脑才觉稍微清醒些。天空中月亮探出了头，光线一下子亮了许多。

在等警察到来的这一段时间，我得知女子是河南人，在苏州打工，家里有两个小孩子，生活很艰难，她一直担心的就是电瓶车坏了，明天上不了班。而我则告诉她，我孩子生病住院了，我才从医院里送饭过来，有些急了，不曾想会出这档子事。她则说刚才电话里听说姐姐家孩子也生病了，我们都叹了口气，互加了微信，女人说修车剩下的钱我会打给你，我说不用不用，有什么事你和我联系就行，钱不够我再打给你。我们在融洽的氛围中热情地推让着。我仿佛又回到19年前和那一家人分别的殷勤时刻。

第二天清晨第一缕阳光照进窗户的时候，我竟收到女人从微信转过来的200元钱。然后接到妻子的电话："孩子都挺好的，不要担心！"我看着东方喷薄而出的朝阳，一滴泪缓缓滑落！

我想起我青春里的那个梗："我是谁？"

2023年1月27日完稿，发表于"学习强国"苏州学习平台

# 有一种热度叫作陌生

也许现在对于有些人而言，陌生人是一个没有任何热度的词，是一个可以聊以自慰的词，但对于我而言却不是。

28年前的一个寒冷的冬天，在蜿蜒而崎岖的乡间小道，两个少年正拼命地踏着自行车，他们一边踏还一边转着头向后面看，仿佛是怕后面有人追上来。我就是这两位少年中的一个，我们确实是在拼命地逃跑。

几分钟前，我和我的一位同学在这陌生的小镇上惹上了一场无妄之灾。我们从一个书店出来刚骑上自行车就被左侧疾驰的一辆摩托车撞了。对方是摩托车，我们是自行车，这场交通事故，怎么说我们都是没有责任的，可是那人下了车竟然拽着我同学，要我同学赔钱。这时候来了很多围观的人，其中一个大伯推了我们一把："快走，还待在这里干什么？"我们便乘隙骑着自行车没命地沿着大路飞驰，但是没走多远，在一条农庄前就被那人骑着摩托车追上了。摩托车后面还坐了一个剃着平头满脸横肉的年轻人。小平头下了车，一脚把我们的自行车踹翻，然后"啪"地打了我同学一耳光，我那时才15岁，哪见过这阵势，傻了一般站在旁边，我同学稍好一点，从地上捡了一块砖头，退到一堵红砖墙的边上，含着泪，做出一副拼命的架势。这时来了一群围观的老百姓，其中有一位穿着黄色卡其布，身材魁梧的大叔站了出来轻蔑地说："你欺负两个小孩算什么本事。你这样的人，我用手这么……你就倒下了。"边说边用手在空中比画着。那个小平头是只好斗的公鸡，哪受得了黄色卡其布大叔如此蔑视的话语，很快两人就打起来，黄色卡其布大叔没费劲就把那个小平头压在身下。小平头像一只可怜的蚂蚱一样在大叔身下拼命挣扎却毫无用处，全无刚才对我们耀武扬威的气势，大家一阵哄笑。这时一位大娘对我们说："你们赶快走啊！"于是我们再次骑着自行车逃命去了。这次那人再也没有追上来。

很多年了，那天呼啸的寒风现在想起仍让我心有余悸。去年冬天，我从苏南回老家，高速堵车，提前下高速，经过一个乡镇，当雪白的车灯扫到一个铺子的门口时，那天发生的情景如老胶片一样猛地在地面上重映。我瞬间被一种情绪猛然击中，虽然已经时隔经年，但是那曾经的温暖仍然在心中某个最深的地方守候着。我有些哽咽着对孩子们说："在这里，28 年前我和一个同学被人欺负，是一位陌生的大叔救了我们……"是啊，在那个寒冷的冬日，如果没有那位大叔、那位大娘、那位大伯这些陌生人的热心，我们可该怎么办啊？

陌生的热度在我的生命中从来不缺少。

也是在一个寒冷的冬夜，地点是在江南的一条寂静无人的马路上。我开着的电瓶车突然没电了，而这个时候电瓶车上还有我年幼的儿子和年老的母亲。我们刚刚从儿童医院给儿子挂完水回来，那个时间应该是半夜时分了。我们在医院里已经是耗得精疲力竭了，这个时候最需要的是床和枕头，谁知车子却在这前不着村后不着店的地方抛锚。在那黑漆漆的夜里，前进不得，后退不能，我顿时有种叫天天不应，叫地地不灵的感觉。后来我硬着头皮推着电瓶车往前走，走了一会儿，有一个村子，看到第一户人家，我就敲人家的门。在这深更半夜，这实在是一件很不礼貌的事，所以我很轻轻地叩了两下门，然后在门外等待着，但是那两下叩门声就像一块石头扔到大海里，连一点波纹都没有激起。我往手里呵了一口气又加重了力量拍了两下门，隐约中听到屋内有人的声音，我内心一阵激动，继续等待着。江南的冬夜一点也不温柔，寒气往我衣服的各个缝隙钻。我的激动很快变成了失望，屋内又沉寂无声了，这下我也不顾是不是失礼，是不是打扰了，连续几巴掌猛地拍向那扇木门，那"啪啪"的声音在冬夜的寂静中显得格外刺耳，这次终于有效果了。屋内电灯拉亮了，一个男子愤怒的声音从里面直窜了出来："谁啊，什么事？深更半夜的。"

"老师傅，我的车坏了，这里有没有修车的，帮帮忙，我的车上还有小孩和老人。帮……"我带着哀求的语气说道。这时门打开了，一位大伯披着衣服，出现在我面前，屋内一股热气扑面而来，我身上的寒气顿时有所消减，兴许是我的后半句话起了效果，大伯没有继续责怪我，用手向前面的小巷子一指说道："前面的小巷子向西走，100 米，路南有一个修车店。"说完他又不放心地迈出门，领着我向前面走了几十步，直到我推着车子走入那个巷子才回头，从头到尾没有显出丝毫的不耐烦。很快我们找到那个修理铺，修车师傅早已睡觉了，我们又敲门，央求对方帮忙，修车师傅披着衣裳起来，打开电瓶，发现是保险丝坏了，在聊天的过程中车子很快修好。这么一折腾我们到家已经快两点了，儿子在母亲的怀里睡得正香。夜还是那么黑，但一阵暖意仍然被我捕捉到，我想，春天快要到了吧！

那个黑夜里为我们指路的陌生人和修车的师傅，他们和少年时的那位穿着黄色卡其布的大叔一样，我从此再没有机会遇见他们，当然也没有机会向他们表示感谢，但是这份黑夜里独特而深厚的温度却始终留存我心中，让我在日后无数个寒夜里能够昂首前行。因为我相信，有一天，这种陌生的热度还会重新包裹我们的生命，一定的！

2020 年 10 月 21 日完稿，发表于 2022 年第 03 期《海外文摘》，另发表于 2021 年第 10 期的《青年文学家》

# 足球啊，青春！

## 一

至今还记得，从师范毕业之后我便一直做一个梦，梦里我在踢足球。那个场景大概是有球从空中掉下来，我用身体去收球。俗话说得好："日有所思，夜有所梦。"白天踢足球晚上自然而然就会想足球了，但事实上是那个时候我已经没有踢球的机会了。我工作的是一所农村中学，学校里没有草坪、没有球门，甚至体育器材室里连足球都没有。这是当年绝大多数农村中学的情况，在这样的情况下想踢足球当然属于做梦。这就是我做梦踢足球的原因，因为太想踢球了，所以才会不断做这样的梦，那样的梦当然是痛苦的，20多岁正是青春活力四射的时候，本可以把汗水大把大把地洒在绿茵场上，而现在只能看着光秃秃的操场和篮球场上龙腾虎跃的同事们空自羡慕。

对于足球，很惭愧的是到了高中才具体参与到其中，才知道足球原来是应该往那个球门踢的，才知道踢足球是不能用手碰的，才知道足球除了可以用脚还可以用头，还可以用身体中除手的其他任何部分踢，才知道踢足球是每方10名球员再加上1位守门员，才知道还有角球、头球、顶球、任意球、边球、定位球，才知道原来在初中抱了足球乱跑那种近似于橄榄球的玩法纯粹是胡闹。惭愧归惭愧，并不妨碍我从此发疯似喜欢上了足球。当然和我一样的是一大批农村来的傻小子，所以那时学校的足球场上正常是爆满的，但是会踢的大概就那么几个人，其他人就这样跟在后面学着踢，渐渐地知道了大体的一些规则。我因为身体灵活、反应快、短跑快，所以也在众多的踢球者中渐渐崭露头角，好处就是人太多的时候，需要剔除人的时候，我还是作为可以留下来的对象之一。

那时学校里有很多老师也是踢足球的狂热分子，不狂热能和学生一起踢吗？我们的历史老师就是这样一位，有时甚至因为有没有违规和学生争得面红耳赤。在那样的氛围下，我们的高中生涯除了学习以外，在高一、高二基本是被足球所填满的，想来这该是一种怎样的幸运啊。水平提升也是很明显的，从一开始傻傻地看到球就用身体去撞，撞到头，眼冒金花；撞到胸，如中一闷锤。到后来能够迅速准确地垫住那空中如炮弹的足球，能够倒钩射门，能够踢出弧度球，能够在争抢时用脚来回拉球等。逐渐地我们这些人中很多人都踢得有模有样，其中有一位罚角球，几乎可以贴着球门，有两位的配合简直是天衣无缝，还有几位前锋踢得很出色。

就这样到了高三，我们这一批人有幸踢了几场名声大噪的比赛，堪称青春的终极记忆。

第一场 PK 的是学校的教工队，是由四班的班主任和学生发起的，四班是文科班，集结了一大批足球爱好者，包括他们那位戴着眼镜的班主任。这种 PK 简直就是"关公门前卖大刀"，所有人都认为学生会免不了被惨虐的结果。结果怎么样呢？让所有人大跌眼镜，结局是典型的"教会了徒弟饿死师傅"的翻版。也是在那一次我才知道还有一种技术叫铲球，他们几个带头的学生商量好了，让一个学生专门铲球，尤其是铲教师里面那个高三的物理老师，绰号"火车头"的球。果然有成效，有效扼制了教师队的进攻，最终 1 比 0 险胜教工队。老师们很憋屈，但却只得接受这难堪的结果，其实他们不知道业余比赛是不允许铲球的，"唉，教出这样的学生，算咱倒霉！"老师们一定会这样想。

第二场 PK 的是以已经毕业的上一届师哥为主的足球队，他们在县城里复读，听说我们这些小把戏都成气候了，把老师们都踢输了，所以约定了时间来学校好好让我们领教领教什么是踢球。那一次我踢了半场，后来和对方争头球，摔倒在地上，他们担心我受伤，把我换了下来。结果2比1，当年那些教我们踢球的师哥们铩羽而归。

这两场胜利是空前的，我们这帮人踢球的热情进一步高涨，大家开始筹划组建一支足球队，还开始拟定队名和设计队徽。最后我们迎来了我们的第三战，这一次真是硬茬，他们是附近乡镇的一个毛巾厂里的工人足球队，他们经常在我们学校踢球，其中有一个人一脚球能踢过半场去，绰号"大炮"。这一次我们都很重视，也都提前做好了战术准备，然而那一天，当我们接到通知赶到操场，换了衣服站好了位置，我当时和另外两个同学站的是三后卫的位置，然而就在这时班委赶过来说班主任让我们回去参加考试，我们班的四五名主力就这样如釜底抽薪一样地被抽走了。当我们考完试心急如焚地赶到操场上，看到学校的"火车头"几名老师都上场了，然而比分已经是凄惨的0比3，最后被人家灌了5个进球，输得一丝不挂才算完。那也是我们高中里最后一场球赛，以这样的结局结束，至今想起仍有很多不甘。

高考前，接到通知说高考结束后下午在县二中操场上和师哥们再战一场，那时听了后异常激动，比参加高考激动多了，一心只想快考完，踢一场酣畅淋漓的球赛。然而当我在雨中匆忙赶到二中操场时，却并没有发现有我们学校的任何一个人，那漫天的蒙蒙细雨打湿了我的眼睛、我的脸，我这才知道，我的青春和这足球一样，已经不可挽回地一去不复返了！

我人生中踢足球的高光时刻当然得算到在师范院校时了。作为队长兼教练，我的三脚猫球技居然在那一届学生中技压群雄。然后就有了年级的足球比赛。我们的体育老师据说是北师大体育系的，不是足球专业而是体操专业，但这并不妨碍他作为一个足球发烧友的存在。我是在他手里第一次看到黄牌这个玩意儿的。

20 岁时在学校绿茵场上拍的照片

那场我们以为稳操胜券的足球比赛最终胜一场、败一场，以净胜球数少而屈居亚军，冠军是以打篮球见长的一班。绿茵场基本上见不到他们的，但人家就是赢了，我们拿了亚军却如丧考妣。年轻的心在胜负上最难将就。我的"442"阵形并没有起到神奇效应，我这"第一球星"被扼制得死死的，一个球都没有进，中途还被那黄牌莫名追了一路。青春里关于足球的记忆就此戛然而止。

　　20 多年过去了，我所在的学校有完整的足球设备，看到学生们如一只只小老虎般在球场上左冲右突，我却没有任何当年踢球的激情，甚至我对人说起我曾经踢过足球时，所有人会看着我发福的身躯笑笑摇摇头，我懂得他们的意思："你这样还踢过球，可能吗？"

　　"然而，我的青春中确实踢过球。"我喃喃自语。

## 二

所有踢球的人到了一定年龄，他的角色都会从踢球者转变为球迷。自愿从绿茵场的主角降格为配角，这是一种屈服于生命规律却又持续追求梦想的转变。

看球赛是球迷标志性的行为。看球赛的人都有着在短暂的一个多小时内冰火两重天、上天入地的强烈感受。而我初次看球赛就尝到了这样的滋味。我正式看的第一场球赛就是后来被称为"职业化第一败"的 1996 年 3 月 21 日的"兵败吉隆坡"，具体地点是吉隆坡的默迪卡体育场（现称为沙阿兰体育场），具体背景是戚务生率领的中国国奥队迎战老冤家韩国队，在之前一胜一平的情况下只要打平即可出线，就可以参加亚特兰大奥运会。在当时国内的甲 A 联赛搞得如火如荼的背景下，国人对这场比赛寄托了很大的期望。除了取胜进军奥运会，与世界强队掰掰手腕，更期望借此战一洗 4 年前进军巴塞罗那奥运会被韩国人在吉隆坡黑色三分钟 3 球逆转的耻辱。然而在那个下着倾盆大雨的夜晚，奇迹最终没有发生，无数中国球迷的泪水和那夜的雨从此日夜流淌于心里最柔软的某个角落，而吉隆坡也自此有了"中国足球第一伤城"的名号，中国足球也自此又多了一种魔咒：中国足球的百慕大——吉隆坡的默迪卡球场。那天一起看球赛有很多同学，大家在回宿舍的路上一边咒骂着一边发着和之后所有球迷一样的誓：这辈子决不再看中国队的球赛。

我再看球赛也已经是两年之后的事了。这也是我第一次看世界杯，1998 年法国世界杯，距今整整 20 年。那时也已经不再踢球了，但是对足球的热情还在，和我一样的还有学校里一大帮年轻的同事们，大家都住校，精力也正是最充沛的时候，于是每天半夜一群人就在学校的会议室守着那台老式的彩色电视机呐喊、吼叫，吼来了黎明，吼来了上晨操的学生们，至今仍记得学生们透过窗户看着我们的惊异、哄笑的表情。

那一次我才算真正深刻了解了足球这项运动，发现世界上有那么多国家足球文化博大精深，足球底蕴堪称深厚。比如南美的恰如瑜亮存在的巴西和阿根廷，彼时早已不是大王贝利、小王马拉多纳的时代，然而这两个国家肥沃的足球土壤再次孕育一个个足球巨星。那时巴西的新球王叫罗纳尔多，绰号叫"外星人"，阿根廷当时号称"战神"的巴蒂斯图塔也是无数后卫的噩梦。再如欧洲列强中的德国战车、钢筋混凝土的意大利，现代足球的发源地英格兰，无冕之王的荷兰，东道主法国，拥有黄金一代的葡萄牙，他们彼此的恩怨情仇，都值得大伙反复说道。围在电视机前的我们相当一部分就是冲着他们来的。

对球星的盘点自是每个球迷必不可少的基本功。首先是巴西，他们当时是夺冠的热门，群星荟萃，世界足球先生里瓦尔多、任意球大师卡洛斯、盘带大师德尼尔森，板凳深度相当惊人；还有比他们更厉害的就是东道主法国队，之前只听说法国文学的浪漫，现在才知道法国足球的魅力更不亚于文学的才情。领军人物齐达内球风优雅，洋溢着古典主义的气息，脚法细腻，场上视野开阔，是真正的大师，独一无二。队长德尚也就是今年带领法国队再次夺冠的主教练，当时他是全队的核心。而后来的风云人物亨利那时还名不见经传。意大利有后防队长马尔蒂尼，前锋因扎吉、维埃里和坐在替补席上的传奇人物罗伯特·巴乔，还有门神布冯都是身价不菲的巨星。那永恒的悲情荷兰，三剑客的时代早已一去不复返了，彼时的最美爸爸门神范德萨、克鲁伊维特、博格坎普也都独当一面；除此以外英格兰的"前途不可限量"的欧文，使"明月弯刀"的贝克汉姆；德国的"金色轰炸机"克林斯曼，葡萄牙的灵魂人物菲戈，中场大师鲁伊科斯塔都各有显赫的光环。一些小国家也不乏世界级的巨星。墨西哥的门将绰号"花蝴蝶"的坎波斯、丹麦的大小劳德鲁普、克罗地亚的会用左脚弹琴的苏克。难怪 1998 年世界杯后来被评价为史上星值最高的一届，也就是巨星云集的一届。

说这么多，是因为 1998 年世界杯是我第一次也是迄今为止看过的赛事最多的一次世界杯，但是即使是这一届世界杯我也因为中途和几个同事到上海去旅游了几天，导致部分赛事没看。回来后，最关键的一场比赛巴西对法国的决赛，我也由于朋友的到来而失之交臂，伪球迷的称号算是坐实了。

这之后，我限于工作、家庭、生活、婚姻的压力，再也没有闲暇、精力、兴致去像当初那样全身心投入地看世界杯，一开始是没有电视，没有有线电视；后来是换了单位后工作压力太大，不敢熬夜；再后来结婚后，需要照顾到妻子的感受；再是家庭、生活的压力迫使自己控制自己的个人爱好；再后来渐渐失去了看球的兴致。多少届世界杯我甚至连谁是冠军都不知道，世界杯离我越来越遥远，那个洋溢着发烫青春的九八之夏也渐渐沉睡于身体的冰河区。

时光荏苒，一晃 20 年过去，四年一届的世界杯又到了。这一次掐指一算，所有阻碍看球赛的条件都可以克服，客厅和房间都有电视，无须和孩子们争；时间上对于经常熬夜的自己仅是小事而已。万事俱备，那就看吧，于是从开幕式东道主俄罗斯大胜沙特开始终于尽兴地看了几场小组赛，虽然竭力压抑自己，但终究还是很激动。

20 年时间过去，球坛现在是 C 罗、梅西、内马尔的时代，不过管他是谁，圆圆的足球滚出的快乐和故事是其他事物所难以比拟的，于是每个夜深人静之时我在沙发上沉浸 32 路豪强在绿茵场上的金戈铁马之中，我的脑海里也不断闪现 20 年前青春年少看世界杯的情景。可是没当我仔细享受、品味这快乐之时，妻子突然生病住院，于是什么球赛当然全得扔掉，我仿佛又回到 20 年来那种忙碌的状态，来不及感慨，一切当然是以妻子为重。在医院陪护期间一些学生在 QQ 里向我报道每天战况："老师，今天梅西回家了，我不想看了。"

"老师，C罗也回去了，这世界杯对我而言已经结束了。"

"老师，你说内马尔会走吗？应该不会吧，巴西队嗳！"

"老师，都走了……"

孩子们对足球的狂热是我没有想到的，看来他们的追星也是全方位的，不过说实话，这些巨星身上的气质比那些软绵绵的明星是要强多了，听他们如数家珍地一一点数各国巨星，我回复一个个点赞，确实值得点赞。

万幸半个月后妻子出院，几大巨星走了，但是世界杯还没有结束，我还有机会看最后的几场。于是我终于可以完整地见证2018年新科世界杯冠军诞生。又是法国队，1998年之后再一次捧起大力神杯，对我而言这也是一件无比巧合的事，我第一次看世界杯的是1998年，我陪伴了那一届世界杯大半程，最终未能看到最后，20年后的今天我终于圆了这个梦，补了这个夙愿。

我不知道那些当年和我一起围着电视看球赛的同学和同事还有几个仍然坚持在看世界杯，是啊！我们在年轻的时候会种下一些梦想，然而在生活的碾压下，能有几个会坚持到最后？这个真的很难，但其实只要不放弃，暂时保存梦想也未尝不可。因为即使是再严酷的生活，只要我们保存初心，就一定有能够重拾梦想的那一天，那也是一种胜利。

## 三

当今世上，足球是当之无愧的第一运动。众所周知，体育最大的盛事是奥运会，世界杯只是其中一个单项的顶级赛事，类似的赛事有很多，篮球有篮球世锦赛，排球有排球世锦赛，乒乓球有乒乓球世锦赛，但这些都无法和世界杯相比。这到底是为什么呢？32支球队，最终只有1个冠军，大力神杯只有1个，31支球队最后都将一无所获，可这却阻止不了全世界各国球队挤破了脑袋、拼了命想参与，想获取好成绩。有些国家小组赛能过了就庆祝，比奥运会有些项目得了金牌还高兴，还有些国家倾全国之力想挤进去而不可得，这究竟是为了什么？世界杯的魔力究竟在哪里？

### 战　场

在和平年代，国家与国家之间自是止戈为犁，可是国家荣誉感却时刻存在着，为国家而战始终是有血性的公民们最崇高的梦想，而世界杯就给人们提供了这样的一个没有硝烟的战场。32支队伍抽签比赛，多么像冷兵器时代，古代战场上两军对垒厮杀的情景。背后就是祖国，就是父老乡亲、妇孺儿童，退无可退，那就誓死杀敌，绝不后退半步。"操吴戈兮被犀甲，车错毂兮短兵接。旌蔽日兮敌若云，矢交坠兮士争先。"（屈原《国殇》）前方将士拼死杀敌，后方百姓翘首以待，这就是世界杯万人瞩目的原因。

球队由一个人任主教练排兵布阵，11人团队作战，前锋、边锋、前腰、中场、后腰、后卫排序有致，1人守门，各司其职、互相配合、互相策应。这就是一个浓缩版的军队。古代军队分为先锋和主力，主力一般又分为左军、中军和右军，将帅一般坐在中军帐中，运筹帷幄、决策千里之外，所以任何一支足球队只要有一个中场大将，他的成绩都不会太差，1998年的中场大师齐达内，率法国队获得1998年世界杯冠军和2000年欧洲杯冠军。2018年俄罗斯世界杯克罗地亚获得亚军，它的中场双子星莫德里奇和拉基蒂奇居功至伟。其实换一个角度看，一个强大的中场往往意味着这支球队是精诚团结、众志成城的，这才是取胜的根本。

俗话说得好："千军易得，一将难求。"在战争中"于万军之中取上将首级"的英雄是胜利的保证，对于球队而言也是一样。那过五关斩六将、拍马来到最后一脚破门的前锋是大家最期盼的，当年球王贝利连过9人进球。1986年，在阿根廷2比1击败英格兰的比赛中，马拉多纳中场拿球，他连续过人并长驱直入，在突入禁区晃过门将之后，马拉多纳将球送入球门，这个球用时12秒，带球穿越了英格兰队整个半场，途中甩开了5名防守队员的阻截。1998年世界杯18岁的欧文接到贝克汉姆长传后，追风一般长途奔袭，连过阿根廷两大中卫，最后一脚远射门柱得手。这些传世的经典之作催生出了球星、球王。看世界杯很多人都是冲着那些球星去的，每个人心中都有一个英雄梦，看到那些球星横刀立马、八面威风、千里走单骑，也可以过一把英雄的瘾，岂不快哉。

**恩　怨**

国家与国家之间没有绝对的朋友和敌人，这在足球场上也适用。一届一届世界杯总会狭路相逢，运气好的几十年遇上一次，运气不好的，一、两届就互殴，然后不是你挡了他的道，就是他拦了你的路。这么几轮下来，仇人相见、分外眼红，再有那一直居于下风的，就像中了魔咒一样，实力再强也没用，遇到就玩完，这就是恩怨。巴西和阿根廷两支南美劲旅互掐互怼，当年先是贝利再是马拉多纳，现在更是梅西和内马尔。世界杯决赛阶段交手4次，巴西2胜1平1负稍占上风。英格兰和阿根廷这一对冤家每次交锋都充满了戏剧性。1986年，马拉多纳的"上帝之手"让双方的恩怨达到了沸点。1998年的英阿大战，老练的西蒙尼在年轻的贝克汉姆面前上演了一出狡猾的假摔。而4年后，小贝的点球帮助英格兰队成功复仇对手。巴西对瑞典，7次对战，瑞典人没赢过。交战次数最多，瑞典人吃够了巴西的苦头。另外还有英国和德国，法国和意大利，德国和荷兰，美国和伊朗都算得上"不是冤家不聚头"。现实中的英阿马岛战争、英法百年恩怨、美伊意识形态之争都不同程度地折射到足球中来。这是国家队与国家队之间的恩怨，还有更多队员与队员之间的恩怨。队员与队员的恩怨催生了国家队之间的恩怨，国家队的恩怨则又衍生了队员间的恩怨。1966 年，英格兰名帅拉姆齐曾称阿根廷人为"动物"，并禁止己方球员与对方交换球衣。1970 年，英格兰门将博内蒂的失误导致球队丧失了 2 比 0 的大好领先局势，并被德国人连扳 3 球反超。受到这场失利的牵连，首相哈罗德·威尔逊在 4 天后的大选上以落败告终。1974 年的世界杯决赛，荷兰中场范哈内亨曾表示："我不在乎比分，1 比 0 已经足够了，只要能羞辱他们（德国队）。我不喜欢他们，因为二战。"1990 年世界杯，当时荷兰高中锋里杰卡尔德和德国人沃勒尔的口水大战让两人双双被驱逐离场。1998 年世界杯，美国和伊朗这两个现实社会中意识形态的死对头分到一个小组，赛前伊朗最高领袖哈梅内伊甚至一度号召本国球员拒绝与美国队员握手。场外，来自恐怖组织的威胁也一度让比赛蒙上了一层阴影。基于这么多的恩怨，这么多戏剧点会在这一个月的时间随时点燃，有谁不愿意笑纳呢。正可谓"四年相逢恩怨添，握手一笑仇难泯。"

### 悲　情

世界杯最悲情的国家莫过于荷兰，一共参加过 10 次世界杯决赛圈的比赛，3 次进入决赛屈居亚军，5 次进入前四强。全攻全守，打法华丽，诞生过"飞人"克鲁伊夫，"荷兰三剑客"："白天鹅"范·巴斯滕、"黑色郁金香"古力特、"黑天鹅"里杰卡尔德这些巨星，有"无冕之王"的称号，但从未获得过世界杯冠军。

最悲情的身影莫过于罗伯特·巴乔的背影。1994 年世界杯 3 场淘汰赛中，巴乔几乎凭借一己之力将意大利带入决赛，一代球王呼之欲出。然而决赛中，巴西与意大利进入点球大战，第 5 个出场的巴乔射失点球将大力神杯拱手相让。丢掉了冠军，巴乔忧郁的背影成了世界杯上最悲情的风景之一。

最悲情的眼泪莫过于坏孩子加斯科因的眼泪。1990 年意大利之夏，英格兰与联邦德国在半决赛中狭路相逢。比赛进入到残酷的点球大战，英格兰队的皮尔斯和沃德尔双双罚丢点球，导致英格兰无缘世界杯决赛。赛后，性格叛逆的坏小子加斯科因情绪失控，留下了伤心的泪水，他掀起球衣捂面而泣的镜头成了意大利之夏的经典瞬间。

万人迷，"明月弯刀"贝克汉姆的眼泪也是最悲情的画面之一。在 2006 年世界杯上，英格兰与葡萄牙在 1/4 决赛中狭路相逢，贝克汉姆因为腿伤和体力透支而被换下，坐在替补席上，竟突然双手掩面哭了起来。贝克汉姆的眼泪成了他留给世界杯的最后回忆。

最悲情的一撞发生在 2006 年世界杯决赛上。齐达内受到马特拉齐的言语刺激后，突然间转身面向马特拉齐，用自己的光头狠狠顶向了对手的胸部，随后被红牌罚出。没有了齐达内的法国队在点球大战中惜败，齐达内下场时与大力神杯擦肩而过的背影则成了让人最不愿忆起的画面。

除此以外，还有很多可以值得一说的悲情画面，而且每一届都会诞生新的悲情故事。试问，这样的剧情有谁不愿意看呢？

### 命　运

在中国，人们喜欢说"知识改变命运"。而足球对于国外很多人来讲，就是最好的改变命运的机遇之一。球王贝利是一个从贫民窟里走出的巨星，刚刚获得 2018 世界杯金球奖的莫德里奇则是一个放羊娃。新科冠军法国队中的坎特，也是 2017 年的法国足球先生，他小时候是捡垃圾的。大名鼎鼎的 C 罗，出生在一个贫寒的家庭，父母皆是普通工人。C 罗出生前，父母已经有 3 个孩子，因为生活压力所迫，一度想要打掉他。如果不是医生极力劝阻，他也许连来到这个世界的机会都没有。哥哥乌戈吸毒成瘾，父亲因酗酒丧命，这就是一位超级巨星的童年。

球王梅西小时候是吃着土豆和胡萝卜长大的，是喝着那些没有油沫的汤后去踢球的。在他 11 岁时，诊断患上生长激素缺乏性侏儒症，后来经过3年的反复在腿上打针治疗才治好。这些人无一例外地都是通过足球改变了自己的命运。所以看足球，不仅感受的是足球的魅力，足球运动员本身的励志经历也是我们的精神源泉。

现在你能理解人们喜欢世界杯的原因了吗？

## 后　记

再次续写此文已是5年之后，卡塔尔之夏也早已结束，亚洲的主场依然没有给中国足球带来机会，或者说又一次绝佳的进军世界杯的机会被浪费，无数球迷的心早已结满了痂，却又不离不弃地揭开了痛，痛完了再揭。更为痛心的是金钱的污染再次重创这块球迷的伤城，足球的反腐拉开大幕，人才选拔的弊端露出冰山一角。中国足球，我拿什么拯救你，或者说你拿什么给我？因为我爱你爱得太深沉！

2018年7月17日凌晨

# 金庸之后再无金庸

多年前有这么一则新闻让我印象很深刻：文坛双子星座落户杭州。这里的双子星座一是指在杭州养病的文坛巨匠巴金，另一位则是时任浙江大学文学院客座教授的金庸。当时很是感慨，我们竟然和这样的文学大家生活在一样的蓝天下，呼吸着一样的空气。这是一种何等自豪的感觉啊！2005 年 10 月 17 日，巴金老人仙逝，不久后，我拿到一直订阅的《收获》杂志，发现巴金的名字突然加了个黑框，仿佛在再次提示着我，杂志封面这位老人已经到了另一个世界，一个追求自由的灵魂终于摆脱躯体的束缚获得自由了。巴金老人最后的几年是处于一种类似植物人的状态，死对他来说是一种解脱。当时我心里难过很长一段时间。五四之后最后一位文坛巨人、鲁迅的抬棺人走了，纯文学的指路人、良心写作的点灯人走了。

不过还好，我们还有通俗文学的宗师在，他就是金庸，虽然那时候他早已经封笔，但这不妨碍我们把他和他的作品当作神一样的膜拜。有他在，我们的青春永不褪色；有他在，诗意的江湖就在；有他在，华文的骄傲就在。

## 有一种青春叫金庸

至少 20 世纪 60、70、80 这三代人的青春是少不了金庸的武侠小说的。高晓松说："没有金庸，我们的青春该是多仓皇。"1981 年 7 月 18 日，邓小平在人民大会堂福建厅接见了金庸，这也是他重新走上领导岗位后会见的第一位香港人士。之后不久，金庸的武侠小说在大陆"开禁"，并很快成为畅销书。

从此，我们的青春多了一重奇丽的色彩，它的名字叫武侠。武侠小说当然不是从金庸开始的，它最早可追溯到司马迁在《史记》中记载的《游侠列传》，再往后推可以推到唐人传奇中的《虬髯客传》《红线》《聂隐娘》《昆仑奴》等，但是这些对于很多读者而言，还是有些陌生。20世纪七八十年代大陆流行的是与这一脉相承的侠客传、帝王演义类评书，如《七侠五义》《隋唐英雄传》《施公案》《英烈传》《呼家将》《岳飞传》《杨家将全传》等。这些书拥有的读者数量也不少，很多老年读者甚至能全本说出。毋庸置疑，它们也是我们青春读书时一道道美味佳肴。

但是如果评书类算是美食的话，那么港派这些武侠小说作家们的作品则可称得上饕餮盛宴了。金庸、古龙、梁羽生、温瑞安时称"香港四大武侠天王"，他们及其他一些武侠小说家群体们的作品风靡大陆，在那个文化娱乐还是比较贫乏的年代，这些白马啸西风、挥剑战群雄的令人热血沸腾的画面情节、荡气回肠的恩爱情仇让我们的生活不再寡淡无味，因为我们想象找到了一个肥沃的栖息地，我们的灵魂在另一种侠道情怀中得到滋养。这可不可以称之为是一种幸福呢？答案是肯定的。这其中最牛的当属金庸金大侠。从《书剑恩仇录》到射雕三部曲：《射雕英雄传》《神雕侠侣》《天龙八部》，到封笔之作《鹿鼎记》问世，15部小说如凌波微步般飘逸轻盈、神鬼莫测，如黯然销魂掌一样摄人心魄、至性至情，如九阳神功内劲绵延不尽，如郭靖的降龙十八掌精进刚猛，一统江湖。它们使我们的青春多了一层幻想的美丽和恢宏，以及自命不凡的骄傲和自负，而这些正是那个时代的孩子在贫乏的物质条件下所缺少的。

## 我们欠金庸一个谢谢

金庸的 15 部小说改编成影视剧的数量之巨，版本之多，恐怕在全世界的小说家中都找不出第二人，居于首位的是《射雕英雄传》，从 1958 年开始，一共被 10 次改编成影视剧。其次的是《神雕侠侣》。据不完全统计从 1976 年至今，不算电影版，荧屏改编就有 7 次之多，今年，居然出现"神雕"改编小高潮，有两部作品并行推进中。曾经 6 次被改编成电视剧的《天龙八部》，在国庆前开始了第 7 次拍摄。而这若干次的翻拍中造就了一个又一个新星甚至是巨星，远至黄日华、翁美玲、张智霖、朱茵、古天乐、李若彤后至周迅、李亚鹏、胡歌、林依晨、黄晓明、刘亦菲等。即使是郑少秋、刘德华、李连杰、林青霞、梁朝伟这些巨星，他们很多人都是靠金庸小说改编的影视剧而成名，他们不欠金庸一个感谢吗？

再说当下活跃在各个 IP 的网络文学爱好者们，包括那些所谓大神们，起起他们的底，聊起他们的成长史，无一例外地发现，金庸的武侠小说是他们走上文学道路的重要指引：《诛仙》作者萧鼎最喜欢的作家是金庸；唐家三少在《朗读者》上深情回忆金庸的《笑傲江湖》；天蚕土豆、唐七公子等都不例外。大神如此，那些小神也不例外。看看今天的所谓玄幻作品、修仙、穿越类小说，虽则说有下仙、仙人、仙童、上仙、上神（《三生三世十里桃花》中的神仙的级别）；凝神、定星、洗髓、坐照、通幽、聚星、从圣、神隐、摘星（《择天记》中修炼等级）；魔族、人族、仙族、鸟族、花族（《香蜜沉沉烬如霜》五族）。这些名目众多的称号，但是从中都不难窥见金庸武侠小说中武林诸大门派、争夺武林盟主、正邪两道不相容、平凡小子奇遇成一代宗师的经历以及杨过、小龙女式的虐恋；韦小宝式的众女逐男或者众男逐女的自恋狂式恋；段誉、慕容复、王语嫣式的落花有意流水无情、转盘式的三角恋；华筝、郭靖、黄蓉式青梅竹马 PK 一见钟情见光死式恋；穆念慈、杨康式钟情女遇渣男，被坑一辈子的苦恋等的老套情节。难道他们不欠金庸一个谢谢吗？

## 金庸之后再无金庸

武侠小说自古有之，侠道自古皆有，而把这两者融为一体并集大成者当数金庸先生，这也是金庸武侠小说如此迷人的原因。先秦时代的墨子可以说是侠义精神的祖宗，他以拯救苍生为己任，为阻止楚国攻宋，他只身犯险，穿一双草鞋徒步行走十天十夜，终使一场干戈平息，使两国百姓免于涂炭。他指出："任，为身之所恶，以成人之所急。"就是说侠就是要行侠仗义，除暴安良，济世而不顾自己的利益。他教导弟子，大多数人的利益比自己的生命更加重要，必要时可以牺牲自己而顾大义。他说："义，志以天下为芬。"要把天下百姓的利益看作是分内之事。可见侠义精神在于家国天下的情怀，在于济世安民的志愿。

而这种侠义精神在金庸武侠小说中比比皆是，《射雕英雄传》以靖康耻作为整部剧的线索和基调，主人公郭靖从流落大漠的毛头小子成长为心怀国家、身负民族大义的侠客。在《神雕侠侣》中郭靖更是成为在襄阳城率群雄力敌蒙古大军的大英雄！《天龙八部》中乔峰从丐帮帮主一夜之间变成了契丹人，他在两重身份中忍辱负重，以家国为重，最终以死明志。就连最不堪的韦小宝也有跟随陈近南接受反清复明，汉人江山为重、身家性命为轻的教育，误打误撞杀了鳌拜，从皇宫救出来沐王府的人，并挑动吴三桂反清的故事情节。江湖之上，石破天勇赴侠客岛力挽武林浩劫，张无忌凭一己之力在光明顶阻止六大门派和明教的火拼，袁承志率七省草莽群豪巧救潼关人民等。而观今日大神们动辄百万量的 IP 上有这样惊天地泣鬼神的侠义情节吗？要么是帅哥靓女的虐恋，要么就是宫斗阴谋的翻版，要么就是游戏版的打狂兽，情节何等虚无而空洞。

再看语言呢。金庸小说中对于古典诗词可谓是运用得浑然天成。李莫愁和陆展元的恩爱情仇自有"问世间情为何物"能配。"四张机，鸳鸯织就欲双飞，可怜未老头先白，春波碧草，晓寒深处，相对浴红衣。"周伯通和瑛姑这段啼笑姻缘皆因此而出。"秋风清，秋月明；落叶聚还散，寒鸦栖复惊，相思相见知何日，此时此夜难为情。"这是《神雕侠侣》的结尾，颇有郭襄如怨如诉的味道。"浩浩愁，茫茫劫。短歌终，明月缺。郁郁佳城，中有碧血。碧亦有时尽，血亦有时灭，一缕烟痕无断绝。是耶非耶？化为蝴蝶。"这是香冢碑原文。一缕香魂只有这样优美的诗词才能配得上。而今日的网络小说有这些古典诗词吗？也许有吧，但是极为有限，而且水平根本不在一个层次。这里仅举对女子的描写为例。

"只见一只白玉般的纤手掀开帷幕，走进一个少女来。那少女披着一袭轻纱般的白衣，犹似身在烟中雾里，看来约莫十六七岁年纪，除了一头黑发之外，全身雪白，面容秀美绝俗，只是肌肤间少了一层血色，显得苍白异常。只觉这少女清丽秀雅，莫可逼视，神色间却是冰冷。"这是小龙女。

"只见一个身穿藕色纱衫的女郎，脸朝着花树，身形苗条，长发披向背心，用一根银色丝带轻轻挽住。他望着她的背影，只觉这女郎身旁似有烟霞轻笼，当真非尘世中人。一双眼只是瞧着她淡淡的眉毛这么一轩，红红的嘴唇这么一撅。"这是王语嫣。

"只见船尾一个女子持桨荡舟，长发披肩，全身白衣，头发上束了条金带，白雪一映，更是灿然生光。他见这少女一身装束犹如仙女一般，不禁看得呆了。那船慢慢荡近，只见那女子方当韶龄，不过十五六岁年纪，肌肤胜雪，娇美无比，容色绝丽，不可逼视。"这是黄蓉。

再看我们的大神们对女子的描写。要么是虚幻的勾勒曲线，要么是没有特色的绝美容颜，要么是女扮男装，童颜少女心。大神们的词穷、雷同、笼统说明我们需要学金庸还有很多。

金庸并不是一位只会在虚幻的武侠小说中空谈家国天下的空头小说家，作为《明报》时评作者的他在现实生活中，也是一位关心国家前途、民族命运的有气节的文人。这和我们今天网络上为了点击量，为了 IP 流量的所谓作家要好得多了。

13 年前最后一位纯文学大师走了，13 年后最后一位通俗文学大师也走了。"长剑挑灯指北斗，漫卷诗书为谁留。"金庸之后再无金庸！

2018 年 10 月 31 日